空海の風景

〔下巻〕

司馬遼太郎

中央公論新社

空海の風景　下巻

十六

この間《かん》、空海はインド僧を教師としてサンスクリット語（梵語）を学んだ、ということが、空海自身の文章（『秘密曼荼羅教付法伝』）にある。かれは日本人にして最初に、この印欧語の一派の、きわめて特殊な文章語を学んだということがいえる。

それを学んだのが恵果《えか》に会う以前なのか、会ってからなのか、それとも恵果が死んでからなのか、前後の時間関係がわからない。

推察するに、恵果に会う以前ではないか。

でなければならない理由はある。恵果に会ったときはすでに空海はサンスクリット語を理解していた気配があり、恵果自身が空海にすべての法を伝えおえたときのことばに、

「さあ、これでみな伝えたよ。瓶から別の瓶へ、水をぜんぶ移しきったようなものだ（猶《なほ》、瓶ヲ瀉《うつ》スガゴトシ）」

というのがあるが、そのことばの冒頭に、

「漢梵《ぼん》、差《たが》フコト無クシテ悉ク心ニ受ク」

とある。漢梵というのは単に言葉の綾でないとすれば、中国語による密教と原語であるサンスクリット語による密教、という意味であろう。

この恵果のことばは、空海が記憶し、のち弟子たちに語ったもので、『真言付法纂要抄』にある。同書にあってはこの言葉をさらに敷衍して説明し、「漢語とあわせ、梵語によって経典を読む必要がある。漢語のみで経典を読んでいるのは、たとえば女子などのための仮名書きのお経を読むだけで事を済ますようなものだ」と、書いている。

たしかにこの説明どおりで、空海が長安にあったころ、密教はインド人の手からはじめて中国人の恵果に渡された時代で、密教的思考のなかに原語が日常的に生きていたはずのときであった。密教を組織的にひき継ごうと志した空海が、伝法を受ける前に、サンスクリットを学ぶのは当然だったかもしれない。

とすれば空海が、長安に入って恵果に会うまでの五ヵ月、この都市の殷賑の中を浮かれ歩いていたのみではなかったといえる。むろん、浮かれ歩きはしたであろう。かれは最澄のように篤実であるには、あまりにも才華がありすぎたといえる。その才華は、文明という普遍的世界そのものといっていい長安の都市に適合しすぎるものであった。たとえば筆の店の軒下に立てば、良筆の見わけ方から筆の作りかた、ついにはその技術のこつのようなものまで学びとってしまうといった底のものであったし、また奈良の墨屋の「古梅園」の家伝を信ずるとすれば、墨屋の仕事場に入りこんで墨のつくり方まで会得してしまうところがあったし、その関心と吸収力の対象は、堰堤や橋梁から建築にいたるまでにおよんだ。さらにはその文章力はおそらくこの時代の長安でかれの右に出る者がいなかったことはまぎれもない。このため、大官などのサロンに招ばれて詩酒の席につらなる機会が多かった。

サンスクリット語を学んだのは、そういう長安の日々のなかにおいてである。かれ自身が書いているところでは、醴泉寺《れいせんじ》へ行って学んだという。かれの教師のひとりである般若三蔵は、景教に触れたくだりで登場した。西胡語《イラン》で書かれた『六波羅蜜多経』が唐に入っていたのを、徳宗皇帝の命令で、般若三蔵が訳したのである。般若三蔵はイラン語がわからないため、皇帝は、ネストリウス派のキリスト教宣教師であるイラン人景浄に協力させた。景浄が下訳をしたところ、当然ながら、キリスト教の教義にひきよせて中国語訳した。般若三蔵は怒りだし、両人がいさかいつづけて収拾がつかなくなり、ついに徳宗の裁定を乞うた、という挿話である。その般若三蔵もすでに老い、七十を越えていた。

空海はこの般若三蔵から親しく語学をまなぶことに、当然、心がおどったにちがいない。空海は自分の思想の母国の僧からじかに、その思想を生んだ言語を学べるとは思いもよらなかったのではないか。

般若三蔵は、バラモン階級の出身であった。釈迦とおなじくちぢれた髪、長い眉、ふかく窪んで山中の沼のような光りをたたえた両眼、そして隆《たか》い鼻、おそらく整った風貌をもっていたであろう般若三蔵の表情のうごきや動作のはしばしまで空海はこまかく観察し、ただならぬ思いで接していたにちがいない。

「三蔵よ、あなたは天竺《インド》のどこにおうまれになったのです」

と、空海は質問している。かえってきた答えを空海はよく記憶し、のち『御請来目録』に書いた。般若三蔵は、カシミールの生れだよ、と答えた。若いころに道に入って五天（インド全土）を経歴し、やがて中国に法を伝えるべくやってきた、と言いつつ、

「私は日本にも渡りたいのだ」

と、いった。この時期のインド僧の意気を般若三蔵に見ることができるであろう。

ついでながらキリスト教の宣教師たちは神の言葉をつたえるために瘴癘の地をおそれず、行旅の艱苦に耐えて地のすみずみまで行こうとするが、この時期にかぎってはインド僧も少なからずその気概をもっていた。

このことに、すこし触れておく。インドにあってはのちに仏教が衰え、ヒンズー教という、普遍性をうしなった民族宗教が主力を占めるが、この時期にあっては、なおインド思想は普遍性という栄光を保っている。

受け入れる中国の側もこの時期ばかりは唐初以来、世界性にあこがれるところがあり、それ

がインド僧の伝道の情熱を長安にむけることになったのであろう。もっともこのときから四十年後にはその歴史的気分が終熄する。武宗の会昌五年（八四五）の大規模な廃仏によって、たとえば恵果の住む青竜寺もほろぶのである。般若三蔵の伝道上の気勢《きお》いというのは、アジア史におけるきわめてわずかな時間における光芒というべきものであり、般若三蔵が、日本の島々にも人類がいる、人類がいるかぎり私の法は通用するのだ、そのためにゆきたい、というのは、普遍的思想というものに照らされた者以外に理解することができないに相違ない。若い空海は般若三蔵がもつそういう磁場のなかにいて当然、磁気を帯びたであろう。ひるがえって想うと、空海という存在は、東海の島の国のながいその後の歴史において、地域的人間関係や地域的事情に拘束されることなく、人類そのものに直接通用するただひとりの思想的存在でありつづけているというふしぎさは、たとえば般若三蔵のような人物の精神に触れたことも、その小さくない成立理由のひとつかもしれない。

空海はのちに——恵果と会ってから——青竜寺に住む曇貞和尚からも悉曇《シッタン》を学んだ、としばしば謂われる。筆者もまたそう信じていたが、これについては宮坂有勝博士の精密な考証があり、空海入唐《にっとう》のころには曇貞は故人であることを知った。しかし察するに、長安には曇貞を学祖とする悉曇学の権威たちがいたであろう。空海は、そういう人、もしくはそういうひとびとに就いてこのインドの語学をまなんだかとおもえる。

悉曇とは、もともとはサンスクリット語の字母のことを指す。しかし空海が学んだということの場合は、字母の書法だけでなく、サンスクリット文法学をも含めた意味と思われる。サンスクリット語世界は、当時の貧困な日本語世界からは想像もできないほどに、言語そのものが大きな文明を為しており、ふるくから言語哲学が発達し、さらに文法学の伝統があり、聖語であるサンスクリットが、すべての宇宙のなりたちと動きに対応するものであるとされていた。インドではこの言葉が形而上的世界（梵）のための言葉であるとし、生きた日常語でないがために聖なる語であるとされてきた。

インドにおいては、その後の人類が持ったほとんどの思想が、空海のこの当時までに出そろってしまっているが、それらの思想は、当然、言語に拠った。厳密に整理され、きびしく法則化されてきたサンスクリット語によって多くの思想群が維持され、発展してきたが、空海がすでに日本において学びつくした釈迦の教えやそれをささえているインド固有の論理学や認識学も、さらに蘊奥を知るには中国語訳だけでなくこの言語に拠らねばならない、ということは、インド僧だけがそういうのでなく、インド的体温のまだ冷めないこの時代の唐の仏教界では中国僧もそう思っていたにちがいない。このため、恵果も、空海に対し、「お前さんは、漢も梵も差《たが》うことなく心に受けた人だ」といったのであろう。恵果も、その師であるインド僧不空からサンスクリット語の承け継ぎを十分にやった僧である以上、その恵果が空海に、漢も梵もたしかなものだ、というかぎり、空海のサンスクリット語やその言語哲学というのは、ほぼ十分なものであったに相違ない。

それを、空海が長安に入ってわずか五ヵ月で習得したというのは、うごかしがたい事実であるように思われるが、しかしそれほどの頭脳が、この世に存在するだろうか。実際にはかれが日本において、――つまりかれが大学を飛び出してから三十歳になるまでの年譜上の空白時期に――何者かに就いて学んでいたかとおもえたりもするが、この想像には、証拠も傍証もない。空海はあるいはそういう奇蹟をやってのけたかもしれず、あるいは恵果はその筋からも空海の異能をきいていて、「われ、先より汝の来るを待つや久し」といったのであろうか。

空海は、梵語の教授を般若三蔵一人からうけたのではなく、般若三蔵とともに醴泉寺に住している牟尼室利《ムニシリ》三蔵にも就学した。このことは、かれ自身が書いた『秘密曼荼羅教付法伝』に出ている。ただし牟尼室利は空海に会った翌年の六月に病没する（『宋高僧伝』）。空海の文章では醴泉寺においては般若三蔵との接触のほうがより濃厚であったかのような感触が感じられるが、これは牟尼室利三蔵の体力が衰えていて、十分に空海の相手をすることができなかったのであろう。

「日本にゆきたい」

と、般若三蔵が空海にいったものの、しかし「東海ニ縁無ク、志願遂ゲズ」要するに、船の便もなく、船だけでなく縁が熟さないために志を遂げるに至っておらぬ、という。

「であるから」

と、般若三蔵は自分が訳した経典類を空海の前に運んできて、「これをお前に贈る。帰国するとき持って帰ってくれ」といった。

「我ガ訳スル所ノ」

と、般若三蔵はいったが、厳密には牟尼室利三蔵といっしょに漢訳したものであった。いずれにせよ、経典を、その訳者そのひとから貰ったというのは、空海の歴史的な幸運といってよく、かれ自身もこの種の運のよさに、おそらく、この時期あたりから、神秘的な思いをもつまでになっていたにちがいない。

ついでながら、般若三蔵からもらったかれの所訳の経典は、新訳の『華厳経』一部四十巻。『大乗理趣六波羅蜜多経』一部十巻。『守護界主陁羅尼《だらに》経』一部十巻。『造塔延命功徳経』一巻、などである。

さて、青竜寺の恵果和尚のことである。

牟尼室利三蔵もそうであったが、恵果もまた、その人生が終ろうとする最後の数ヵ月という時期に空海が出現する。恵果の死が、七ヵ月後の十二月十五日に訪れることを思うと、空海の運のよさのただごとなさに誰しも驚かざるをえないのではないか。

空海が長安に入る三十年前に死んだインド僧不空三蔵の密教の正系を伝承している者は恵果

ひとりであるということはすでに触れた。密教には二つの思想（大日経系と金剛頂経系）があり、この二つはインドにおいてべつべつに発生し、発達した。このことは何度も触れた。その二つを一人格のなかにおさめた人物はインドにもおらず、インドから唐へ渡るについても、それぞれの系統が、いわば恣意的に長安にきて、不空三蔵といえども金剛頂経系を知るのみであった（もっとも専門でないにせよ、不空は大日経系をも知っていたという説がある）。恵果は、大日経系のインド僧善無畏《ぜんむい》の弟子（新羅人玄超）から大日経系を承けていたから、両系の相伝者として密教世界ではただひとりのひとであった。

恵果の門人は一千人といわれた。

しかしながら、俊才にめぐまれなかった。大唐帝国は地広く人多く、俊才異能の人物も多かったが、かれらの多くは世を捨てずに儒教を学び、あるいは変り者は道士の弟子になり、さらには世を捨てて仏門に入る者も、かならずしも密教の門にのみ入らない。というよりも、密教はすでに道教に勢力を侵されて衰えはじめていた。もっとも密教の衰えの因は道教にのみあるのではなく、あまりにもインド的で思弁性のつよい密教は、なにごとにも具体性を好む中国人の思想的風土にやや適《あ》いがたかったということが基本としてあるであろう。

恵果は、多病になっていた。空海が入唐する前々年、自分の寿命のながくないことをさとり、義明ら七人の高弟を枕頭によんで法燈護持について遺言したということは、すでに触れた。ところが、義明をのぞいては恵果は両部をふたつながら伝えたわけではない。両部とはいうまでもなく金剛頂経系と大日経系のことであり、言いかえれば金剛界の世界観と胎蔵界の世界観のことで、恵果がその両部を一身におさめた唯一の僧であることは繰りかえしのべた。恵果はその高弟たちに伝法するにあたってそのいずれか一つを授けたのみで、二つながらを授けたのは法臘《ほうろう》（得度してからの年齢）主座の門弟である義明だけであった。ところがこの義明は空海が長安にあるときに死の床についていたか、それともこの前後に亡くなったかで、要するに、この時期の恵果のさびしさは、自分のすべてをゆずるに足る門人を持っていないということであった。空海は、そういう機《しお》に長安にきた。むろん、空海がもしこの翌年に長安に来たとすれば、恵果も義明もなく、大唐帝国には両部の灌頂の師はひとりもいないというはめになっていた。空海は、インド・中国をふくめた密教発達史上、きわめて得がたい機会に長安に入り、恵果に会ったということになる。

恵果の空海に対する厚遇は、異常というほかない。

空海をひと目みただけで、この若者にのみ両部をゆずることができると判断し、事実、大いそぎでそのことごとくを譲ってしまったのである。空海は日本にあってどの師にもつかず密教を独習した。恵果は空海を教えることがなかった。伝法の期間、口伝《くでん》の必要なところは口伝を授け、印契その他動作が必要なところはその所作を教えただけで、密教そのものの思想をいちいち教えたわけでなく、すべて空海が独学してきたものを追認しただけである。空海の独学が的外《まと》れなものでなかったことを、この一事が証明している。

空海が恵果にはじめて会ったのは、繰りかえすようだが、五月である。あるいは下旬であった。恵果がすぐ来いというので、一時、居を青竜寺に移した。

伝法の儀式は、早くもその翌六月におこなわれているのである。日付もはっきりしている。六月十三日に胎蔵界の灌頂をうけた。七月上旬には金剛界の灌頂をうけて、両部の伝法をことごとく了えた。しかも八月十日には、密教世界の王位ともいうべき阿闍梨《あじゃり》の位をさずける伝法灌頂を恵果は空海に対しておこなったのである。空海は卒然とやってきて、恵果の門人の筆頭になっただけでなく、その教法の王位を継いだ。

このことは、他の門人の目からみても異常にうつったらしい。

「かれは何者であるか」

と、長安の密教僧として重い地位にある玉堂寺の珍賀などは大いに不満とした。というより、千人の門人の不満を、玉堂寺の珍賀は代表したのであろう。珍賀は、相当な高齢であったかと思える。その法系は、直接恵果に属しない。恵果とともに不空三蔵の弟子だった順暁という僧の弟子であった。法系がちがうために、恵果とは友達づきあいできる立場にあったらしく、おそらく恵果の弟子たちが、この玉堂寺の珍賀のもとに走って訴えたのかもしれない。珍賀は、

ではおれがいってやる、として、恵果に毒づいた。珍賀にいわせれば、日本からやってきた僧というのは、

「コレ門徒ニアラズ。須《すべから》ク諸経ヲ学バシムベシ」

恵果和尚よ、かれはあなたの弟子ではないじゃありませんか、まず弟子として教えなさい、教えもせずに真言の正嫡とされるのはどういうことです、といった。

恵果は、これを斥《しりぞ》けた。

恵果にすれば珍賀ごときに多くをいってもはじまらないと思ったか、ほとんど無言で頭を左右に振ったかのような感じがある。珍賀は憤然として座をしりぞいたが、ところが翌日朝、人変りがしたように自分の邪を悔い、恵果の門人たちを説いてまわって、師匠が正しかった、空海が正嫡の座につくことは正しい、それをさえぎろうとしたわしが間違っていた、わしは罪を怖れている、皆もふたたび不平の声を上げるな、と言い、一同をおどろかした。

ありようは、珍賀は夢を見た。恵果に苦情を言いに行った夜、夢に仏法の外護《げご》神である四天王があらわれ、珍賀をぶったり蹴ったりして、その足の下に踏みくだいてしまったらしい。珍賀は空海にも会い、まるで仏の宝前に進み出たように三度拝し、自分のあやまちを告白して詫びた。三拝したというのは、夢に出てきた四天王がよほどおそろしかったに相違なく、また四天王によって護られている空海に神聖を見出したからにちがいない。

この話は、空海がうそを言う人物でなかったから本当に珍賀がそう言ったのであろう。空海

はうそをいう人ではなかったが、ただ謙虚な人ではなく、むしろ自讃する人であった。帰国後、弟子たちにこのことを話していたにちがいなく、このためにこの話が『御遺告《ごゆいごう》』に採録されている。

右にのべたように、空海は恵果によって、二ヵ月ほどのあいだに、三度灌頂をうけたことになる。

灌頂とは、文字どおり、水を頭の頂辺にそそぐということで、もともとインドの王が即位するときのもっとも重要な儀式であった。仏教においても、菩薩が修行の階程を終えて仏《ぶつ》の位にのぼるとき、灌頂がおこなわれるとされるが、おそらく地上の即位式から連想されたものであろう。密教では、これが儀式として取り入れられた。灌頂にはさまざまある。キリスト教の洗礼にやや似て、信徒に対し結縁《けちえん》のためにやるという結縁灌頂もあるが、もっともおもおもしいものは、法をゆずり与えるときの灌頂であった。瓶に入った五智の水とよばれるものを行者の頭に灌ぎかけるのである。これらの灌頂の内容はいっさい秘密で、ひとに口外すべきものではないとされるから、空海が恵果から受けた灌頂がどのような光景であったかがわからない。

私事――筆者の――になるが、筆者が昭和二十五年ごろ、真言密教についてさまざまの教えをうけた京都の智積院本山の坂井栄信氏に、そのころ、長安の青竜寺で恵果から受けた灌頂はどのようでしたか、と質問したところ、それは元来秘密なものですからよくわかりません、というこことだった。坂井氏はそのころ、四十五、六歳であったであろう。もともと官吏であったが、戦後仏門に入られ、真言教学を専攻しておられた。

この稿のこのくだりまで書いていて、ふと思いだした。

その後、私は二十五年ほどご無沙汰してしまっていて、いまさら電話をかけるのも面映ゆかったが、勇を鼓してかけてみた。坂井氏はその後、大阪府の豊中の不動寺に住せられていて、そこへかけてみた。あいさつを言うのも照れくさくて、

「弘法大師が長安の青竜寺で恵果和尚から灌頂をうけられたとき」

と、二十五年前の質問を繰りかえした。

坂井氏も、べつだん余計なあいさつはされない。受話器にひびいてくる声はむかしとおなじやや声高《こわだか》な調子で、

「ええ、それはやはり元来秘密なものですから、内容はよくわかりません」

と、聴いていてびっくりしたが、二十五年前とおなじ声調子のおなじ答えで、いかにも志操のリズムが不変であるという感じだった。

灌頂の前に、投花（華）という儀式がある。灌頂を受ける者が灌頂壇に入ってゆくと、そこに曼陀（荼）羅の、いわば仏や菩薩たちの絵が置かれている。むろん曼陀羅は聖像や偶像では

なく、真理（大日如来）が宇宙で運動してゆく運動の発現形態を示すもの（胎蔵界）であったり、その運動が真理へ帰一してゆく形態を示すもの（金剛界）であったりする。密教にあってはその深奥を言葉で示すよりも図示して象徴としてひとに感じさせる方法をとる。要するに、空海の前に置かれているものは、画面の中で区分され、あたかも円運動しているかのような仏や菩薩たちの絵像であった。

それへ、空海が花を投げるのである。

この花が、どういう花であったかは、秘密儀式であるためにわからない。六月の朝に咲く露草なのか、日盛りに花をつける木槿《むくげ》なのか、芥子《けし》の花なのか、あるいはまったく別の花なのか、どういう花を想像すればよいのであろう。

花を投げるということは、どの仏や菩薩の上に落ちるかを見るためであった。投花などという儀式はいかにも西域や天竺のにおいがするが、密教はそういう意味では、灌頂において感じられるように、それが育った土地の俗間の習慣をとり入れているように思われる。投花は、たとえば運さだめなどでおこなう習慣が密教儀式にとり入れられたものであろうか。花が落ちていずれかの仏、菩薩の上に触れたとき、その仏、菩薩が、その僧の生涯の念持仏になるのである。恵果は若いころ、不空三蔵から灌頂をうけて投花したとき、転法輪菩薩の上に落ちた。不空は恵果のためにそれをよろこんだという。

灌頂の場は、あたかも帝王の即位式のように荘厳《しょうごん》されるが、恵果が青竜寺の規模を背景におこなった空海に対する灌頂は盛大だったであろう。百味の供物がささげられ、香煙は堂に満ち、聖衆が列を正し、衆がささげる梵唄《ぼんばい》とともに空海は壇へ進んだにちがいない。

かれの花が落ちたのは、中央の大日如来の上であった。恵果はこれをみて、

「不可思議、不可思議」

と叫んだという。恵果の師の不空三蔵が、むかしその師の金剛智から灌頂をうけたとき、花が空海と同様、大日如来の上に落ちた。金剛智はそれをよろこび、「不空は他日、大法を興すであろう」といったといわれるが、恵果はむろんその伝承を知っている。いま空海の花が大日如来の上に落ちたのをみて、この東海の僧もまた不空と同様、他日大法を興すかと思い、歎声をあげたのであろうか。

これが六月の灌頂のときであったが、七月の灌頂のときも、空海の花は大日如来の上に落ちた。八月の伝法灌頂では投花の儀式はなかったから、恵果はこの重なる宿縁を奇とし、空海に対し、

「遍照金剛」

という号をあたえた。遍照金剛とは大日如来の密号で、金剛とはその本体が永遠不壊《ふえ》であることを言い、遍照とは光明があまねく照らすことを指す。大日如来の密号を生身《しょうじん》の僧にあたえるなどおそれげもないように見られるが、しかしながら本来、伝法灌頂を受けるということ

は真理に参入してそれを具現し、大日如来そのものになることを意味する。恵果が空海に過分な呼称をあたえたということにはならない。

余談ながら、こんにちでもなお、空海の末の弟子たちの灌頂がほうぼうでおこなわれている。投花もおこなう。投花はいつのほどか、花ではなく樒《しきみ》の小枝を用いるようになっている。投花をする者は覆面をして両眼をかくし、両掌を組みあわせ、二本の中指を立て、その二本の中指で樒の小枝をはさんで導かれつつ進み、しかるのちに樒を投げるのではなく、単にはらりと落とす。曼陀羅にえがかれた仏、菩薩のいずれかの上に落ちるのだが、しかし導く者が、どこに落ちようと、その位置を直して中央の大日如来の上に置くのである。空海にあやからせようということであろうが、灌頂が、生身の僧をして大日如来の地位に即位せしめるという宇宙を想定しての壮大な儀式であったことから、ひどく卑小なものになってしまっている。この樒を落としてそれを修正するやり方がいつのころからそうなったのか、どうもたしかめるすべもない。

話が前後する。

五月、青竜寺に入って以来、空海は恵果にゆるされて、文字どおり水を一器から一器へ移すように、個人教授をうけた。

密教はもっとも重要な部分では象徴主義をとっているがために、空海のように経典を読みつくしたというだけではどうにもならない。空海は日本にいるときから、大日経のなかに出ている梵字の象徴としての真意、あるいは印契、三摩耶《さんまや》、真言などについてはわからず、それを恵果はたちどころに答えて空海というあたらしい器にそそぎ入れた。恵果は質問をうけるだけでなく、口伝や動作以外では伝えようのない秘旨のすべてを空海に教えた。空海はさすがに一度でそれを諳《そら》んずるわけにゆかなかったのか、いちいち筆記した。恵果の前でノートをとったのか、居室にもどってから記憶を再生して筆録したのか、よくわからない。そのノートが、空海の『秘蔵記』一巻である。

この間のことが『御遺告』にある。その漢文をわざとぶつ切れで読むと、この時期、同時に四つのことをやっていたことになる。

五智ノ灌頂ニ沐ス　胎蔵金剛両部ノ秘密法ヲ学ブ　及ビ毘盧遮那《びるしゃな》金剛頂経等二百余巻ヲ読ム　並ニ諸《もろもろ》ノ新訳ノ経論、唐梵合存セシメタリ

灌頂を受けつつも、両部の秘密（象徴）をことごとく学び、あわせて根本経典など二百余巻を読み、さらに経に関する議論（新訳のもの）を読んだ。それも、漢訳文と原文とを合存――対照――せしめつつ読んだ、というのである。これが、三つの灌頂儀式が進行している六月、七月、八月のあいだ、空海がやったことであった。おそらく、かれは不眠不休であったにちが

いない。たとえば玉堂寺の珍賀などは二十年以上もこの宗乗に参じていながらその一部をわずかに知るのみであるのに、独学者の空海はわずか三ヵ月間でこれらのすべてを習得したことになる。

これらが終了したあと、真言密教の正嫡として即位した空海は、この大きな行事に参加したり、介添えしてくれたりした恵果の門人や、有縁の僧たち五百人を招待して感謝の宴を張った。このことは当時の長安での習慣だったらしく、空海は経済力からみれば一介の留学生《るがくしょう》にすぎぬ身ながら、これをやらざるをえなかったのであったろう。かれはその故国を出るときに親族などをまわって合力してもらい、それらを沙金にして持っていたはずである。それに、国家がかれに命じた留学の期間は二十年で、二十年の生活に堪えるだけの経費は、足らぬながらも所持していたにちがいない。空海はこの宴会のために、それらのうちの何程かを投げ出したにちがいなく、どうやら盛宴であったように思える。この宴には、密教の学僧が多く住む大興善寺からも大徳たちがやってきてつらなり、空海のために祝賀して大いににぎわったといわれる。

空海はさらに、慣例により恵果に謝礼をしなければならなかった。

しかしながら財力が乏しいために、空海は贈りものとして袈裟《けさ》をひとかさねと、小さな香炉をえらんだ。空海はこれを献ずるについて恵果へ文章を書いているが、それによると、

「鴻沢に報いんと欲するに、一つの珍奇なし。唯だ麤衲《そだふ》の袈裟と、雑宝の手鑪のみあり。以て丹誠を表す。伏して願はくは慈悲領を垂れ玉へ」

とある。

袈裟は麻に相違ない。

雑宝というのは、七宝焼を連想すればやや近いであろうか。手鑪とは、柄のついた香炉で、金属が用いられている。雑宝の手鑪とはおそらく銀を主体にしてガラスを熔かしこんだきらきらしい物であろう。袈裟にせよ、手鑪にせよ、とびきり高価なものとはいえないが、留学生の贈りものらしい愛嬌を感じさせる。ただ空海はこれらに、銭五百貫文をつけているのである。

銭五百貫文とはとほうもなく多額だが、恵果が灌頂のためにずいぶん費用をつかったのを償うという意味もあったのだろうか。

もっともそれだけではなく、密教のシステムをことごとく相続するための道具類の費用かもしれない。とほうもなくぼう大な道具類を必要とするわけで、この銭五百貫文は、それを恵果に調製してもらうための費用とみていい。

ともかく点数も多く、その一点ずつは精巧なもので、それらは空海自身が書いた『御請来目録』に目録として網羅されている。そのいちいちをみると、調製のための費用が五百貫文というのは、あるいはすくなすぎるかもしれない。恵果自身が負担したか。そうではなかったにちがいない。この当時の長安各寺院は理財の点ではきびしく、寺によっては貪婪という悪評もあり、そのなかで恵果は寺の主宰者としてめずらしく金銭に淡泊だったという評判があったにせよ、損をするまでのことはしなかったに相違ない。空海は不足分を自分で補って行ったにちがいなく、頼む檀越もなく、おそらく心細かったであろう。

たとえば経や経論などはあらたに写経せねばならない。

空海が請来《しょうらい》した経および経論は百四十二部二百四十七巻で、すべて日本にはまだ請来されていない新訳のものばかりである。そのうち百十八部百五十巻は不空が翻訳したもっともあたらしいもので、こればかりは唐の経典目録にもまだ入っていない。これらは恵果が青竜寺東塔で管理しているのだが、要するに唐にあっても唯一無二のものであるため、空海に呉れてしまうわけにはゆかず、これを写経するために、恵果は二十余人の写経生に筆写を依頼した。

恵果がさずけたもののうち、曼陀羅は五種類二十三幅ある。それに密教各祖の絵像が五種類十五幅を加え、これらをあらたに絵師に描かしめねばならない。恵果の豪華なところは、これらを描かせるのに、長安における第一等のひとびとを用いたことであった。帝室供奉《ぐぶ》の画工である李真など十余人が青竜寺に招かれて彩管をふるった。

密具には、金属製品が多い。

五鈷、三鈷、独鈷、鈴、輪宝、羯磨、金剛橛、金剛盤、灑水器といったようなものであり、これらの密具や法具は空海が入唐してはじめて見たものばかりであった。恵果はこれらの調製についても、宮廷の技芸員とでもいうべき鋳博士《いものはかせ》の楊忠信などにたのんでつくらせた。

ほかに、あらたに密教正嫡の阿闍梨の位についた空海が、正嫡の阿闍梨として持たねばならぬ付属物がある。日本の天皇家の例でいえば皇位継承のしるしである三種の神器のようなものであるといっていい。八種あった。この八種はインド僧金剛智が南インドから唐へ渡ってくるとき請来したもので、それが相続の印可《しるし》として金剛智から不空に伝えられ、不空から恵果に伝えられ、恵果から空海に伝えられた。恵果から空海に伝えられる場合、海を渡ってしまうため、唐にはもはや密教正嫡を証明するこの八種のしるしは存在しなくなる。このことを思うと、恵果が空海に相続させたという事柄そのものが尋常でないことがあらためて知らしめられる。玉堂寺の珍賀らが不穏の空気をみせたのも当然であろう。ついでながら、その八種の品目をあげておく。仏舎利八十粒、刻白檀仏菩薩金剛像等一龕、白緤大曼荼羅尊四百四十七尊、白緤金剛界三摩耶曼荼羅百二十尊、五宝三摩耶金剛一口、金剛鉢子一具二口、牙床子一口、白螺貝一口。

さらに恵果はかれ自身が持っていた五点の品々を、自分の形代《かたしろ》として、あるいは伝法の副次的なしるしとして、空海にあたえた。

ここで、日本国が空海にあたえた資格から、空海の立場を考えてやらねばならない。

かれは、最澄のような請益僧《しょうえきそう》ではなかった。請益僧で還学生《げんがくしょう》でもある最澄は短期間行って還ってくる。目的は、かの地から、日本に必要な文物をもらってくるためのものであり、このため請益の還学生にはふつう身分の高い僧がえらばれる。最澄の場合、すでに内供奉十禅師《ないぐぶじゅうぜんじ》という天皇の侍僧であった。最澄は渡海するについても、通訳僧を供にし、十分な経費をもたされていた。いわば、日本国代表として唐の文物なり思想なりを買いにゆく役目で、当時の日本国としては経費に糸目をつけていない。天台宗を体系ごとぜんぶを仕入れに行った最澄は、沙金もずいぶん多く持たされてゆき、国家としての信物も多く持たされていた。最澄は明州の港からすぐ天台山へ行ったとき、州の長官である陸淳はこれをあつく保護したし、それらへの贈り物も最澄は事欠かなかった。最澄は天台山にあって写経生を動員し、紙数にして八千五百三十二枚という経典や注釈書を持ちかえっているが、これらについての経費も心配はなかったに相違ない。

その点からいえば、留学生の空海は、素手で長安に入ったようなものであった。かれは二十年間かかって密教を学べばいいだけのことで、密教をシステムごと、「請益」して帰るのが義務でなく、また請益についての経費も、国家は一文もかれに持たせていない。

空海は、恵果から、一個人としてゆずりうけたのである。その経費は、二十年間の留学費をそれに充当したとはいえ、そういうものだけでまかないきれるはずがなさそうであった。ともかくも、空海は工面して、一応事なきを得た。しかし、このぼう大なものを買うについての経済的苦しみは、かれの気分を、ときに重くしたにちがいない。要するに空海は、日本国から義務を負わせられず、経費をあたえられずして、密教を「請益」してしまったのである。

空海の帰国後の態度の痛烈さは、こういうことにも多少の理由があるであろう。かれは、その思想が宇宙と人類をのみ相手にしているというせいもあって、国家とか天皇とかという浮世の約束事のような世界を、布教のために利用するということは考えても、自分より上の存在であるとは思わず、対等、もしくはそれ以下の存在として見ていた気配があるし、また国務でもって天台宗を導入した最澄に対し、空海の天台体系への仏教論的軽視ということはあるにせよ、ごくつまらぬ存在であるかのようにあつかったのは、このあたりに根のひとつを見出しうるかもしれない。

空海は、極端にいえば私費で、そして自力で、密一乗を導入した。

空海に自分のすべてを与えてしまった恵果は、そのあと、文字どおりぬけがらのようになって四ヵ月後に死ぬ。

伝法をおわったあと、恵果は、

「どうやら、地上におけるわが寿命も尽きようとしているようだ」

と、空海に語っている。空海が『御請来目録』の中に書いた恵果のことばは、

「今、此の土の縁、尽きぬ。久しく住すること能はず。……わづかに汝が来れるを見て、命の

足らざることを恐れたり。今、則ち授法のあるあり。経像の功《しごと》、畢《をは》んぬ」

これで安心した、という、恵果のよろこびと安堵が、その溜め息とともに感じられて来るようである。そのあと恵果は、法を受けた以上はこんな長安でぼやぼやするな、早く国へ帰れ、といっている。『御請来目録』の文章では、

「早く郷国に帰りて以て国家に奉り、天下に流布し蒼生の福を増せ」

となっているが、ひょっとすると、一面、恵果は空海のふところ具合を察し、この若者にはこれ以上の滞在はむりだろうと憐れんでのことだったのかもしれない。恵果はそういう人柄の人物だったようである。

十七

空海の長安における滞留は、二年に満たない。

年表ふうにいえば、空海のみじかい滞留中に、唐の皇帝が相ついで二人も死ぬのである。空海が長安に入って一ヵ月ほどを経、徳宗が死ぬ。順宗が践祚《せんそ》し、やがて即位する。ところが順宗は即位後数ヵ月で憲宗に世を譲り、ほどなく世を去るのである。長安の宮廷も人士も、慶弔こもごもの粧いで多忙であった。

このような長安に、日本国の使者が入った。

かつて空海らを送りこんだ遣唐大使藤原葛野麻呂《かどのまろ》が長安を去ったあと、最初にやってきた日本国使者である。ただし、恒例の遣唐大使のように、唐文明を導入するという使命と装置をもった仰々しい性質の使者ではなかったらしい。

名を、高階真人遠成《たかしなのまひととおなり》といった。高階氏は、勢力はないものの、宮廷にゆかりの深い名族といえるかもしれない。『続日本紀』宝亀四年十月のくだりに、

「安宿王に、姓を、高階真人と賜ふ」

とある。安宿王は、天武天皇の皇子高市親王の孫である。宝亀四年といえば空海の生年の前の年ということになる。ただし、皇子の孫で臣列にくだった者はいくらでもいたし、奈良朝のころは飢える者もいたというから、高階真人遠成がとても権勢家とはいえず、むしろその教養や容儀のよさを買われてはるかな長安に使いにきたのであろう。かれの使命は、順宗皇帝の即位を賀するためであった。

ところが、長安に着くと、順宗が死んでいた。慶弔が逆になり、服装その他で狼狽したにちがいない。

空海は、橘《たちばなの》逸勢《はやなり》とともに、鴻臚《こうろ》客館に、この使節を訪ねたであろうことは、いくつかの傍証がある。

むろん、留学生《るがくしょう》としては、儀礼として母国からきた判官を訪問するのは当然でもある。ほかに、火に追われるようなせっぱ詰まった理由があった。

「ぜひ、あなたの帰られるときに、連れて帰ってもらいたい」

ということを、高階真人遠成にたのまねばならない。留学生の帰国は、身勝手で済むものではなく、日本国の使節を通じ、唐の皇帝の許可を得ねばならないのである。

空海もそうであったが、橘逸勢の暮らしは窮迫していた。

「おれなんか、どう仕様もない」

と、逸勢は、これまでのあいだ、空海の宿所を訪ねては、生活費の窮迫についてこぼしていたにちがいない。

空海と逸勢は、仏を専攻するのと儒を専攻するのとのちがいがあるとはいえ、おなじ条件の留学生である。二十年滞留しなければならないが、早くも学資が尽きてしまった。空海が、逸勢とおなじ条件でありながら、密教の体系を導入するに必要なおびただしい巻数の経典や、高度の工芸技術を必要とする法具のたぐいを、個人の費用で買っただけでなく、恵果から両部の密教を相続するについての謝礼、それにともなう僧たちへの披露と感謝の宴を張る費用を、自分のふところから支出したのは、驚歎にあたいする。この費用は、官から規定どおりにあたえられた留学費のほかに、空海が、唐への出発に際して、実家や、親族、あるいは知己から金をあつめてきたおかげであるかと思える。ひとびとは空海に喜捨するだけの魅力を、仏法に対して持っていた。これにひきかえ、儒学を学ぶという橘逸勢には、ろくに合力《ごうりき》する者もいなかったにちがいない。

しかしながら空海も、二十年ぶんの費用を一時につかってしまい、窮迫という点では、逸勢とかわりがない。ただ、空海には計算があった。

「自分は、二十年ぶんの費用を一時につかってしまうのだ」

と、空海は逸勢にいったにちがいない。

（そういう手もあるのか）

逸勢はおどろき、自分もまねをしたいと思ったが、しかし勇気はなかった。費ってしまったあと、どうするのか。窮死するしかないではないか。なるほど、空海は二年か三年で帰国する。帰国しても、真言密教の法統を嗣《つ》ぎ、その体系に属する経典、法具のいっさいを日本に持ち帰るというなら、勅命違反にはならないに相違ないが、逸勢はそうはゆかない。空海の尻馬に乗って二、三年で切りあげて帰国するとなれば、たとえ法による罰をまぬがれたとしても、宮廷の指弾《しだん》をまぬがれることはできない。

それでも、逸勢は、帰りたかった。あとで触れるが、望郷の思いが、せつなかったらしく思える。

「帰りたいのです」

とは、空海は、のっけから高階真人遠成にいわなかったであろう。自分と逸勢の長安における業績がいかに充実したものであるか、規定どおり二十年滞留してもこれ以上に成果を伸ばすことは期待できない、むしろ帰国して、この業績を早く母国に伝えるほうが急務である、といったにちがいない。

話題は当然、

「つぎの遣唐使の入唐は、いつごろになりましょうか」

ということに触れたにちがいない。できればその船で帰りたい、しかしいつになるのか。遣唐使というのは舒明二年（六三〇）に犬上三田耜《いぬかみのみたすき》が使いして以来、空海、逸勢らが参加した藤原葛野麻呂の入唐まで、百七十四年の歳月がある。次数は、十六回である。行われることが、断続している。入唐した翌年にまた入唐ということもあったが、ときに第九次から第十次までのように、二十年という断絶もあった。

「いつ、と改まってきかれても、私などにはわからない」

と、高階真人遠成はいったであろう。どうせ気まぐれなものだ、つねにいつと決まったものではない、とかれはいったにちがいない。

ただ、以前から一部で唱えられていた遣唐使不要論が近頃つよくなっている、ひょっとすると、これで絶えるということもありうるかもしれない、と、逸勢が悲鳴をあげたくなる予想を、高階真人遠成はしたはずである。

たしかに、日本の宮廷のなかには、そういう気分が出はじめている。

その理由は、第一に、渡海があまりにも危険であること。つまり国家の文明化をいそいでいた奈良朝のはじめならそういう危険を冒してでも文物の導入のために派遣するという必要はあったが、第二の理由としては、すでに十六次にわたる遣唐使を派遣してほぼその目的は充実したのではないかということ。第三の理由は、この第二の理由とつながったもので、目的は充足した、というひとびとのあいだで、国粋主義的気分がおこりはじめているということ。累次の遣唐使がもたらす文物や、遣唐使の随員の帰朝によって、それまで中国文明からみれば未開であった日本に知識階級が成立し、かれらの一部のあいだで、おそらく未開時代には存在しなかったであろう偏狭な愛国精神が芽ばえはじめており、

——遣唐使など、文物をわが国にもたらすということにおいてはもっともなことながら、唐朝がわが使節を遇する態度は、南方の南詔や東方の新羅と同様、あたかも属邦に対するがごとくである。形式も内実も、朝貢と異らない。屈辱ではないか。

という意見が、出はじめていた。こういう意見が出るようになったというのも、華夷の差別をやかましく説く漢籍の教養のおかげといえるかもしれない。

第四の理由は、実際的なものであった。日本において首都が山城盆地に移った前後から、中国の揚子江以南の諸港において海外貿易が活発——アラビア人貿易者の刺激で——になったことと、その理由はつながる。唐人の貿易者が、江南の港から大船を駆って日本にやってくる頻度が高くなり、儒仏の典籍はかれらから買うほうが簡便であるという考え方が出てきた。

第五の理由は、もっとも大きい。

会計上の理由であった。桓武天皇は一種英雄的気概をもつ帝王だったために、その一代で二度も遷都をし、また三度にわたって奥州へ遠征軍を出し、国庫は払底した。参議藤原緒嗣《おつぎ》が、延暦二十四年（空海のこの時期の前年）に激しく国政を論じ「いま天下の苦しむところは、軍事と造営、この二つである。これを停止して人民の暮らしを安定させせなければならない」とし、

ついに桓武天皇の容れるところとなった。桓武天皇はこの翌年、七十歳で死ぬ。財政を無視したその派手好みの政治のために国家は破綻するところまできていたのである。遣唐使どころではなかった。高階真人遠成は、その実情や空気をよく承知していたし、空海と逸勢を相手に、そのことを語ったにちがいない。

「とても、しばらくは無理ではないか」

といったであろう。

事実、しばらくどころではなかった。

この高階真人遠成が入唐して以後、三十年間、遣唐の行事は絶えてしまうのである。桓武天皇のあとは、平城、嵯峨、淳和とつづくのだが、『馭戎概言』に、

平城天皇、嵯峨天皇、淳和天皇の三代は遣唐使の沙汰なかりき。奈良の宮の始めの御世の頃よりして延暦までは御世々々ごとに一たびは定まれる例の如くにて必ず此の事ありしに、今は斯く絶えたりしは、又いとめでたし

と、ある。この三十年にわたる没交渉のあと、承和五年（八三八）、日本史上最後の遣唐使が派遣されるのだが、承和五年といえば空海はもうこの世の人ではなく、三年前に病没している。もし空海と逸勢が、この時期、高階真人遠成にたのみこまなければ、かれらはかつての阿

倍仲麻呂と同様、ついに日本に帰ることのない生涯を送るはめになったであろう。

ついでながら、江南の貿易者の日本ゆきの私船で帰ればどうかということになるが、このことは、留学生という身分上、不可能にちかい。留学生は皇帝の好意で長安に居らしめられている以上、唐を離れるのは、皇帝の許可が要った。その許可は、その国を代表する大使の奏上を経なければならない。その国が留学生を皇帝に委託した以上、当然の手続きといえるであろう。空海らのいまの立場からすれば、この高階真人遠成の手で皇帝に奏上してもらわねばならないのである。


もし高階真人遠成が、役人かたぎでもって、

「そんな身勝手なことがあるか」

と、このとき撥ねつけてしまえば、それまでのことであった。二十年の勅命をうけたのにわずか二、三年で切りあげるなどは前代未聞である、たとえ唐の皇帝がお許しになっても、日本国の朝廷の思召をうかがわねばどうにもならぬ、わしが帰国してから、何かのついでにその旨をうかがってみる、それまで待て、とかれが言ったとしても、これはやむをえなかった。

遠成が、そうは言わなかったのは、その人柄によるものか、空海の陳情のうまさによるものか、それとも、今後遣唐の行事が絶えるかもしれないという情勢がそうさせたのか、よくわか

らない。

ともかくも空海は、口頭で遠成にそのように陳情しただけでなく、遠成を通じ、文章でもって、唐の朝廷に対し、この旨を上啓した。

その文章が、残っている。題は、

「本国ノ使ト共ニ帰ランコトヲ請フノ啓」

という。

「留住学問僧空海、啓ス。空海、器楚材ニ乏シク……」

からはじまるこの文章は、天竺の般若三蔵や恵果に遇うを得てさいわい法のすべてを授けられ目的を達した、この上は唐に滞留していたずらに時をすごすよりも、自分の天命を果たすべく帰国したい、ということを述べている。ちなみに、二十年という勅命による期限を満たさずに帰国するについては、空海はのちに、日本の朝廷に上《たてまつ》った『御請来目録』のなかで、

「欠期ノ罪、死シテ余リアリト雖モ」

と、書いている。欠期はむしろ、日本の朝廷に対する罪といえる。要するに、身勝手に欠期することはよほど深刻なことであるらしく、高階真人遠成が官吏としてこれを承知したのは、立場上、勇断であったといえるかもしれない。

とくに、橘逸勢の場合が、問題であった。空海のばあいでこそ学業はほぼ成就したという理

由が立つが、逸勢においてはそうは言えないであろう。逸勢は、その文章においてもその書においても空海にはるかに及ばないとはいえ、累次の日本使節が送りこんだ学生のなかでは出色の才というべきで、唐人たちのあいだでも、

「橘秀才《きつしゆうさい》」

とよばれ、十分に畏敬されていた。ところが、儒教は仏教のようにかならずしも体系ではなく、どの部門の蘊奥をきわめたという性質のものとはいいがたく、できれば定められた期間、唐にいることがのぞましい。それを押して帰国するというからには、尋常の理由ではとても許されがたい。

「文章は、わしが書いてやろう」

と、空海がいったにちがいない。あるいは、逸勢が代作を頼んだか。

なにしろ空海の文章は、かつて乗船が福州に漂着したとき以来、その文章をもって相手に訴えればたちどころに物事が成った。逸勢は空海ほどの文才のぬしがこの唐朝にもいないということで尊敬していたうえに、自分が帰れるか帰れないかの瀬戸ぎわであるがために、とても自分の文章の力でこの難関を切りぬけようとは思わなかったにちがいない。

「頼む」

そのように哀願した逸勢の姿が、見えるようである。

逸勢のために空海が代作した文章は、ひどく哀れな逸勢がうつし出されている。

「自分は語学ができなくて、いまだ大学に入ることができないような状態なのです」

というのが、その訴えの文章なのである。


今、山川、両郷（日本と中国）ノ舌ヲ隔テテ、未ダ槐林（大学）ニ遊ブニ遑《いとま》アラズ

という悲痛さは、これを露《あら》わに書くのがむごいほどである。逸勢は長安に入って早々、大学に入る支度をしていたが、かれには会話の能力がなく、入学が不可能なまま日を送っていた。そのうち、日本からもってきた費用がなくなってしまった。そのことを、文章では、

「資生、都《すべ》テ尽キヌ」

と、いう。何もしないうちにすっからかんになった、というこの逸勢の不器用さを、代作者である空海は容赦なく書く。こう書いて皇帝の同情をひかねばお前さんの立場ならとうてい帰れやしないよ、と空海は言ったに相違なく、逸勢も、泣きべそをかくようにしてうなずいたにちがいない。ついでながら、留学生は、日本国が支給した金品のほかに、滞留中、唐朝からも支給される。空海や逸勢が、どの程度のものを唐朝から支給されていたかわからないが、第九次遣唐使のときの留学生の例でいえば、毎年、絹を二十五疋《ひき》のほかに時服を支給されていた。しかしその程度ではとても食べてゆけない。代作者の空海は、「資生、都テ尽キヌ」と書いたあと、唐朝から支給されるものでわずかに命をつないでおります、と書いている。

「此ノ国ノ給フ所ノ衣糧、僅ニ以テ命ヲ続《つな》グ」

空海はさらにつづけて、命をつないでいるだけですから、学ぶための束脩《そくしゆう》や書物を買う費用などとても出ません、このようなことで二十年もつづけて何になるでしょうか。

「只、螻命《ろうめい》ヲ壑《がく》ニ転ズルノミニアラズ、誠ニ則チ国家ノ一瑕ナリ」

螻というのは、いうまでもなく、オケラである。オケラが命一つをつないで壑《みぞ》の中でころころしている、というのを、橘逸勢の現状にたとえているのは、いかに代作でも、空海はむごいといわねばならない。「これは国家の一損失ではありませんか」というのは、もっともなことであろう。それにしても、留学の目的を果たした空海にくらべ、会話ができないばかりに大学にも入れず、費用も尽き、露命をつないでいる橘逸勢は悲惨であった。

逸勢は、当然、自分の作であるこの文章をみたにちがいない。

「これでいい。このとおりなんだ」

と、逸勢の性格から想像して、日本国を恨み、捨て鉢に叫んで、涙を腕で掻いぬぐったかとおもえる。

高階真人遠成はこの上啓文を朝廷にさし出し、のち皇帝に拝謁した。このとき、空海と逸勢をひきいて拝謁したのかどうか、よくわからない。さらにはこのときの皇帝が順宗であるのか憲宗であるのか、どこにも明記されていない。しかし前後から察して憲宗であったであろう。

皇帝は、

「東ニ還ラントス、惟《こ》レ道理ナリ」

と、いった。その勅諚が、『御遺告《ごゆいごう》』に書かれている。皇帝は帰国をゆるしただけでなく、空海に対し、念珠をあたえた。高階真人遠成が感激してそれを拝受した。『御遺告』によれば、皇帝のことばとして、

「朕は、この僧をとどめて自分の師にしようと思っていた。しかしひきとどめるわけにはゆくまい。この念珠をもって朕の形見であるとおもえ」

と言ったという。念珠は、菩提樹の実である。


以下、有名な五筆和尚の由来（もしくは伝説）になる。

皇帝は空海の評判をきき知っていた。さらには、空海が、その師恵果の死を送るにあたって、その碑文の文章を撰しただけでなく、書もこれをかいたという評判も、当然、皇帝はきいていたであろう。長安においてはきわだってゆゆしい文事を皇帝が知らないはずがなく、あるいはさらにその碑文の全文を読んでいたとしても、唐朝の皇帝という性格からみて、ふしぎなことではない。

恵果は、空海にその法をことごとく与えたあと、それを境いに気根が虚脱したようになり、

その年の十二月十五日、青竜寺において死んだ。臨終にあたって蘭湯《らんとう》で身を浄め、真言密教第七世らしく大日如来の法印を結び、右脇を下にしてしずかに臥し、息をひきとった。齢、六十である。

越えて正月十六日、青竜寺東塔で葬儀がおこなわれ、翌日、道俗の弟子千余人が恵果の棺に従い、長安の東郊孟村というところに埋葬し、同時に碑が建てられた。繰りかえしのべるようだが、空海の撰および書である。恵果の門人数千のなかからとくに空海がえらばれたのは、かれが恵果の法嗣であるということでは、かならずしもない。恵果ほどの人物の碑文の場合、文も書も当代一流の名士に委嘱されるのがふつうであった。とくに空海がえらばれたのは、かれの文章と書芸の評判が、いかにやかましいものであったかが想像できる。この碑文は、空海の『性霊集』にあるが、碑そのものは長安そのものが田園になっているこんにち、行方がわからない。碑文は一千八百字という長文であることから察してよほど大きな碑石であったであろう。

皇帝はこのことを知っていたはずであり、さらにその上啓文をみて、

（これが空海か）

と、驚きとともに読んだにちがいない。

五筆和尚の話は、このときの拝謁（したとすれば）でのことだったか、それとも別の機会だったかはわからないが、ともかくも皇帝が、空海に宮廷での揮毫を命じたというのである。

話というのは、唐の宮殿の皇帝の御座所近い一室、というのが、設定である。そこに王羲之が書いた二間の壁がある。そのうちの一間が破損したため、修理され、この時期、壁が白いままになっていた。（考証風にいえば、東晋のひと王羲之〈三〇七?～三六五?〉は唐よりはるかな以前のひとで、その壁書が長安の宮殿にあったというのは、話として荒唐無稽である）

――唐帝、勅ヲ下シ、大師ヲシテ之ヲ書カシム。

と、『高野大師御広伝』にある。類似のはなしが、『今昔物語』にも出ている。空海はこれを承け、宮殿に入り、筆を両手それぞれに持ち、また口にくわえ、さらに両足でそれぞれ保ち、一気に五行の書を書きあげた。そのあと一字だけ書き残したのに気づき、磨った墨汁を大盆にたたえ、その盆をもちあげてそのまま壁面にそそぐと、自然に「樹」という一字が筆勢たくましくあらわれ出た、という。皇帝が感歎し、五筆和尚の称号をさずけた、と言い、さきの菩提樹の実の念珠はこのときの賜わりものだともいうのである。

この話は、ふるくから日本に伝わっていて、五筆という呼称についての考察もさまざまおこなわれている。まさか、両手両足にさらに口まで使って書いたのではなく、空海の書に影響をあたえた書家韓方明の「執筆五法」という五つの法則から五筆という呼称がうまれたのであろうとか、また空海の書の讃仰者であった嵯峨天皇が、空海の書にかぎって「御筆」とよんでいたところから五筆和尚のはなしが作為されたのであろうといったふうに沙汰されているが、この奇譚のそういうこまかい詮索や王羲之うんぬんのことはともかく、空海が唐においてすでに五筆和尚の異称があったらしいということは、たしからしくおもえる。

わずかながら証拠がある。空海のこの時期よりのち、四十数年経って、後年天台座主につく円珍が入唐した。その『行歴抄』において、円珍は唐土で寺主僧の恵灌なる者に遇う。そのとき恵灌は円珍が日本僧であることを知って、

「五筆和尚はご健在であるか」

と、問うたというのである。円珍は五筆和尚とは空海のことであろうと察した。ついでながらのちに智証大師とおくり名された円珍は、『天台宗延暦寺座本円珍伝』に、「母ハ佐伯氏。故僧正空海阿闍梨之姪也」とある。空海の佐伯氏はその族葉から多くの俊秀を出した。円珍もそのひとりだが、空海の血縁でありながら、なぜ最澄の天台宗に入ったのであろう。もっともその詮索は、このくだりと関係はない。ともかく、円珍は、在唐当時の空海を知っている唐僧に出遇ったのである。

しかしこの時期、空海はすでに遷化してこの世にない。

「ソノ僧、スデニ亡化セリ」

というと、唐僧は胸をかきむしってなげき悲しみ、

「異芸、未ダ曾テ倫《たぐひ》アラズ」

といったという。円珍がこういう場面に出くわしているかぎり、空海が宮廷で揮毫したかどうかはともかく、五筆和尚の呼称が唐でおこなわれていたことは、信じてよさそうな気もする。

ただかすかに不審なことはある。空海は、自分の晴れやかな事歴についてはたいてい自分自身が書き残しているようであるのに、この宮廷でのことがどこにも見あたらないということである。もっともひるがえって思えば、それだけでは、とくに不審とするにあたらないかもしれない。

筆者は、この事歴にやや執着している。五筆和尚という逸事はともかく、空海が大唐帝国の皇帝に拝謁したという一事についてである。拝謁し、その帰国を愛惜する旨の勅諚を賜わった。このことは、空海が、のちに日本国および日本国天皇とかかわってゆく上で、その特異な態度をわれわれが理解するかぎになりそうに思えたりするのだが、しかし無駄かもしれない。どうも、事実としてはあいまいなようにも思われたりする。

空海はなお、西明寺にいたらしい。

かれの毎日は多忙であったであろう。悉曇《サンスクリット》を学び、経典や漢籍をあつめ、また坊間《まち》の墨屋や筆屋と仲よくなってその製法を学んだり、あるいは大官や文人墨客から招ばれたり招んだりする社交をもおろそかにしなかった。ひとびとは空海の才を珍重し、あらそってかれをサロンに招待したかのようであり、この点、空海は決して孤独な日本僧ではなかった。空海はときに橘逸勢を連れて社交の場に行ったりしたらしいことは、逸勢と連名で詩を贈られていることからも察せられる。逸勢は会話が不自由なうえに、人交わりのむずかしい性格だったために、ともすれば宿舎に籠りがちであったであろう。逸勢が、橘秀才という評判を長安の社交場で得たのは、ひとつには空海が何かといえば機会を作ってやったことによるといえるかもしれない。

空海が帰国するといううわさは、かれと交わりを結んだひとびとに深い衝撃をあたえた。みなその別離を惜しみ、ある者は詩を贈ってきたし、ある者は文章を、ある者は古人の筆蹟や詩文集、または法帖を贈ってきた。それらは、活字として現存しているものだけでも、朱千乗、朱少端、曇清、鴻漸、鄭申甫などの名と作品がある。わずか二年そこそこのあいだの滞留で、長安の名士とこれほど詩文の交換を繁くした例は、二百年余にわたる遣唐使の歴史のなかで皆無であるであろう。空海の異能は、恵灌が円珍に対し、悲しみつつも讃えたように、未ダ曾テ倫アラズ、というものであったにちがいない。

空海が高階真人遠成らの一行とともに長安を去ったのは、かれが入唐した翌々年の三月であった。三月中旬ごろであったろうことは、諸種の事実で容易に推しはかることができる。長安の春明門を出れば田園には桃李が花をひらき、馬をすすめて郊外十里舗に至れば灞水《はすい》のあたりに晩春の物憂い靉気《あいき》が立ちこめていたであろう。空海は長安城をふりかえって、無量の想いがしたにちがいない。

空海の想いのなかばは、おそらく帰りたくない気持で満ちていたかとおもえる。かれの才といい、性格といい、大唐の長安に在るほうがはるかにふさわしく、すべて物事のせせこましく田舎くさくもあるその故国では、およそ似つかわしくなかった。かれに、留学生という義務と、密教宣布という使命の意識がもしなければ、あるいはかれは生涯帰らなかったかもしれない。

空海は、その書芸においても詩文においても、華麗さを楽しみ、花や玉の美しさを創造することができる人であり、その才華は長安の都市美のなかにおいてこそ輝くことができ、さらには長安の人士と詩文を交換しあうときにこそ充足を見出すものであったであろうことは想像に難くない。これだけの才華が、陋隘な故郷をめざすというのは、ことさらかれの道心を別にして考えれば、身をひき裂かれるような思いであったろうか。

この時代の唐の才能のある人士は、長安に居ることに固執した。官を辺境に得て長安を離れねばならない者はその詩でその悲しみを歌い、地方勤務の長い者は長安を恋うるの詩をつくり、長安にいる者も、長安に居つつもなお飽くことなく長安の美を詩の中でうたいつづけた。きわだった芸術的才能をもつ空海が――つまり芸術家としての空海の半身が――長安を離れるにあたって何の感慨ももたなかったということは、むろん考えられない。

このときの空海の悲しみについては、当然なことながら空海はなにも書きのこしていない。しかし、それを想像しうる足がかりのようなことがらが、すくなくとも二つは挙げられるかもしれない。

ひとつは、『古今著聞集』にある。

空海は、芸術的気分のつよかった嵯峨天皇からふかく尊崇され、両者の関係は天皇と僧侶というわくを越え、もっとも親密な友人というにおいが濃く、その友人関係も、空海のほうが兄貴分として接する風があった。日本の書道の上では、空海、嵯峨天皇それに橘逸勢を加えて、「三筆」とされるが、空海と嵯峨天皇のあいだの話題は、とくに書に関してであった。

あるとき、嵯峨天皇は自分が収集した古今の書を多く取り出し、空海に見せてその意見をきいたり、自分の感想をのべたりしていた。そのうち、天皇がとくに珍重している一巻があり、

——天皇おほせ有りけるは、是は唐人の手跡なり。その名を知らず。いかにもかくは学びがたし。目出度き重宝なり。

と言い、しきりに感想をのべた。空海は十分に言わせてから、それはわたくしの書です、といったのである。

事実、そうで、空海の在唐中の作品なのだが、空海はこういうあたり平気で天皇に恥をかかせてしまうところがあった。

天皇はなおも自説をゆずらず、ややののしり気味で、

「貴僧のいまの手跡とちがうではないか」

さらに、こう言っては何だが貴僧の書よりずいぶん上である、といった。

空海は、そのお軸をお放ちあれ、その上で合わせ目のところをご覧じあれ、といった。天皇がそのとおりにすると、「某の年、某の日、青竜寺に於て之を書す、沙門空海」という意味の署が出てきた。

天皇はおどろき、一応は信じたが、しかし解《げ》しがたいことは、たとえ空海の筆蹟であるにしてもいまの空海とこの一巻における空海とのあいだに違いがありすぎることだった。『古今著聞集』の文章によれば、天皇は、

――さるにても　いかにかく　当時のいきほひには　ふつとかはりたるぞ。

と、尋ねた。これに対する空海の返答は、

「国によって書というのは変るのです。唐土は大国でありますから、大国に相応して勢いもその軸の筆跡のようになります。それにひきかえ日本は小国でありますから、小国なるがゆえに私のいまのような筆跡に相成っております」

というものであった。天皇大きにはぢさせ給ひて其の後は御手跡あらそひもなかりけり、という言葉でこの挿話はむすばれているが、天皇が恥じたのも、空海のこのふとぶとしい態度からみれば、自分のめきき違いを恥じただけでなく、自分が小国の王ということをも恥じたといえるかもしれない。

この『古今著聞集』の話はおそらく事実に相違なく、読みようによっては、空海が大国に相応した自分の才が不幸にも小国に在らざるをえないということを、なげくともなく言っている

ようにも思える。

空海が、四十三歳のときに朝廷に高野山を拝領することを乞い、ここに壮麗な堂塔伽藍を営んだというのも、その堂々たる宗教的理由はべつとして、かれの長安に対する、それも私やかな歎きが籠められているようにも思える。

道が長安城を遠ざかりつつあるとき、ひとびとは何度もその城壁と楼門をふりかえったであろう。橘逸勢が、あるいは空海のそばに馬をよせ、

「故国に帰れば、生涯、長安の夢を見るかもしれぬな」

と、ささやいたかもしれない。

空海のような詩情と、造形と色彩の才能のある男が、物に疲れたとき、あるいはにわかに自分の青春が恋しくなるとき、この長安における二年の歳月が極彩色の夢になって現われぬということは、むしろありえない。

こんにち、高野山に登っても、なおわれわれは十分に想像できる。かれが都を遠くはなれた紀州の山をことさらにえらんだのは、記録されているもっともな理由で十分なのだが、しかしふとふりかえってみるに、海抜千メートルの山頂に平坦な道路をつけ、青丹にいろどられた建物をたてならべてそこを自分のついの棲まいにしたのは、あるいは過ぎし日の長安を偲ぶよすがを造ったということでもあったであろうか。空海の在世当時の高野山の規模はまだ小さかっ

たが、それでも堂や塔や宿坊の数や配置などによって想像するに、当時としてもなお、山中に隠れた宗教都市の観があったかと思える。高野山の盛時は、堂塔伽藍二千をかぞえた。長安の一角をしのばせるに十分であったに相違なく、いまなおそのおもかげをうしなわない。空海の意図はむろん他にあるとはいえ、かれがこの隠れ里のような山中の街衢の中にあって長安への思慕をかろうじて癒していたかもしれないと想像するのは、この人物の巨大な空想の才をおもうとき、当然な想像であるようにおもえる。

やがて灞水のながれにかかる灞橋のたもとまでくると、見送りのひとびとは長安のならわしによって、ここで馬を立て、別離をすることになる。それぞれが柳の枝を折り、手向けとして東へゆく旅人たちにあたえるのだが、空海も、多くの友人たちから、この手向けを受けたに相違ない。

空海を見送るひとの多さは、行人をおどろかしたであろうかと思える。大官の朱千乗もいたであろうし、進士の朱少端もいたはずである。西明寺や青竜寺で法縁をむすんだ僧のほとんどが見送りにきていたにちがいない。

空海はすでに書生ではない。恵果のあとを嗣ぎ、真言密教第八世の法王になっている。かれは別離の俗情をおさえがたくおもいつつも、容儀をととのえ、目に涙することなく、温雅な表情を作って春風に袖をなぶらせていたであろう。言うべきことばも、すでにひとびとに返答した詩によって尽きているために、多くを言わない。

「同法同門喜遇深シ。空ニ随フ、白霧忽チニ岑《みね》ニ帰ル。一生一別、再ビ見《まみ》エ難シ。……」

と、青竜寺で仲のよかった義操に与えた詩にもあるように、白い霧が岑に帰ってゆくがごとく、生涯ふたたび互いに会いがたい。空海の別離の思いは、この「一別、再ビ見エ難シ」というこ とばに尽きていたかともおもえる。

十八

私事ながら、筆者が空海についての考えをまとめている時期、何度か高野山にのぼった。春が終ろうとしているころ、山内の西南院に泊まったが、たまたま高野山の文化財の調査にきていた旧知のN氏に出遇った。その夜、西南院の座敷を借り、久闊を叙しつつ、和田住職ともどもこの山の開祖について語りあったが、このとき、N氏が、

「空海の年譜をみると、唐から帰ったあと、上京まで謎の期間がありますね」

と、いわれた。

たしかに、そうにちがいない。空海はあれほど勢いこんで帰国したにもかかわらず、筑紫の博多（当時はむろん博多とはいわない。那《な》ノ津、もしくは娜《な》ノ大津、あるいは単に大津ともいった）に上陸するや、筑紫にとどまってしまい、資料的には一年ちかくも消息を断つのである。自分の行動について多弁な空海がこの空白期について何も書き残さず、後年弟子たちにも語らなかった様子で、このため『御遺告《ごゆいごう》』にも明白でない。

空海は、自分の行跡について沈黙してしまう期間をその生涯でいくつか持っている。このいくつかの空白は、空海の人柄を察する上で、文字で埋められた期間よりもあるいは大きいかもしれず、かといっていまとなれば想像以外に埋めようがない。

N氏はさりげなく言い捨てるような調子でそう言い、それ以上は言われなかった。しかし座敷のほの暗い光りのなかに浮かんでいるN氏のそのときの表情が、なにごとか言い出しそうで、つまりひどく思念の充実した感じで、いまもその表情を思いうかべることができる。N氏は、文化庁の仕事で高野山の旧道に点々とのこっている町石《ちょうせき》の調査にきておられた。話題は、鎌倉期の町石のことに移ってしまった。

N氏のおかげで、それ以来、私は空海の筑紫滞留のことを考えつづけざるをえなくなっている。

話を、空海の上にもどす。

空海は帰国のため長安を去ったあと、四十日をついやして越州に着いた。越州はこの時代のよび方で、いまは酒どころで知られる紹興である。杭州湾の沿岸にちかく、水田がゆたかにひろがり、野を割って小運河が流れ、城壁がめぐらされた越州府の南に、会稽山がそびえている。春秋のころ、このあたりは中原からみればなお蛮地とされ、越州は越の中心であった。空海は会稽山を仰いで、越王勾践の故事をおもったであろう。

越州は、あたかも水都といっていい。近郊の物資が運河をつたって運ばれてきて、城内は商業でにぎわっている。富家が多く、自然、寺院が栄え、高名の僧が多くあつまっていた。

空海は、この土地でも経典の収集をしようとした。このためかれは越州に入るとすぐ、土地の長官に、その協力をしてほしい、という書状を認めて投じている。この書状は、空海の文集である『性霊集』にある。

「越州ノ節度使ニ与ヘテ、内外経書ヲ求ムルノ啓《けい》一首」

というのがその題で、日付が元和元年四月とあるがために、空海が越州についた季節の想像がつく。水辺の涼風が、楊柳の青葉をさわがしていた季節にちがいない。

空海は、四ヵ月、この水都に滞留した。

かれはこの地で、長安で集め洩らした儒仏の書籍を得ようとしたが、この当時は当然ながら筆写をする。筆写をするには、写経生を傭わねばならない。それには経費が多くかかるのだが、空海はすでに長安でかれがしきりに歎いたように路銀が乏しくなっており、そのためもあって、この地方の長官である越州節度使に窮状を訴えて協力を懇請したのである。

「衣鉢竭《つ》キ、人ヲ雇フコト能ハズ」

と、悲痛なことばを節度使に対して吐いている。さらに、空海は節度使への啓に言う。仏教に関するものだけでなく、ひろく文学、天文、医学、美術の書などもほしい。いやしくも世を益し人を救うものならすべて写しとって帰りたい、ぜひご助力を乞う、と空海はいう。空海は長安ですでに主として密教に必要なもののみを写し得た。越州ではひろく文化一般のものを得ようとしているのである。このあたり、唐文化の伝達者としての空海の面目がきらびやかにあらわれているが、それよりもこの窮状を訴える文章の悲痛さはどうであろう。

越州の節度使が、この啓に対してどのように応えてくれたかは、あきらかでない。しかし、空海は越州において十分以上のものを写しとった。さきに長安で写したものが三百余巻という数字であることはあきらかである。ところでひるがえって、かれが日本に帰って上表した書目が、四百六十一巻になっている。このふえたぶんだけ、越州でうつしたことはまちがいなく、記録された目録（『御請来目録』）にあげられていない書籍、法帖、筆蹟もある。詩文集や拓本のたぐいなどがそれで、これらぼう大なものを筆写するには、土地の節度使の協力がなければ不可能であったにちがいない。

さきに、越州には名刹が多く、高名の僧が多くあつまっている、と触れたが、そのなかで密教関係の知名の僧としては、順暁がいる。

「越州に入れば、早速、順暁阿闍梨《あじゃり》を訪ねたい」

と、空海が人にも語っていたであろうことは、想像がつく。

順暁は、越州の竜興寺に住していながら、長安の宮廷の内供奉十禅師（宮廷の侍僧、日本の宮廷においては最澄もそうであった）の席ももっており、おそらく越州第一等の名僧だったであろう。その順暁が、『御遺告』によれば、恵果《えか》と相弟子（不空の）であったという。しかし他の資料では順暁が不空の弟子だったことは疑わしく、かれは善無畏《ぜんむい》の弟子で、法を新羅僧義林から承けたともいう。順暁の付法の師はたれであるかという詮索は、ここでは措《お》く。ともかく順暁は空海の師匠の恵果と親しかったという想像は十分ゆるされるし、さらに、『御遺告』においては、長安で恵果と順暁が語りあっている座に空海が侍《じ》していたという情景を想像しうる記述もある。

要するに、空海は竜興寺に順暁を訪ねたであろう。ときに空海は嚢中乏しく、しかも内外の経書を筆写したかったために、旧知であれば当然順暁を訪ね、その助力を乞うたに相違ない。この想像の根拠は、ほぼ堅牢であるといわねばならない。

そのとき、空海は当然、以下のような重大な話をきいたはずである。

「日本僧最澄がきた」

ということであった。空海は、血が騒ぐようなおどろきを覚えたにちがいない。

最澄はたしかに、順暁のもとに来ている。

そのことは、最澄自身がしばしば書いているからまぎれもないことであり、しかも来ただけではなかった。最澄は順暁から密教の付法をうけてしまっていた。この事実を順暁によって知らされたとき、空海は、腹の中に氷塊をほうりこまれたようなおどろきをおぼえたであろう。空海だけが密教の相承者でなく、最澄もそうだということになる。しかも、最澄は早く越州に来、早く帰国した。

最澄が越州にきたのは前年（八〇五年）であった。そして同年の七月にはもう帰国してしまっている。空海がなお越州にいるこの日も最澄は日本で大いに密教を宣布しているにちがいなく、すくなくとも空海にすれば、日本に密教を将来する最初の人としての栄誉は去った、ということになる。

かつて空海とともに入唐《にっとう》した（船はちがったが）最澄は、長安にも入ることなく、上陸するとすぐ、台州にむかった。かれの入唐の目的は天台山で栄えていた天台宗の体系をのこらず持ちかえることであり、そのためには寸暇を惜しんだのである。天台山で目的を果たすと、容赦もない去り方で台州を去った。中国語ができない最澄は、空海のように土地の大官と詩文の交換などをするゆとりもなかった。また最澄はかならずしも詩文の才のない人ではない。しかしその文才は理論を説くことによく適《あ》い、この当時の流行の毛彫り細工のように華麗な文章を書くことに適していなかった。詩もまたかならずしもうまくない。さらにまた最澄は社交的性格の人でもない。

最澄は去年の三月二十五日、日本への出発港である明州に着いた。

ところが、船の準備ができておらず、一ヵ月半ほど待たねばならなかった。最澄はつねに目的の明快な行動をするひとで、その生涯は、火であぶられているように気ぜわしい。かれはただ船待ちするだけで港町でぶらぶらしていることに堪えられなかった。幸い、耳寄りな話をきいた。明州から百二十キロほど離れたところに越州がある、そこ《ここ》は仏教の盛んな町だという。

「ずいぶん遠いですよ」

と、ひとはいったにちがいない。

「いや、ゆきます。経典があるときけば、行かざるをえない」

と、最澄はいったであろう。

かつて人夫たちに重い荷物をかつがせて明州から天台山へ急行した最澄は、歩くことは平気であった。行くべく、明州を一時去った。

越州へ志したときの最澄は、「経典をもらいにゆこう」という程度の気持だったし、かならずしも密教をめざしたのではなかった。最澄にとって密教は、拾いものだったといえる。

そこで竜興寺を訪ね、順暁に会った。

「あなたが、日本の請益僧ならば」

と、順暁は、最澄の資格を重視したであろう。請益僧とは、日本国政府が正式に唐の仏教を将来すべく官命で命じている身分で、同時に唐朝がこれを承知し、その便宜をはからう。当然、越州においては地方長官が順暁に最澄のことを頼んできたはずである。いわば国命である以上、順暁は最澄に、自分が持っている密教をことごとく付法せねばならない。

ついでながら順暁は恵果のように密教の正統の継承者でなく、いわば傍流の人であった。最澄もまた、密教を承ける下準備はなにもできていなかった。空海が、入唐前、日本において、師もなく手引書もないままに苦心してこの未知の体系をみずからのものにしたような経験は、天台宗をめざしていた最澄にはまったくない。素地なくしていきなり密教を体系ぐるみ承ける——付法される——というのは、たとえば空海の感覚では不可能にちかいが、最澄はともかく持って帰りたかった。

経典を筆写するのに、空海の場合のように苦労は要らなかった。最澄は国家がつけてくれた通訳として弟子の義真をともなっていたし、ほかに従者もひきいており、さらには唐土でやとった写経生まで連れていたのである。

これによって順暁から相承をうけ、さらに典籍百二部・百十五巻も筆写した。また順暁から法具七点を譲りうけた。この法具七点という数字は、『伝教大師将来越州録』にある。密教は、それを修する者が宇宙の内奥と交信し、一体化する以上、秘密修法に多くの道具を必要とする。空海の場合は恵果からそのいっさいを承け、その調製を恵果が肝煎《きもいり》し、たいそうな点数になったのだが、順暁が最澄に譲るところはわずか七点しかない。この一事でも、最澄がゆずられた密教は、中国における正統密教のほんの一部をなしているだけということがわかるが、このとき最澄自身には自分が何を得たのか、十分わからなかった（あとになって最澄は気づき、最澄らしくきまじめな、いわば好もしい態度で狼狽する）。さらにいうと、最澄はこの越州でのあわただしい相承のとき、正統密教を構成する二つの部門である金剛界も胎蔵界も、区別がつかなかったような気配さえある。

ともかくも空海は順暁から、

「最澄に密教をゆずった」

ときかされたとき、よほどおどろいたであろうことは、まちがいない。ただみずからを慰めるところは、順暁の密教が全体系の一部にすぎず、ごく偏頗なものだということだけだが、それでも密教は密教である。それを最澄がすばやく（と空海は思ったであろう）持ち帰り、日本で披露してしまえば、あとから帰国する空海がいかに自分の密教が正統であり、全体系であると呼号しても、後《あと》の祭りというべきではないか。

最澄は、天皇の師である。

かれを尊崇し庇護する天皇が、英雄的所業を好む桓武天皇であるだけに、天皇は最澄のほうを信用し、空海のようにもともと私度僧として出発した無名の若い僧のいうことなど、信用しようとしないのではないか。

空海の多分に戦闘的性格からみて、

（これは、法難といえるかもしれない）

とさえ、思ったのではないか。

最澄が越州に滞したのは、一ヵ月ほどである。

空海は、四ヵ月ほどいた。

この間《かん》、神秀という華厳《けごん》の大学者にも会い、その奥旨を会得した、といわれる。華厳は宇宙の構造と運動を説いたものとしては大日経の先駆をなすもので、空海は入唐以前から旧仏教のなかでは華厳をもっとも尊重する立場をとった。ついでながら日本における華厳の研修機関は奈良の東大寺ということになっている。のち、奈良の諸大寺が衰弱する。とくに最澄の南都の旧仏教攻撃によって動揺するが、奈良の諸大寺の長老たちは走って空海の門にゆき、空海に入門してその華厳学を聴くことによって、政治的にも教学的にも新時代と調和しようとする。その空海の華厳学の完成は、この越州滞留の時期であったといっていい。ただし、密教僧である空海にとっては、華厳学の探究は知的余技であった。

帰路は、明州の港から船出した。のちに寧波《ニンポウ》という名に変ったこの港は、日本の遣唐使船にとって母港のようになじみ深い港であった。判官の高階《たかしなの》真《ま》人遠成《ひととおなり》以下すべてそろい、八月下旬、風を得て出港した。

帰路は北路か南路か、ともかくどの経路をとったのか、よくわからない。空海自身の『巡礼記』が亡失して伝わっておらず、判官の高階真人遠成の復命書も伝わっていないため、経路も、海上での日数も、また海上での出来事もさだかでない。ただ『高野大師御広伝』には、「飛帆ノ後、シバシバ漂蕩ニ遇フ」とある。この海上の困難は単に文飾なのかどうか。もっとも右の『高野大師御広伝』には、海上での変事として、

海上ニ於テ、船中ノ人々云フ、日本国天皇（桓武）崩ズ、云々《うんぬん》。側《かたはら》ニ此ノ言ヲ聞キ、首尾ヲ尋問スルニ都《すべ》テ分明セズ。大師粗《ほぼ》コレヲ覚レリ

という記事がある。天皇の崩御という事柄をわざわざ作りごとするはずがないから、おそらく空海が体験し、のちのちまで語っていたにちがいない。

うわさは、船が明州を出帆してから出て、船中をかけめぐった。ともかくも桓武天皇がなくなった、という。事実、この年の三月十七日、在位二十五年という桓武天皇は、七十歳で崩じているのである。

このうわさは、船人《ふなびと》がおそらく明州港で、唐の船人の口から仕入れたものであるかもしれない。三月十七日に天皇が京都で死んだといううわさが、八月には早くも明州港にとどいているということは、この当時の海上交通の状況を察する上で、興味がある。日本と唐のあいだは何

年かに一度の遣唐使船だけが往来していたのではなく、すでに唐側において、勇敢な私貿易の船乗りたちが東シナ海の風浪を冒して往来していたことをこのうわさは証拠だてている。側ニ此ノ言ヲ聞キ、という相手は船人だったであろう。空海は噂のその出所などを問いただしたところ、話にアタマもシッポもなかった。しかし空海はほぼそれが事実であろうことを覚ったらしく思える。

空海にとって、多少の衝撃があったにちがいない。

かれが九つのときに桓武天皇が即位した。事業ずきの桓武天皇の一代は長岡京に遷都をしたり、さらに平安京という大規模な帝都を造営したり、坂上田村麻呂を登用し、さほどの必要もない遠征軍を発して蝦夷を討たせたり、各地で兵器や船舶をつくらせたりして、じつに騒がしかった。この騒々しさは、少、青年期の空海に無縁ではなかった。この天皇の事業遂行のために能吏として働いた佐伯今毛人《さえきのいまえみし》は空海の讃岐佐伯氏が氏族の長《おさ》として仰いでいた人物であったし、天皇の第三皇子である伊予親王の侍講が、空海に漢籍を教えてくれた母方の叔父の阿刀大足《あとのおおたり》であり、この在位の長い天皇の死は、空海にとって、一応は具体的な感想の湧くことがらでもあった。

しかし同時に、

(最澄は、こまっているのではないか)

という感想が、おこらなかったとは言いがたい。空海は政治的感覚のするどい性分であり、桓武天皇が最澄の学才を愛することが篤かったことをかれは知っているのである。最澄は、桓武天皇という保護者をもたなかったならば、唐へ請益の大任を帯びて渡ることも、あるいはなかったかもしれない。

たしかに桓武天皇の死は、最澄をして徐々に苦境に入らしめた。

天皇の容態がわるくなったころ、最澄は宮中にまねかれて、天皇の病気平癒を祈った。この祈禱のさきだったか、あとだったか、最澄は朝廷に請願し、自分があらたに持ち帰った天台宗を、公認の宗にしてもらった。朝廷にすれば非常な恩恵といっていい。

宗というのは厳密には思想体系をあらわす言葉だが、同時に教団というにおいがある。ただし「宗」の教団的語感は後世より強くはなく、とくに、奈良に既存している六宗（三論、倶舎、華厳、律、法相、成実）においては、仏教学の六部門と理解したほうが、より正確かもしれない。

この六部門に、あらたに最澄の天台宗を加えるのである。加えてほしいと上奏したのはこの年の正月三日で、その上奏の内容は、

「天台宗も、他の六宗と同様、年分度者《ねんぶんどしゃ》（僧になることについての官許の人数）を出す資格を許してほしい」

というものであった。この最澄のねがいは、すぐゆるされた。天台宗は公認された。奈良六

宗の長老たちはこれに対してかならずしもいい感情はもたなかった。もともと最澄は自分の天台宗を押しすすめるにあたって、奈良六宗に対する否定のようなかたちをとっていたからである。

この天台宗の公許は、このとし延暦二十五年（大同元年）正月二十六日である。公許は桓武天皇の最澄に対する最後の好意であったといっていい。

桓武天皇が死に、平城《へいぜい》天皇が践祚すると、宮中の勢力は交替した。あらたに右大臣になった藤原内麻呂は、奈良の旧仏教に対して同情的であったようであり、最澄の都合のいいようには動かなかった。最澄は四十歳になっていた。それまで往くとして可ならざるはなかったかれの順調な前半生はどうやら桓武天皇の死とともに終ったようであり、以後、自分の法のために戦闘的に――とくに奈良仏教に対し――ならざるをえない最初の年になったといっていい。

その年の八月、空海は海上にある。

空海の航海がいつ終了したかについては、諸記録があいまいで、詮索するすべもない。漠然と、秋に帰ったということにしたい。

上陸すると、一行は恒例により、大宰府の鴻臚館《こうろかん》に入った。鴻臚館は外国からの客の宿泊施設であったが、外国へゆきかえりする使節団一行の宿泊にも用いられる。橘 逸勢《たちばなのはやなり》も、空海とおなじ船に乗り、おなじく下船したから、ともどもに鴻臚館に入ったであろう。逸勢は、長安にあって望郷の想いがつよく、精神が平穏でなかったから、艀《はしけ》に乗って砂浜に降り立ったとき、よろこびのあまり涙をこぼしたかと思える。

「都へすぐ帰りたい」

とも、いったであろう。

しかしながら、上陸すればすぐ上京するというわけにはいかない。このころ、日本の朝廷も、事務上の慣習は中国風になっている。まず、判官高階真人遠成一行がぶじ筑紫に帰着したという旨を、鎮西の治所である大宰府から急使をもって都へ報らせるのである。それによって朝廷から沙汰書がくだってくる。判官一行はその沙汰書を待ち、はじめて京へ出発する、という運びになる。それまでは鴻臚館で旅のつかれを休めるということになっていた。

それらの手続がおわって、高階真人遠成は、十月、京へ発った。橘逸勢も、おそらく、この一行にまじって、京にむかったであろう。

ところが、空海のみは、残留した。そのあと、翌年初秋まで一年ちかく筑紫路にいる。N氏がしきりに不審がっていたのは、この残留の意味なり理由、またはその残留期間の行動で、このことは空海自身が沈黙しているかぎり、想像するほかない。

『筑前国続風土記』というのは江戸期に貝原益軒が藩命で編纂したものだから、むろんあたら

しい書物だが、ここに、この時期の空海に関する福岡地方の伝説がかかげられている。それによると、

「弘法大師は……大同元年冬十月二十三日に博多に帰着された。翌年四月下旬までこの地（博多）に淹留《えんりゅう》し、伽藍を一つ建てられ、東長密寺と号せられた。この寺、はじめは博多海辺にあり、その境内はいまの呉服町のあたりまで及んでいた」

という。ただし東長密寺という寺が実在したかどうかはわからない。

さらに右の風土記では、空海は大宰府の観世音寺にも、

――帰朝のとき、しばらく此寺に居住せられしとかや。

という記事をのせている。

大宰府の観世音寺は堂々たる実在の大寺であったし、そこにこの時期の空海がしばらく――どれほどの日数であったかは不明であるにせよ――居たということは他に確証がある。ただし何のために居たかは、わからない。

ほかに、九州や山陽道に鎮座する神々の社を巡拝していたという伝説もある。空海はさきに航海の無事を神々に祈念したから、それによって帰着を神々に報賽するということは、当然であったであろう。しかしそのためにのみ、京にものぼることなく、一年ちかくも北九州をうろついたということは、まずまず、尋常なことではない。

この時期に、空海がやったことで、ただ一つだけ確かな行動の跡がある。『性霊集』に、こ

の時期の文章が収められている。空海は田中少弐という者に依頼され、願主の亡母のために法要を営んだ。その願文がのこっているのである。

少弐とはいうまでもなく大宰府の官職である。ただ田中という人物が何者なのか、それを想像できるだけの資料は、まったくない。

法要は、密教によっておこなわれた。このことは、まぎれもなく真言密教の儀軌に従って法要がおこなわれた最初であるといえる。願文によれば、その法要は手間数がかかったものであった。空海は、田中少弐という歴史上未詳の人物の亡母のために、みずから絵筆をとって千手千眼大悲菩薩や四摂八供養の菩薩など十三尊の秘密菩薩の像をえがき、さらに法華経八巻と心経二巻を書写して供養したのである。よほどひまだったのか。ともかく上京後の空海のありかたを思えば、草深い筑紫の在庁官人のためにこれほど入念な供養をしてやるというのは、異様とさえいえる。ほとんど流離ともいえるこの筑紫滞留時代、この大宰府の少弐によほど世話になったのであろうか。

この法要は、空海が願文に書き入れた日付では、大同二年二月十一日になっている。空海の帰国はこの前年の秋である。すでに年を越してしまっている。


話が、前後した。

唐から帰った判官高階真人遠成が、しばらく大宰府の鴻臚館にとどまったあと、上京せよとの沙汰に接し、一行をひきいて大宰府を去ったのは、この法要の前年の十月である。

このとき、空海は、唐からもち帰った密教の大体系に関するおびただしい経典、経論、仏画、法具、その他内外の典籍類を目録にして書きあげ、高階判官に託した。

『御請来目録』

とのちにいわれるものがそれである。

目録の冒頭に、「新たに請来せる経等の目録を上《たてまつる》の表」という題で、文章を書いた。日付は、大同元年十月二十二日になっている。おそらく高階判官の出発の日であろう。

この文中、空海は二十年の留学期間を早々にきりあげて帰ってきた罪については「欠期の罪、死して余りありと雖も」と書きつつも、

「窃《ひそ》かに喜ぶ、得難き法を生きて請来せることを」

と、誇らしげに書いている。むろん、いかに空海が誇っても誇り足ることはなく、当時の文化価値観からいえば日本国にとって史上空前の大財宝といわねばならない。しかも空海はこの上表文のなかに、真言密教の要諦を簡潔に説き、かつ、いままでの顕教（天台宗をもふくめて）とはくらべものにならぬほどの大法であることを述べている。さらに、恵果のことものべた。恵果が不空の嫡系の人であり、その恵果から自分がことごとく法を譲られた、これは大変なことなのだ、という旨のことも述べている。もし、宮廷の大官でこの文章をみて昂奮しない者があるとすれば、狂人か、よほど鈍感な者であろうかと思える。

高階判官は、『類聚国史』の記載によれば、「復命の日に特にこれを授く」として、従五位上をさずけられている。日付は、大同元年十二月壬申である。十二月には高階判官は京で復命し、かつ空海の『目録』をもさし出していたかとおもえる。

ところで、京では別の状況が進行している。

最澄がすでに密教を持ち帰ってそれを宣布しているということである。

繰りかえすようだが、最澄はこの前年（延暦二十四年）に帰国し、持ちかえった経典類の目録をつくって朝廷にさし出した。最澄の場合は、かれの使った字句によって『将来目録』とよばれる。

最澄は天台宗の体系を持ちかえったにもかかわらず、桓武天皇や廷臣たちの関心は、最澄が、いわばついでに越州から持ちかえった密教に集中した。

密教についての評判はすでに日本にまで聞えていてそれへの関心が大いに昂まっていた。このあたり、空海の出発のころの大方の無関心さとくらべ、事情が変ってしまっている。事情の変化というより、流行の変化であった。唐の玄宗皇帝が不空の密教に傾倒したといったたぐいの具体的な事例や話題が日本の宮廷に入っていて、しかも実体がまだ入っておらず、そのためかえってあくがれが強くなっていたかと思える。そこへ最澄が密教をもたらした。最澄の『将来目録』のなかに密教が入っていることを知った桓武天皇のよろこびようは、やや常軌を逸していたかとおもえるほどで、すぐさま和気広世に勅し、

真言の秘教等（密教を指す）、いまだこの土《くに》に伝ふることを得ず。然るに、最澄、幸にこの道を得、まことに国師たり。宜しく諸寺の智行兼備の者をえらび、灌頂《くわんちやう》を受けしめよ

と、命じた。最澄のもたらした天台については触れず、密教にのみ昂奮し、密教をもたらしたがゆえに最澄を国師であるとし、しかも、旧仏教の長老たちに灌頂を受けさせせよ、と命じているのである。灌頂は密教のみに存在する行事であった。香水《こうずい》を頭に灌《そそ》ぐ儀式を言う。これを最澄を導師として国家の事業としてやれ、と天皇はいう。気ぜわしく命じている息づかいまできこえるかのようである。

この天皇は、即断即行の癖があった。法会《ほうえ》の場所は高雄山寺とし、その境内に壇が作られた。法会のための事務長官として、小野岑守《おののみねもり》が任命された。天皇はさらに勅して、

「法会の所用は、多少を論ぜず、最澄の言にしたがって、皆悉く奉送せよ」

と命じた。灌頂には、大日如来像や大曼陀羅の絵図が要る。密教の儀軌ではこの装置は複雑なものだが、越州の田舎で傍流の法を承けただけの最澄は、これらを一幅ずつしか指定しなかった。このための画工が、二十余人選抜され、ほかに、縫いとりをもって仏や菩薩の像が調製された。

奈良からは、「智行兼備の者」が、天皇と最澄のために、ひきずりだされるようにして京にのぼってきた。空海の若年のころの師匠である勤操《ごんぞう》も、老齢ながら出てきた。ほかに道証、修円といったような高名の老僧八人であった。かれらは内心不愉快だったであろう。しかし勅命にさからうわけにもゆかず、後年それが事件となって露われるように、最澄へのつよい憎しみになった。

この法会がおこなわれたのは、延暦二十四年九月一日である。空海が長安青竜寺で恵果の伝法をうけ、真言密教の第八世法王になったのは、この年の八月であった。むろん、日本へは聞えるよしもない。

ともかくも最澄の密教の独擅場の時代であった。この最澄の高雄山寺における勅命灌頂が、日本の密教史上、最初の灌頂になった。この行事のあと、数日して、天皇は自分のために灌頂をおこなえ、と命じ、九月十六日、それがとりおこなわれた。これによって最澄は、日本密教の総指揮者になったといっていい。

さらに年があらたまって正月三日、最澄は天台宗についても奈良六宗と同様年分度者《ねんぶんどしゃ》を賜わりたい、と奏請した。そのことはすでにふれた。これがゆるされ、天台宗は、年分度者という、国家が試験によって僧を得度させるというわくを二人ぶん得ることになった。最澄はさらに奏請し、合格者二人という得度試験の内容の規定をつくり、それについての太政官符をくだしてもらった。二人のうちの一人は、天台課程とし、他の一人を密教課程とするという規定である。天台と密教を同格にならべた。時勢への迎合であろうか。最澄は天台課程を止観業《しかんごう》と名づけ、密教課程を遮那業《しゃなごう》とよぶことにした。最澄のこの奏請が許可されたことによって、国家が公式に密教を採用したことになり、ひいては密教が最澄の専門とされることになった。さらに天皇は最澄こそ密教の最高者であるという証明書（伝法公験《でんぽうくげん》）まで、わざわざ治部省から発行させたのである。

　これらについての最澄の心事は、よくわからない。時の勢いにうかうかと乗ってしまったという後ろめたさは、あるいはあったかもしれないが、異常な行動力をもった天皇に最澄としては巻きこまれざるをえなかったともいえるかもしれない。しかしひるがえって思えば、この時期、最澄は幸福であった。かれは、空海という二十年期間の留学生が、早々に帰ってくるとは夢にもおもわなかった。さらにその空海が、密教の全体系を伝承しているなどということは、最澄は気配にも感じていない。最澄は、宮廷の密教流行のなかで弾みきっていればよかった。

　その最澄を、筑紫にいる空海は、おそらくよほどの虚喝漢と思ったにちがいない。空海の、のちのち、最澄に対する態度がやや常軌を逸して――不徳とさえいえるほどに――戦闘的であるのは、単に空海の性格というものでなく、この筑紫上陸のときにうわさをきいた際の印象の悪さが、空海における最澄観を決定的にしてしまったのではないか。

そのうわさは、上陸後すぐきいたにちがいない。

「あなたが、密教をもたらした？」

大宰府の官人のなかで、空海をいぶかしく思う者もいたかもしれない。

「密教は最澄どのが、もうもたらしている。都では勅命灌頂などもあって、大変なさわぎですよ」

とでも、いったであろうか。

大宰府は中央の出先機関で、そこにいる官人たちが知っている都のうわさは、ときに都人士以上にくわしい。

この府は、小規模ながら王城の形式をとっている。その輪奐の美の主役をなすものは、観世音寺であった。観世音寺は、博多湾から入ってくる外来のひとびとに対する国家的誇示をするために、ことさらにその結構が大きい。またこの寺は、大和の東大寺、下野《しもつけ》の薬師寺とともに、官僧になるべき者の試験をする機関でもあり、講師、読師以下の学僧が多く、自然、大和の諸大寺とのあいだに人間のゆききも頻繁で、京や奈良の情報が早く伝わっている。いま、京や大和の仏教の情勢を一変する勢いで興りつつある最澄の密教については、当然ながら、山内のひとびとは過敏であった。

さらにまた、空海その人が、ものごとの動きに敏感な態度をもっていたことは、さきの、桓武天皇崩御についての船中での空海の態度でも察せられる。『御広伝』の文章の船中のくだりにおいて、この耳のするどい人物の動作がいきいきとあらわれる。側ニ此ノ言ヲ聞キ、首尾ヲ尋問ス、という首尾という言葉の感じがいかにも空海の神経の動きのするどさをよくあらわしている。情報には、首尾が必要である。空海は、京や大和の密教情勢について、その首尾を、大宰府でも聴き、観世音寺でも問いに問うて、ほぼその概略を知りえたにちがいない。

この上陸早々の時期は、なお判官高階真人遠成も大宰府の鴻臚館にとどまっている。橘逸勢も、鴻臚館の一室でなすこともなく起臥していたに相違ない。

高階判官は、長安における空海の業績をよく知っている。この点、橘逸勢にいたっては、空海の骨の髄まで知っているような錯覚をもっていた。逸勢はもともと不遇感で削《そ》ぎ立ったようなところがあり、かれはもともと最澄のような、帝寵をたのみ、うまれつき錦衣をまとっているような存在を頭から憎むところがあった。その性格が、逸勢の後半生を不幸にした。逸勢は空海のためにわが事のように身をふるわせて悲憤したであろう。高階判官にも最澄の虚喝ぶりを訴え、大宰府の官人や観世音寺の官僧たちにも掻きくどき、最澄のような男がまかり通るならば世の中は闇であるといわんばかりに咆えることもあったであろう。

それに対する観世音寺の僧たちの反応も、想像に難くない。ゆらい、最澄は天台一宗がすぐれていて奈良六宗にほとんど価値を見出さないという態度をとってきたために、奈良六宗のひとびとから深刻な反感をもたれていた。観世音寺は、奈良六宗の西国における出先機関である。当然、最澄に憎しみをもっていた。逸勢の悲憤は観世音寺の僧たちにとって快かっただけでなく、それ以上に激して最澄をののしる者もいたにちがいない。

空海は、正統の真言密教の系譜がどういうものであり、その思想、その儀軌がどういうものであるかを、観世音寺の僧たちに対し、想像するまでもなく、くわしく話したはずであった。

この場合、空海の旧仏教に対する立場が——これは生涯を通じてのことであったが——最澄ときわだって異っている。空海が、越州において華厳学者神秀を訪ねたことでもわかるように、かれは奈良六宗の一部門である華厳学に関心が深かった。かれは入唐以前、大日経的世界を独力で模索していたとき、独力ながらもその深奥に達することができたのは、大日経世界に類似する哲学ともいうべき華厳経に通じていたからであった。空海は華厳経に対して学恩を感じていたようであったし、ひきつづき関心を継続させていた。のちにかれは華厳研究の専門機関である東大寺の別当に一時期就任するはめになってしまう（空海が別当になったことによって東大寺の華厳哲学に密教的解釈が入るようになり、こんにちなおその伝統がつづいている）。つまり、それほどまで、空海は奈良仏教に親近感をもっていたし、すくなくとも最澄のようには排撃しなかった。

すでに、奈良六宗のひとびとは、最澄から攻撃されるまでもなく、自分たちの仏教が論であって教ではないと思い、旧物に化しつつあるという落魄感を、多少はもつむきもあったに相違ない。やがてその救いを、最澄と対立するかのような空海に求めようとするのだが、この筑紫においてもすでにそうであったであろうか。観世音寺の学僧たちは空海の説くところをきいて、すくなくともその教説に敵意はもたなかったことだけは、十分想像しうる。

高階真人遠成一行が上京したとき、空海のみがとどまった理由として、ごく単純に想像すれば、京からくだってきた朝廷の沙汰書に空海の名前がなかったということもありうる。

その想像——筆者はかならずしも加担しないが——は、二つの理由による。

一つは、空海が、国家が二十年間という期間を命じた留学生であるにもかかわらず、二年で帰ってきたということである。これについては、空海は『目録』の中の文章で言葉をつくして理由をのべているし、高階真人遠成も口頭でそれを説明するであろう。朝廷としては空海の「欠期」について調査せねばならず、それについての期間が要る。だから上京を許さなかった（あくまで想像だが）のかもしれないが、それにしても一年近く置きすてておくというのは、解《げ》しがたい。

いまひとつ考えられるのは、最澄の密教をめぐってあらたに興りつつある情勢である。朝廷では、密教の伝法者が二人も出現したことに、当惑したに相違ない。

これについて、当然、朝廷は、先例にもあるように、僧綱所《そうごうしょ》に調査させたであろう。僧綱所は、僧と寺に関する最高行政機関で、玄蕃寮に所管され、この当時は奈良に置かれていた。僧綱所の僧官たちは、まず空海の上提目録を見、その内容の豊富さをみて、圧倒されたにちがいない。

また僧綱所では、それが専門であるだけに、中国における師承の系譜にあかるかったであろうと思われる。不空の嫡系が恵果であることも知っていたはずだし、空海が恵果からすべてを譲られたということは、空海が日本のみならず三国における不空密教の正嫡であることは、十分想像できたにちがいない。

一方、僧綱所では、最澄についても、調査したに相違ない。その結果、最澄の伝えた密教の評価を低くしたであろう。最澄に密教を譲ったという越州の順暁についても、順暁ほどの人物なら、僧綱所で十分わかるはずであった。さらには最澄がその越州においても一ヵ月足らずしか滞留しなかったということも、最澄密教の評価を安っぽくしたかと思える。最澄がすでに奈良六宗の心証を悪くしている以上、ささいなことでもかれのために減点の材料になったに相違ない。

「最澄、未ダ唐都ヲ見ズシテ、只辺州ノミニ在ツテ即便還《かへ》リ来ル」

といら痛烈な文章は、十数年後の弘仁十年五月十九日に、奈良の長老護命らの奏文にあることばだが、この大同元年、二年の時期においても無論、このような観察は存在したはずである。唐都長安にもゆかず、辺境の越州へ行って密教を得、そそくさと還ってきた、というのは、当時の最澄の事情からいえば偶然なことであったとはいえ、事実であることにまちがいがない。

空海に対し、朝廷から、

——しばらく観世音寺にとどまれ。

という命令が、大宰府に対してくだったという説があるが、真偽はわからない。もし事実であるとすれば、朝廷が、空海とそのもたらした密教の内容につき、右のように検討するがためだったかとも思える。『年譜』にあるその命令書というのは、大宰府から観世音寺あての府牒で、大同二年四月二十九日付になっている。去年の十月に『目録』を朝廷にさしだした空海の処置について、半年後に事務化されたことになる。

府牒にいう。

「右件の僧は、笈を遠藩に負ひ、大道を耽嗜し、空しく往きて満ちて帰る。優学称すべし。今、帰朝に及んで暫く彼の寺（観世音寺）に住し、宜しく入京の日を待つべし。借住の例に准じて供養せよ」

時の大宰大弐は従四位下藤原藤嗣であった。府牒にその名前も明記されている。もしこの府牒がほんものなら、朝廷は空海をひどくほめている。「空しく往きて満ちて帰る」（『荘子』徳充符篇――虚シク往キテ実《み》チテ帰ル――を踏まえたものか）などは、たいそうな褒辞であるといっていい。ついでながら、大唐帝国に対して、海東の小さな日本国が、国内用の公文書で彼を「遠藩」などといっているのは、小国らしい自負心のあらわれとみておかしみがある。しかし、この府牒をくりかえし読んでみると、どうも一個人に対する修辞があでやかすぎるように思われてくる。やはり後世の偽作であろうか。

そういう詮索はしばらく措く。要するに、この間の空海について史実的な詮索は不可能であるといえる。

察するに、空海は、みずからの思案とみずからの意志によってすぐには上京せず、一年ちかくも筑紫にいたのであろう。この理由についてはむしろ空海の性格からみるほうが、容易であるかもしれない。

空海がかつて長安に入ったときのことを、われわれは連想せねばならない。密一乗《みついちじよう》を求めるために入唐した、としきりに言いながら、かれはすぐには恵果のもとにゆかなかった。しきりに他に遊び、長安の大官や僧のあいだで空海の才学について評判が高くなり、恵果の耳にも入り、恵果が焦《じ》れるころになって、ようやくかれは恵果の門をたたいた。恵果は空海を抱くようにしてよろこび、待つことが久しかった、といって、相伝の法をことごとく授けた。

おそらく筑紫での空海は、都で評判の高くなるのを、待っていたのであろう。でなければ、恵果の門をたたくまでの空海もそうであったように、帰国早々のかれは無名の僧であるにすぎない。長安でのあのとき、いきなり恵果の門をたたいて用件を談じこめば、恵果は空海をあのように評価したであろうか。その事情は、帰国早々の日本においても変りがない。空海は日本においてはより一層無名であった。最澄と異り、かれは天皇の恩寵を得てもいないし、また一ヵ寺の住持ですらなかった。空海がもし、いきなり京に乗りこめば、やがては『目録』などで評価されるにちがいないにせよ、当座は世間の目は冷たかったであろう。あるいは、最澄の一派が妨害して（最澄はそういう人柄ではなかったが、空海が都での密教事情をきいてそのように想像したとしてもやむをえない）思わぬ陥穽におち入らぬともかぎらない。

筑紫で、いわば消息を絶っている空海については、むしろ不気味なほどにしたたかな男という印象がある。かれは、自分が請来した『目録』の威力がやがて都の評判となってあらわれることを知っていたし、また在唐中の空海の才学が、いかにかの地の名士たちに珍重されたかということを、高階真人遠成も宮廷で語り、橘逸勢も、あちこちで大いに語って歩き、それらによってかれの評判が日に日に高くなることを知っていた。やがては宮廷のひとびとが、空海が消息を絶っていることに焦れはじめることも、いうまでもなくかれは知っていた。

この空海に対し、観世音寺あて、上京してその教えを流布せよ、という勅命がくだったのは、夏ごろであったかと思える。

月も日もわからない。その勅宣は伝わっておらず、ただ『御広伝』に、

入洛シ、請来ノ聖教、流布セシムベキ之由、勅宣

とある。

もし勅宣があったとすれば（さきの観世音寺にとどまれ、という沙汰をもふくめて）、一介の留学生に対して大げさの感もないではないが、おそらく、空海が腰をあげたのは勅宣をもらってのことであったであろう。というより、空海は勅宣をもらうように仕向けてゆき、そのことに成功した、といったほうが真相に近いかもしれない。

なにしろ空海は『目録』はさし出したとはいえ、請来したもののすべては、かれ自身が筑紫において保管している。密教を渇望することのはなはだしかった宮廷の模様から察して、空海がなお請来物を抱いたまま筑紫にいるという宙ぶらりんな状態に、朝廷のほうが堪えられなくなったにちがいない。

空海は、そういう宮廷の心理を、筑紫にあって操作していた。その結果、名ざしの勅命で入

京する。思惑が的中した。

このあたりの進退の姿は、二十前後のころに『三教指帰《さんごうしいき》』を書いたという男らしく、いかにも戯曲的構成をおもわせるようである。

十九

帰国後の空海は筑紫にいる。

年を越し、あらたな年が闌《た》けて、夏になった。

表面からみれば、なお京に入らせようとしない朝廷の態度は、空海を遠流しているにちかい。空海は入唐前に官僧の資格をとっているために、その移動には、官吏同様、朝命を必要とした。朝命は、官符というかたちで出る。空海に対し、「京に入るべし」という官符が容易に出ないのは、朝廷の側が最澄をはばかって意地悪をしているとでも受けとれるが、しかし前章でふれたように、空海自身がそのようにしていたと考えるほうが自然でいい。むろん、空海自身は、朝廷に対し、無力である。しかし、つてをもっている。僧侶の人事は、僧綱所《そうごうしょ》がにぎっているが、その僧綱所のメンバーのほとんどが奈良の僧であり、この点、空海には都合がよかった。かれは入唐以前、勤操《ごんぞう》ら奈良の長老に愛されていた。空海は筑紫から使いを出しては、

——いましばらく入京をひかえたい。

などという内々の意志をもらし、そのように取りはからってもらっていたかと思える。空海

が入京をできるだけ将来にのばしたいという理由は、表面上は、もち帰ったぼう大な経典類の整理ということにある。この作業が、非常な精力と時間を要することは、僧綱所の長老たちは専門家であるだけに十分理解できたにちがいない。むろん、他にも理由がある。しばらく、そのことは措《お》く。

この大同二年（八〇七）の秋、ようやく空海は筑紫を離れる。離れるについてどういう官符がくだったかは、それが遺っていないためよくわからない。

瀬戸内海は、当然、船であったであろう。

京のぼりのこの航路のはての湊は、難波ノ津であった。空海にとって、懐しい津だった。若いころ、奈良と故郷の讃岐を往還するときも、この津を出たり入ったりしたことを思えば、風景のすみずみまで知っていたはずである。さらには唐にむかって出てゆくときも、この津からであった。おそらく空海は台上の松林や、台下の白沙の浜をみて、ようやく故国に帰りついたという感慨をあらためて持ったかと思える。

下船したひとびとの多くは、ここから京へのぼってゆく。

が、空海は、南のみちをめざした。朝命は――官符は遺っていないが――入京せよ、ということではなく、和泉国（大阪府南部）の槙尾山寺《まきのおさんじ》に仮りに住め、ということだったのである。

にはからわれるよう、頼んだに相違ない。

畿内に入ってなお京を避けているということも、空海がひそかに奈良に手をまわしてそのように

ここで、あらためて空海の過去をおもいおこさねばならない。奈良の長老である勤操は空海が入唐前に親炙した人物であり、またこの和泉国槙尾山寺は勤操が管理していた寺であることをである。それを思うと、帰朝早々の空海が、いかに奈良の旧仏教勢力と通じあっていたかがわかる。最澄は、この点でちがっていた。かれはこの奈良勢力とまっこうから対決していたし、最澄がいきごめばいきごむほど、奈良勢力もまた最澄の足もとをすくおうとする姿勢をとったりして、要するにこの勢力から憎悪されていた。しかし空海は逆であった。また最澄は宮廷に勢力をもっていたが、無名にちかい空海は逆にそれをもっていない。空海としては、自分の意志どおりに官命が出るようにするには、僧綱所を動かすしかない。僧綱所を動かすには奈良の長老にたのむほかなく、長老で実力ある者は、たれよりも勤操なのである。勤操は、大安寺に住んでいる。大安寺は空海の思想上の故郷といっていいかと思える。まだ私度僧のころの空海は大安寺を足場とし、そこの経蔵に出入りさせてもらったり、また質疑については勤操に頼ったことは、この稿のはじめのころに触れた。さらには入唐よりすこし前、「沙弥十戒七十二威儀」という初歩的な戒をうけたのも、勤操からであった。勤操は、当時、大学をとびだしてきた空海を可愛がり、その乞いのままに和泉国の山中にある槙尾山寺に連れて行って、戒をあた

えたのである。

「あのころ、わしは勤操さんに連れられて槇尾山にのぼり、そこで沙弥戒をうけたのだよ」

といった意味の空海の回顧談の感じの文章が、『御遺告《ごゆいごう》』にある。

「和泉国槇尾山寺に仮りに住め」と朝命が出た裏に、ありありと勤操が動いていることは、「槇尾山寺」というこの特定の寺の名から容易に想像できる。さらには、最澄とちがい、徒手空拳にちかい空海が、しきりに奈良の勤操らを恃《たの》んでいる秘めやかな気配も、舞台の溶闇の中で裏方たちの人影が動いているのを見透かせるようにしてみることができる。いまひとつ言えば、この当時、奈良勢力がどんな気分で空海の帰朝をとらえていたかという大きな問題も、これによって十分想像がつくようである。


「空海がこの国に帰った以上は」

という気分が、奈良勢力の中ではち切れるほどに存在したということは、想像の舞台を精いっぱい大きくして、それを見なければならない。


奈良にとって最澄は、ある意味では恐怖のひとつであった。

「奈良仏教というのは、あれは教ではなく、論にすぎない」

という、ほとんど奈良ぜんぶを否定し去るようなことを最澄は渡唐以前からいっていた。それも、衆庶のあいだで言っているのではなく、独裁性のつよい桓武帝に対して言ってきたのである。最澄は、仏教は人間が解脱する方法を教える道だという。だから教であるべきだという。教は、当然ながら経典を基礎とする。ところが奈良仏教は「論」であるために経典を基礎としていない。本来の仏教は、釈尊から自分はこう聞いた、ということが書かれている経典を中心とし、それについての体系を必要とする。奈良仏教にはそれがない。中国で成立した天台宗こそ真に釈尊の教えを中心としたものであり、真の仏教とはそれである、という。

奈良の学匠たちも、あるいは私《ひそ》かにそうおもうこともあったかもしれないが、しかし自分たちが営々と学んできたものを他から否定されることに堪えられない。その否定の仕方も、被告である奈良側の感覚からすれば、法論で否定するのではなく、最澄は地上の権力という城塁を使い、その城塁から弩弓の矢をそそぎこんでくるのである。奈良側の被害意識がいよいよ深刻になるのは当然なことであった。

奈良からみれば、京の最澄は、天皇の寵愛をうけてほしいままなように見える。請益《しょうえき》僧になって入唐し、すぐさま天台宗をもちかえっただけでなく、奈良六宗（形式上は八宗）とは別個に、一宗を樹立することを勅許された。

さらには持ちかえったなかに、密教――あとで粗放なものとわかるのだが――があった。朝廷は、最澄があれほど熱烈に執着していた天台宗よりも、最澄の荷物のなかの小さなカバンの詰めものにすぎなかった密教のほうにつよい関心をもった。最澄も、奈良側の感受性からいえば、時代の好奇に迎合した。

　奈良からみれば最澄が天皇そのものだったということは、灌頂《かんじょう》の強制をみてもわかる。旧仏教の長老たちを勅命によってむりやりに寺の殻の中からひきずりだし、京の郊外の高雄山寺にあつめ、最澄を導師としてかれらを灌頂させてしまったのである。仏教のなかでは密教独特のものである灌頂は、ユダヤ教やキリスト教の洗礼《バプテスマ》と根を同じくするであろう。似たような所作をし、似たような重要さをもつ。奈良の長老たちは最澄からむりやりに頭から香水《こうずい》を掛けられてしまった。この灌頂が、桓武天皇の権力で強制されたことは、その勅命をみてもわかる。

「世間ノ誹謗ヲ憚ルベカラズ」

　世間が何といおうとも強行せよ、と桓武天皇がいうのである。激しさがこもっているという点で、勅命としては異例の文章といっていい。桓武天皇は、奈良仏教をもって験《げん》が薄いとし、それを見かぎっている点で、最澄とおなじ立場にいた。最澄はべつに桓武天皇の権力を使おうなどという露骨な意図はすくなく、この強引さは最澄より桓武天皇の性格論の範囲に帰せらるべきものだが、しかし最澄も、自然の勢いとしてこの灌頂——奈良側からいえば灌頂事件というべきだろう——に責任がないとはいえず、かれはさきに、「自分も人間だからいつ死ぬかわからない。早く灌頂をおこないたい」と、天皇の側近に申し出ているのである。

　そういう状況のなかに、空海が帰ってきた。

空海が請来した密教が正嫡のものであることを知ったとき、奈良側は雀躍したくなるような気分ではなかったか。

「空海とは、この奈良の大安寺や佐伯院でうろうろしていた若い山林遊行者《さんりんゆぎょうしゃ》ではなかったか」

と、空海を知らぬ者も、立ちさわいだにちがいない。

勤操などは、

「あれが、まだ口もとにうぶ毛がはえていたころから、わしは知っているのだよ」

と、語ったかと思える。勤操の脳裏には、まだ山林をうろつきまわっていた蓬髪のころの空海の姿が浮かんでいたであろう。

「かしこい子でな」

口ぶりに、とくに情愛を示す調子も、ふくまれていたかもしれない。空海が、密《みつ》というものにつよく関心をもっていたことも、勤操がもっともよく知っていた。大安寺には、雑密《ぞうみつ》の呪法が一つだけ（とおもわれる）伝わっていたが、それを空海に伝授したのも、勤操だった。空海が最初に知った呪法である「虚空蔵求聞持法《こくうぞうぐもんじほう》」がそれである。この記憶力を大きくするという呪法はむろん密教のカケラにすぎないが、空海はこれを生涯大切にした。

空海が入唐して、密教を組織的に知りたいと思いたったときも、最初に相談したのは勤操であったろうし、またかれを留学生《るがくしょう》の一員に加えてもらうべく運動したのも、勤操であったに相違ない。

空海と別れたとき、勤操はもはや現世では会えないとおもったにちがいない。空海の留学の期間は、官規によって二十年であった。

ところが、最澄より遅れること一年で、空海は帰ってきたのである。しかも、長安に伝わっていた密教のすべてを請来しただけでなく、密教伝承の正嫡という、かつて入唐した日本国の僧がたれもうけなかった栄誉をうけて帰ってきた。

「すぐ上京して、最澄の密教を破砕してほしい」

と、勤操も奈良の長老たちもおもったにちがいない。

しかし、空海は、表むき経典の整理という理由で（とおもわれる）筑紫にとどまった。勤操らは、さもあろう、とうなずきつつ、空海が希望するように官に申し出て取りはからったに相違ない。

空海はやっと筑紫からうごいたが、それでも京に入らない。空海にすれば、経典の整理もさることながら、請来した密教を、どういう攻撃にも堪えられるだけの堅牢な組織に組みあげてから敵地ともいうべき京に入りたかったのではないか。

「……まだ整理し足らぬというのか。それでは、和泉のわしの寺でしばらく駐《とど》まっていればどうか」

勤操が言い、それを官に働きかけ、結局、槙尾山寺に仮住ということになったのであろうか。

空海は、南をめざして歩いた。

和泉の野は、どこかかれの故郷の讃岐の野と似ている。海明かりが映えるせいか、あかるい。はやくひらけた土地だけに田園の条里が整然としていて、空よりも碧い水をたたえた用水池も多い。この土地は、土師器《はじき》や須恵器《すえき》を焼く窯が多く、野のあちこちで煙をあげていた。空海が経てゆく街道の右手にあたって、それにちなんだ名の村々が、森にかこまれている。土師村、陶器《すえ》村などがそうであった。讃岐の野には野のなかにまんじゅうを置いたような丘が多いが、南河内から和泉にかけては古墳《つか》とよばれる築山が野に臥せている風景が多く、やがて古い聚落の信太《しのだ》村になる。その村内を走る道を南にさしてむかうと、道はすこしずつのぼり坂になり、一時間もゆくうちに、和泉のようにひらけた国にこれほどの深山があったのかと思えるほどの山林に入ってしまう。

登りがけわしくなり、足もとの渓流を落ちてゆく水がはやくなるうち、やがて槙尾山に入りこんでしまう。このような人界から離れた山中に寺をひらいた最初の人物はたれであったかということが疑わしくなるほどの場所だが、伝承されるところは、空海のこの時代より百数十年前に大和あたりの山中を駆けまわっていたという役小角《えんのおづぬ》であるという。後世、役小角は雑密に憑《つ》かれた山林遊行者の草分けの人物のように説かれるが、その点はおそらく後世の行者たちがつくった伝説であろう。むしろ土俗の巫人《ふじん》のようでもあるが、ともかくも峰々を飛ぶように駈けたといわれ、諸方で、霊気のある山をさがしては、ひらいた。小角が開創した神聖地には、一定の形象上の特徴があった。まわりが、蓮の花びらのように峰々でかこまれた林間の小盆地のようなところを好んだようだが、空海もまた、元来が、山林遊行の徒であったせいか、小角好みのそのような場所を好み、「小角がひらいた所を空海が再興した」といったふうな寺伝――たとえば大和の室生寺――をもつ山寺が多い。この槙尾山寺もその類いに似る。

「槙尾山は四岳四峯、鬱々として蓮華のごとく、四十八瀑三十六洞あり」

と、寺伝にいう。

空海はここで旅装を解き、唐から持ちかえった経巻の荷を解いた。それら請来したもののいくらかは、こんど筑紫を出てくるときに、京の朝廷へ送った。かれはここでそれらを整理しつつ、この時期――いわば潜伏時期――におけるかれにとってもっとも重要な仕事である教相（密教の理論的教義）をまとめあげるという思想的作業をはじめねばならなかった。

空海は、そのしごとに没頭した。

この槙尾山および近在の山林にひそんでいた時期は、一年あまりつづく。空海が、インドでもなくまた唐の密教そのものでもない密教の体系をつくりあげるのは、おそらくこの時期だったといっていい。

かといって空海は、経机の前にすわりっきりという男ではなかった。

かれは物を考えるとき、歩きながら考えるというふうな男で、その歩くことも、ぶらぶら平地を散策する人ではなく、草をつかんで崖をよじのぼったり、岩を抱いてつまさき立ちにむこう側に身を移してゆくという作業を必要とするようだった。かといって筋肉質の偉丈夫ではなく、早い時期の木像や絵像から想像して、およそ峻嶮をよじのぼるというにふさわしい骨格、人相ではない。脂肪の薄っすらとまわったまるい顔、高張提灯のような胴、それにふとくみじかい脚がついているという感じで、背もひくい。憂い顔でもないまる顔の小男が、丈《たけ》ほどの草の中からひょいと出てきては木の枝をつかんで崖をすこしずつ登ってゆくという姿は、むしろ屈強の男でないだけに異様の感じがただよう。

かれはこの槙尾山時代、この近在の山々を歩きまわり、ついにもっとも気に入った場所として、香気寺《こうきじ》――おそらく建物はなかったろう――を発見するにいたるのである。

この山を、土地の者は神下山《こうげやま》といっていたらしい。

南河内から大和へ越えてゆくほそい峠道が、峠の手前で枝になって山中に入ってゆくあたりのこみちが、木の下みちで昼も暗く、水気が豊かで、自然、シャガのような香草が多く、山中のいたるところに自生して、花のころには全山が匂うようである。

いまでも、この山は空海が分け入ったころとかわらず、香草が多く、花の季節でなくても草の茎を抜いて手に持てばてのひらに沁みわたるほどの香気がある。空海が後年、ここに草堂をたてる。そのとき香気寺（のち高貴寺）と名づけたのは、かれがいかに感受性のゆたかな人物であったかが想像しうる。

ついでながらいまも高貴寺はある。空海の真言宗に属し、それも戒律をやかましくいう真言律の道場であるだけに、ひとびとが登ってくることを好まない風がある。この山について、後年の空海が、詩をつくっている。

閑林に独坐す　草堂の暁
三宝の声　一鳥に聞く
一鳥声あり人心あり
声心雲水　倶《とも》に了々たり

この時期の空海は、香気寺のふもとなどで幾日も淹留したり、思いたてば槙尾山寺の経机にもどったりしている。このころ、空海が達したかれの密教の理論は、おそらく両部不二ということであったであろう。両部とは、精神の原理を説く金剛頂経系の密教（金剛界）と、物質の原理をとく大日経系（胎蔵界）の密教をさす。この二つは、二にして一である、と空海は、インドにおいてべつべつの発展をしてきたこの二つの密教思想を、一つの体系の中に論理化してしまうのである。これが、不空の密教でも恵果の密教でもなく、空海の密教を成立させる重大な根拠になったといっていい。
「両部は不二である」
と、空海は、槙尾山から香気寺のあたりの山々を経めぐりつつ、何度もつぶやいたのではないか。

仮りに原密教ということばをつかうとすれば、それはもともとインドに古くから存在した魔術にすぎなかった。

イランから南下したアーリア族に諸種族が征服されて以来、インド的世界は征服民族と多様な被征服民族という複雑な社会階級をつくりあげるにいたった。征服民族であるアーリア人は、軍事や政治だけに長じていたわけでなく、形而上的思考をも偏好した。思索者であるいわゆるバラモンは、この民族のなかで最上部を占める。思索者は、インド以外の他の大ていの地域においては狂人か変り者としてあつかわれるにすぎなかったろうが、インドにおいては聖者とされ、かれらは衣食のために労働することなく、ひとびとから食物の供養をうけて思索をつづけるという乞食としての特権をもっていた。かれらは思索をしたからといって俗世の名利をうけることがなく、ただ思索をしたいがために思索をするというひとびとであり、かれらと言い、またかれらを崇拝する風習といい、こういう例は、古代世界ではインド以外にまれであったであろう。このような思索者のなかから釈迦も出た。当然なことながら、釈迦以前も、釈迦と同時代においても、それ以後も、無数の思索者が山林のなかにいた。それらの思索者の思想は多様で、そのなかから多くの奇抜な思想も出た。

ふたつの系統の密教もまた、それら思索者によってつくりあげられた。現世を否定する釈迦の仏教に対し、現世という実在もその諸現象も宇宙の真理のあらわれである、ということを考えた密教の創造者は、宇宙の真理との交信法として魔術に関心をもった点が、釈迦といちじるしく異っている。魔術、呪文、マジナイのたぐいは、山野にいくらでもころがっていた。その多くは被征服民族の土俗のなかにまみれていたものだったが、思索者はこれらをたんねんに拾いあげてそれらの一つ一つの意味をみがきこんで精妙なものにしたように思える。

しかしいかに精妙にしたとはいえその一つ一つが孤立していれば、それらは単なる魔術、呪文、マジナイにすぎず、それが空海の時代の密教用語でいえば雑密というものであった。たとえば——唐突な例だが——越州という田舎で順暁から密教をゆずられたとする最澄のそれは、内容からみて多分に雑密といっていい。最澄の不覚は、雑密をひろってしまったことである。

これら土俗魔術、呪文、マジナイをあつめたインドにおける密教創始者のいかにも形而上的思考者である点は、魔術を越えたことであろう。それらのカケラのむれを熔かしつつ、巨大な宇宙の構造の体系をつくりあげたことであるであろう。さらにいえば、生命というこの具体的なものをふくめて、宇宙に実在するあらゆるものが一つの真理のあらわれであるとし、そのあらわれをもたちまち形而上化してその純粋性に宗教的な威をもたせ、それをもって密教の諸仏諸菩薩諸天としたことであるにちがいない。その上、それらが真理の法則のまにまにうごくという運動のなかにおいてもとらえた。というよりその運動そのものを神聖視した。これが、密教で重視する曼陀羅というものであろう。さらにはその真理のなかで人間が生体のまま真理化しうるというのが即身成仏で、正密においてはへんぺんたる魔術的行法よりも、この即身成仏をもって、この体系の最終目的とする。これによって雑と正を区別するのである。

ついでながら、この正密——体系化された密教——における二つの体系が、つまり金剛頂経系と大日経系とが、インドにおいてべつべつに成立したということは、すでにふれた。その両方が、唐へ前後してやってきたことも、すでにふれた。中インドうまれの金剛智が金剛頂経系をつたえ、東インドのオリッサ地方のうまれといわれる善無畏が、大日経系の密教をつたえた。

恵果の師匠である西域人不空は、金剛智に師事した。このため不空は金剛頂経系のひとであり、恵果も本来その系統のひとであった。しかしすでにふれたように、恵果はたまたま善無畏の弟子であった玄超を知り、玄超から大日経系の密教をことごとくゆずられたため、かれは密教史上最初の両系の継承者になった。インドにおいても唐においても、両系を一身に兼ねそなえているのは自分しかない、というのが恵果の誇りであった。

「両部々々」

ということを、恵果はしきりにいうひとだった。

しかしながら、恵果の中においていかにも堅牢な体系だったのは年少のころからやっていた金剛頂経系であったであろう。

このためか、恵果は門人のなかで俊秀が出れば、金剛頂経系のほうをゆずってきた。大日経系をもあわせてゆずったのは、早世した一門人のほかに空海しかいない、ということも、すでにふれた。

金剛頂経系は智（精神の原理）を説き、大日経系は理（物質の原理）を説く以上、双方異質なものであることはいうまでもない。異質な二つを生き身の一つの精神の中に押し入れた場合、たがいにその異が反撥しあい、矛盾がはげしく相克して、ときにはその人の思想性がくずれ去るほどに苦痛がはなはだしい。しかし恵果はやがてそれを克服したらしく思える。

「両部はじつは一つのものなのだ」

と、かねがね、かれは口頭でいっていた。ところが、恵果はそれを著述するまでにいたらなかった。

要するに両部は一つのものだということを、恵果は気分的に、もしくは勘で、そういっていたのであろう。これを論理化するという作業を、恵果がしていないということは、恵果の人間を想像するのに多少の手がかりになる。師の不空は異域の出身でありながらみごとな漢文を書く才があったが、恵果にはそれがなかった。恵果はつよい記憶力のもちぬしではあったが、精密な文章で論理を構成する能力には欠けていた。それを恵果は空海に期待したのであろう。

「汝がやれ。両部が一つであることの作業を」

と、おそらく恵果は、口授のときに空海にささやいたかと思える。さらに想像すれば、素直で正直な人柄だったらしい恵果は、このとき、「自分にはそれができない。やらねばならぬと思いつつ老いてしまった」ということも、告白したかとも思える。

つまりは、「両部不二」という、密教史上未到の着想は恵果に所属するとはいえ、それを論理化するという気の遠くなるような作業を、空海が背負わされているのである。表現を変えていえば、「両部不二」の思想は恵果においては流動体であったのを、空海はそれを精製して結晶体をつくりださねばならなかったといっていい。帰国後の空海が、ただちに京に入らず、人里から遠い場所を選んでは歩いているのは、ひとつにはこの作業についての緊張があったからであろうか。

ここで、すこし筆を休める。

筆者が数年前、空海の足跡をたどっていたとき、高貴寺（香気寺）にのぼった。山中にあって律院の風格をまもっているこの寺は、寺というより、空海の詩にあるような草堂とよぶにふさわしい。さらには、古代インドにあったような（いまでもあるらしいが）樹下を教室としているような林間の学林のような感じも残っている。

そこに、Iという若い旅の僧がいた。

日本中の大学が似たような騒動のために蕩揺しているときで、そのひとは、そのことに関係があるのかどうか、法科の学生であることをやめ、出家した。私が会ったときから、数年前のことらしい。かれは高野山で真言教学を学び、毎年、四国八十八箇所をまわり、さらに教学をも深めているといった感じのひとで、私は出遇ったことを幸いに、空海についての二、三の質疑をした。何をきいたか、ほとんど忘れてしまったが、いちいち応答してくれたその若い僧の知的な爽やかさが、いまも体のなかに残っている。

ひとつだけ、自分がおこなった質問をおぼえている。

――空海は、インドでも唐でも、なお多分に流れた――土俗のにおいのある――状態にあった密教を、あまりにもみごとに矛盾を消し、論理化し、くるいのない結晶体としてつくりあげた。このため、空海以後に出てくる真言宗のひとびとは、教学の面でやることがなくなったのではないか。

ということであった。

いまでも、私のなかにその疑問がある。真言宗は空海以後、多くの俊才が出たが、しかし教義を発展させるという仕事は、ほとんどしていないように思える。空海が、完璧な体系をつくりすぎたせいではないか、ということである。

空海と最澄とはさまざまな面で対照的であるが、この面でも逆であった。最澄は唐から持ちかえった天台宗や越州の密教を、多くは整理しきれず、その間《かん》奈良仏教との抗争などで忙殺され、未整理であることを憂えつつ死んでしまった。しかしひるがえっていえば、そのことがむしろ後世を益したともいえるのである。たとえば天台密教の成立は最澄が死んでからのことであったし、また鎌倉の新興仏教の祖師たちが、最澄の持ちかえったものを部分的に独立させ、部分において深めたことなどを思うと、最澄のように、唐から請来した諸思想を完璧な一個の体系にすることなく――極端な言い方をすれば――叡山の上に置き去りにしたというほうが、歴史の発達のためにはよかったかもしれない、という意味なのである。むろん、結果論にすぎないが。

空海の場合は、そうではない。

かれの場合は、自分の持ちかえったものを、化学者が純粋成分をとりだすようにして純化した。さらに体系内部に矛盾のないように論理化してしまったのは、教学の発展をそのまま停止させたということにならないでしょうか――というと、杉木立からの風のよく吹きとおる律院の座敷にすわっていたI氏は、微笑しつつ、

「そうでもないでしょう」

と、やや否定的な例を示した。覚鑁《かくばん》上人（一〇九五〜一一四三）がいます、ということだっ

た。覚鑁はひとたびは高野山の金剛峯寺《こんごうぶじ》の座主になりながら、空海の思想に対し、平安末期に風靡した浄土思想というおよそ密教の即身成仏と相容れそうにないものを入れようとし、そのこともあって山を追われ、紀州根来に住み、新義真言宗の開祖になった。しかし晩年は不遇のうちに死んだ。空海が仕上げた結晶体に手を触れてそれをくずし別なものを作ろうと試みたのはなるほど覚鑁かもしれないが、しかし覚鑁のほかは見あたりそうにない。

そういう作業を、空海はこの槙尾山寺の時期に、おそらくその生涯でもっとも鋭気に満ちてやったにちがいない。

しかし反面、京や奈良の情勢をみると、空海のこの槙尾山における潜伏は、政略的でもあったかのようにみえる。

この時期のかれが、しきりに奈良に足を運んでいたであったろうことは、勤操との人間的関係から、ごく自然に想像される。

人情のことはともかく、奈良との関係をこのようにふかめることは、教界の深刻な政治にかかわってゆく結果になることを、政治的感覚の鋭敏な空海が気づかなかったはずがない。奈良仏教は、最澄の帰国によって思想的にもにわかに旧仏教の位置に落ちた。朝廷も、律令的な絶対権力をもってそのように認識しているのである。この状況下で、奈良の長老たちにとって、むしろ最澄以上に新鮮な体系を持ちかえった空海にすがろうとするのは、当然なことといえる。伝承では、この時期、空海は久米寺にあらわれる。このことは、『和州久米寺流記』にしか書かれていない。

「……大同二年帰朝後、同年仲冬八日、竜象をひきいて、雁塔において大日経疏を講義した。このとき、仏教の外護《げご》神が一万余の神兵をひきいて現場にあらわれ、聴聞しつつ、この講義の場所を警護した」

と、書かれている。

この『和州久米寺流記』においては、空海が竜象——門人の俊秀——をひきいて講義したというあとに、その竜象たちの名前が出ている。名前の人物のほとんどはその生年からいえば当時まだ幼年か少年で、この当時の空海の身辺にいるはずがなく、このためこの記事全体の信憑性を疑わせる材料になっている。

しかし久米寺ではおそらくそういう伝承があったのであろう。

たとえ久米寺でなくても、空海は槇尾山を降りて奈良へ出てくるとき、どこかの寺で、奈良の長老たちをあつめて密教がどういうものかという私的な講義をしたにちがいない。場所としては、官寺ははばかられる。久米寺は私寺であり、入唐前の空海に縁のふかい寺であるため、ここが講筵の場所にえらばれたとしても、ふしぎはない。

この『和州久米寺流記』の記事が暗示するように、空海は、京へ入る前に、奈良の長老たちに私的に密教の講義をしたことは、繰りかえすようだが、勢いとして自然であるといっていい。奈良の長老たちは、それを知りたがっていたし、とくに空海の密教もまた最澄の新仏教と同然、自分たちに対して否定的であるのかを知りたかったにちがいない。

空海は、かれがのちに公示するように、正密は包容力があるため奈良六宗を十分に包摂できるし、華厳経はとくにいい、と説いて、一同を大いによろこばせたにちがいない。かれののちの著作である『十住心論』において、かれは既存の諸宗――最澄の天台宗をもふくめ――が、密教的真理にどの程度近くどの程度遠いかを分析し分類してみせた。奈良六宗のなかの三宗(律、倶舎、成実)は「小乗教なり」と言いきったが、このことは否定したわけではなく、新思想のなかで位置づけたのである。

かれが久米寺(と思しき寺)を借りて講筵を持ったとき、聴衆のなかからおそらく、

――最澄の密教をどう思うか。

という質問が出たに相違なく、むしろ出なければ不自然であった。

空海はその密教思想からいって最澄のそれを全面的に否定したかったであろうが、表現をやわらげて説明したであろう。ついでながら空海は最澄の『将来目録』を見ているはずで、その中に書きあげられている経典や法具の名称と数をみれば、最澄の密教がどの程度のものかはわかるのである。

「密教の片鱗は、あの中にもある」

とでも、答えたであろうか。空海はすでに講筵において、密教というのはへんぺんたる雑密の一個々々の累計ではなく、一大総合体系である、と長老たちに説いているはずだから、空海の話をよく理解できた者は、一見物柔かにみえるその一言が、痛烈な否定であることに気づくにちがいない。

空海のこの時期については、茫々とした遠時間のかなたながら、以上の空海の様子までが、可視的なように思える。このほかに、この時期の空海が、あるいは見えるかもしれないという意味での別なヒントもある。たとえばこの時期の空海が、いったん京にのぼって新帝に拝謁したというやや信じがたい記事が、『遊方記』に出ていたりする。あるいはまたこの槇尾山時代の末期にあたるころに、空海が最澄を訪ねたという記事もある。会うにまで至らなかったが名刺を投じて去ったという。その名刺も叡山に実在している、という謎めかしい記事で、このことは天台宗側の『天台霞標』にだけ出ている。ただしこの記述は最澄の死後、天台の側で名刺ともども偽作したともいわれているが、そういう事柄の真否の詮索はさておくにしても、以上の二つの行動は、この時期の空海のさまざまな状態からみて、筆者が、かすかに見ることができたと思えるかれの風景の中では、異質で唐突なような感じがする。

空海の齢にふれておかねばならない。かれが槇尾山に入ったのは、三十四歳であった。その後三十六歳まで二年ちかくのあいだこの山中にいたことになる。

二十

七月、和泉国は、あぶられるように暑かった。槙尾山《まきのおさん》は名のとおり槙の木こそ多いが、他はほとんどが闊葉樹でおおわれている。草庵からすこしくだると、樹々のあいだから海のみえる場所があり、淡い水平線の手前に野がひろがっている。野にはいくつかの池が爪のように光っていた。空海は当然ここに立って野を見おろしたはずであり、この樹間でいくつかの感慨もまれたであろう。唐土ではほとんど海を見ることなく暮らした。このように海を見ながら暮らすというのは、国土の小ささによるものであろうか。

——なんと小さな。

と、仔犬でも抱くような可憐さを覚える感情と、唐土を思わず恋うている想いとが、かさなることもあったであろう。

国とは何か、という知的な思考も、当然、帰朝早々の空海にみずみずしく動いていたはずである。空海は、本来原始仏教が積極的に触れることをしなかった「国家」というものを、教説の面でも前面に出し、むしろ高唱した。かれのいうところの正密は宇宙の理をあらわし人間をして即身成仏せしめるだけでなく、ひどく次元のちがう主題だが、鎮護国家をも目的としている。このことについては、たとえばかれがのちに国家から貰う東寺《とうじ》に、教王護国寺というおよそ非仏教的かと思えるような名称をつけたことでもわかる。王ヲ教ヘ国ヲ護ル、などといういかがわしさは釈迦がきけばどう思うであろう。

そのことは、しばらく措《お》く。

この真夏の槙尾山において、空海の身に変化がおこった。太政官から和泉の国司に対し、空海をして京にのぼらしめよ、という官符がくだったのである。官符そのものは遺っていないが、その文章は、諸伝に出ている。上京を命ずる目的は「京都に住せしめ」るためと明記されており、この官符が出たときはすでに京都では空海の住むべき寺として高雄山寺が用意されていたと考えていい。さらには、空海はあらかじめ知っていたであろう。この官符が出るについての内実さえ知っていたのではないか。

空海が住むべき寺はこの当時、無数にある。奈良にも大寺《おおでら》がある。しかし空海を地方でなく京に住まわせたいという希望は、他のどの勢力よりも奈良の旧仏教勢力においてもっとも強かったにちがいない。奈良の旧仏教勢力は最澄とその新体系を怖れることははなはだしかった。最澄を制しうるのは空海以外にないとしたことは、かれらの存亡の危機意識から出ているだけに、空海の住寺をえらぶについても必死だったにちがいなく、むろん、土地は京がいい、宮廷に近ければ近いほどいい。ただ京というのは新興の王都だけに大寺がすくなく、結局は郊外ながら規模の大きさを利点として高雄山寺ということになったのであろう。このことは、僧の人事をつかさどる奈良の僧綱所《そうごうしよ》がやったにちがいない。この時期の空海は陰に奈良に擁《よう》せられていたようなかっこうであり、そのことは、この年（大同四年）のあくる年に、空海が意外にも東大寺別当（長官）に補されることでもわかる。新仏教を持ちかえったはずの空海が、旧仏教最大の拠点である東大寺の長官（常駐するわけではない）になるとは尋常ならざる人事というべきであり、さらに異常なことは、わずか三十七歳の空海がいきなり東大寺の別当になったことであった。この人事におけるただならなさは、そのまま奈良勢力のあせりと危機感の表現であるとして理解しうる。空海がいかにかれらから政治的に期待されていたかがわかるし、また政治的な期待だけではなかった。

　奈良の旧仏教もまた、教学的に新仏教の鍍金をしたかったということもあるであろう。それには、空海の持論が、大いにかれらの救いになったにちがいない。

「できます。とくに奈良六宗のうち東大寺の華厳学は、一歩進めれば大日経の世界になるのですから」

　といったことは当然であろうし、げんに空海は東大寺の教学に密教を入れ、東大寺のなかに真言院をたて、東大寺の本尊である毘盧遮那仏《びるしやなぶつ》（大仏）の宝前で、密教の重要経典である理趣経を誦《よ》むべく規定し、こんにちにいたるまで東大寺の大仏殿で毎日あげられているお経は理趣経なのである。

筆者は、東大寺のある学僧に、なぜ理趣経をよむのですか、ときいたとき、即座にかえってきた答えは、

「空海が別当になったとき、ずいぶん密教が入ったものですから」

ということだった。

このことは、東大寺の華厳学をある意味では不透明にしてしまっていることにもなるが、しかしこの当時における奈良六宗の立場としては、教学を多少変えてでも新仏教による風あたりをやわらげざるを得なかったに相違なく、そういう奈良側の事情が、帰朝早々の空海を、にわかなことながら日本の代表的な高僧に仕立てあげざるをえなかったのである。


奈良仏教が空海に期待するところは、要は宮廷にある。奈良側からみれば、この国の宮廷は帰朝早々の最澄によって一時期、独り占めされたかの観があったが、これに対し、いま空海を送りこむことによって旧の状態にもどしたい。もしくは、最澄の新仏教による奈良側の被害をよりすくなくできまいか、という期待や欲求が長老たちにあった。それやこれやで奈良を代表する長老たちが、空海のためにもっともいい寺を用意することに腐心したであろうことは容易に想像しうる。

さらには高雄山寺が選ばれた判断には、かれら奈良の長老たちの微妙な政治感覚が働いてい

たかもしれないとも思えたりする。話題が突如、俗世の政治世界のことになるが、かれら長老たちは、空海を、藤原氏に関するかぎり、当分局外の立場に置いておきたい、それには和気氏の私寺である高雄山寺がいい、という配慮もあったのではないか。もっともこの想像には状況以外に証拠がない。しかし証拠となるべき宮廷の状況は――わずらわしいために詳述は避けるが――ありすぎるほどある。

空海の上京についての官符が出る以前に、空海と奈良側の長老（勤操《ごんぞう》か永忠《ようちょう》であろう）とのあいだに、以下のような会話が当然あったかとおもえる。

「京の宮廷は、面倒つづきだ。海和尚《かい》よ、存じているか」

と、長老は、おそらく詳細に話したであろう。奈良の長老というのは、奈良朝のころから伝統的に政界通である気分がつづいている。もっとも玄昉《げんぼう》（～七四六）、道鏡（～七七二）が政治狂いをして自滅して以来、一般に自制する気分があって決して表だつことをしないにせよ、しかし裏面に通暁し、ときに隠微な工作をおこなうことも十分ありえた。

玄昉という名が出たついでに、触れておきたい。

この悪名の高い僧――といっても極端に権力と政争が好きだったというだけだが――は、空海のこの時期からかぞえてわずか六十三年前に没したにすぎない。玄昉を知っている老僧もむろん生存していたし、玄昉の風貌、所作、所業、もしくは逸話などは、まだなお過去になりきれないなまなましさでひとびとの記憶に残っている。じつは、空海そのひとが、玄昉と同流の血をひいている。玄昉は阿刀《あと》氏の出で、空海の母もそうであり、空海の年少のころに個人教師のようにして基礎的な教育をほどこしてくれたのは、叔父の阿刀大足《あとのおおたり》であった。空海が阿刀大足の反対を押しきって大学をやめ、僧になる覚悟をきめたとき、大足は、

「せめて、玄昉のようになるな」

と、訓戒することもあったのではないか。

空海の母方の氏族から出た玄昉と空海とのあいだに、類似点がいくつかある。

類のない秀才であったこと、留学生《るがくしょう》として入唐したこと。また長安のサロンでその学才が評判になったこと、唐の皇帝が召見したことなどである。多少ちがうのは空海の在唐が二年で、玄昉のそれが十八年であったことだが、在唐が長かっただけに、その学才を発揮する機会が多く、玄宗皇帝のごときはこれを愛するのあまり三品の位をあたえ、紫衣《しえ》をあたえたくらいである。紫衣というのは皇帝がとくに寵僧にあたえるときの衣で、この当時、日本の宮廷にはまだこの習慣がなく、玄昉が帰国してから、日本の天皇も、いわば唐の皇帝のまねをして玄昉に紫衣をあたえた。さらに空海との類似点は、経論五千余巻というおびただしい仏書を請来したことで、帰朝後のかれの人気はすさまじかった。一躍僧正に任じられたし、また聖武天皇の宮廷の内道場の主宰者にもなった。

骨の髄まで唐文化に染めあげられたような玄昉は、日本のすべてがばかばかしく見えて仕方

がなかったらしい。いちいち人を小馬鹿にするそぶりがあったために上下の人気がわるかったが、天皇の恩寵があつく、それに狎れ、あるいは笠に着、宮中を横行し、宮中府中のしきたりや寺院のありかたを盛唐の風に変えてゆくことに、他の思惑をはばかることなく大胆であった。玄昉はどうやら後宮にも出入りしていたらしく後世、光明皇后と姦したなどと信じられた（水戸の『大日本史』）。もっともこのことはどうやら『続日本紀』の読み方のまちがいらしいという説もあるが、しかしたとえそういううわさがあっても玄昉ならやりかねないという世間的印象をもった男だったのであろう。

玄昉のこの時期に、藤原氏が一時的に勢威がおとろえ、かわって橘諸兄がもっとも勢力があった。玄昉はこの諸兄と組むことによっていよいよ権勢を張ったが、藤原広嗣ノ乱（七四〇年）のあと藤原仲麻呂の勢力が擡頭して筑紫に追われ、その翌年に没した。

——空海も、まかりまちがえば玄昉になるのではないか。

という危惧を、母系が母系だけにふと感じた僧も、奈良の大寺の隅あたりに居なかったとはいえない。

空海の年少のころからこの三十代にかけて、日本の宮廷においては、悽惨な権力あらそいが断続してつづいている。とくに桓武の晩年ごろからはじまっている政情の不安定は、腫物でいえば組織が赤く腐り、膿が膨満して皮膚がはじける寸前にあったといっていい。

思いあわせれば空海が筑紫でただようように踏みとどまり、次いで和泉の山中に入って、京の宮廷と接触することをながながと避けつづけてきたという異様な行動は、そういう配慮もあってのことだったのかもしれない。とすれば、帰朝早々で情勢にうとい空海自身の配慮ではなかったであろう。奈良の長老たちが助言し、

――いますこし、待ったほうがよい。

ということだったかもしれず、腫物なら、やがてつぶれる。そのときに京へ入ればよい。そうでなく卒然として京へ入ればかつて新帰朝の玄昉がそうであったように政争勢力の一方に抱きこまれ、ついに渦中に入って――玄昉ほどの状態にならなくても――それに近い破目におち入ってゆくことは、まぎれもない。

空海自身、埒《らち》のそとにいたか。

かれは讃岐の一土豪の家のうまれであるために、一応は、政争の世界からは無風の場所にいるはずだった。ところが、かれにとってきわめて意外なことに、すでに――おそらく筑紫にいたころから――巻きこまれてしまっていた。

叔父の阿刀大足が都を脱出し、ころがりこむようにして空海のもとに身を寄せてきたのである。大足はおそらく空海が筑紫に上陸してほどなく手紙を寄せ、保護をもとめるべくやってきたのは、和泉の槙尾山時代であったであろう。

阿刀大足にかかわりのある政治的な異変は、桓武の晩年からつづいている政情不安の一事象とはいえ、現在進行中の政争よりも一つ前のものである。

大足が伊予親王の侍講であったことは、すでにふれた。

伊予親王は桓武天皇の第三皇子で、生母の吉子も、実家がわるくない。藤原氏（南家）の出で、その勢力のあと押しもあり、皇太子にこそならなかったが、桓武末期から平城《へいぜい》天皇の初期にかけて、皇族を代表する勢力があった。桓武の代に三品《さんぽん》式部卿になり、荘園も多く、屋敷も宏壮で、父の桓武天皇がしばしばこの親王の屋敷に行幸し、ひとびとからその恩寵をうらやまれたほどであった。侍講の阿刀大足は政治的野望のない人物であったとはいえ、いわば権勢の余光につつまれていたといっていい。

時間は、数年さかのぼる。空海が帰国すべく長安を離れ、越州にむかっているころ（大同元年三月）、在位二十五年という長期にわたって天皇の座にありつづけた桓武が崩じ、平城天皇が即位した。伊予親王にとって、新帝は異母兄になる。

新帝とのあいだもわるくなく、即位とともに中務卿に任ぜられ、大宰帥を兼ねた。むろん遥任で、京に居ればいい。そのように親王の日々はまことに順風であったといってよく、この年突如かれが謀叛人として処刑されるなど、新帝も世間も、むろん親王自身でさえ夢にもおもわなかった。

原因は、親王とは直接の縁のない場所にあった。

藤原氏のあいだでの勢力あらそいなのである。

天皇をかついで宮廷における摂政権をにぎるというのがこの時期におけるこの国の権力形態であったが、その位置はときに変りだね（橘諸兄のような）が出たり、消えたりするとはいえ、ほぼ藤原氏に独占され、古代氏族である大伴氏も、皇別の橘氏も圏外に落ちたといっていい。ただ、藤原氏の門流は、一つではない。四つある。鎌足の子の不比等（六五九〜七二〇）が四人の息子（武智麻呂《むちまろ》、房前《ふささき》、宇合《うまかい》、麻呂《まろ》）に対し、それぞれ家門をおこさせた。南家、北家、式家、京家がそれで、このうち京家はさほどの人物が出なかったために終始ふるわず、政争のそとに置かれた。三家が栄え、たがいに陰に敵としてあらそい、陰謀、謀略、暗殺など、あらゆる手段を講じ、ほとんどそれが藤原氏の政治的体質にまでなり、ときに天皇や皇子、皇子の生母を巻きこんで、かれらの運命を狂わせた。さきに玄昉を追い、やがて橘諸兄にとってかわった藤原仲麻呂は、南家である。かれは陰謀によって自分にとって勝手のいい天皇を擁立し、自分に反対するクーデタ計画を未然に探知してつぶしたり、あるいは晩年、かれ自身がクーデタの陰謀をすすめてつぶされたり、ついには妻子ともに反対派に斬られた。こういう事件があると南家はしばらく権威の座から去り、他の門流が出る。別の例をあげれば、空海が入唐したときの遣唐大使の藤原葛野麻呂《かどのまろ》は北家の門流であった。かれは空海が帰国したときに権参議《ごんのさんぎ》の地位にあり、べつに政争好きでもなかったので、宮廷ではほぼ穏当に処を得ている。

藤原氏の宮廷における陰謀の事歴で、空海の俗縁に多少かかわりのあった例をあげると、空海の本家といわれる佐伯氏の当主の佐伯今毛人《さえきのいまえみし》が、参議の地位にのぼったとき、藤原式家の種継が桓武天皇に異議を申したて、「佐伯氏にしてこの官にのぼった例がない」とし、このため今毛人は参議を辞めざるをえなかった。その後、種継が長岡京の造営を監督中に、何者かに射殺された。その謀殺のうたがいが皇太子の早良《さわら》親王にかかり、天皇はかれを山城の乙訓寺《おとくにでら》に押しこめ、結局は絶命させた。その後、早良親王の怨霊が宮中に祟りをなすといわれた。桓武天皇はその晩年、ときに物狂いするほどにこのことを気に病み、また空海が帰朝したときの「新帝」の平城天皇をもふくめ、父子ともに早良の祟りをおそれつづけた。この種継の暗殺や、早良親王を非業に死なせた事件を大きな構造でもって見れば、種継の式家をおさえようとした藤原氏の他の門流が暗躍したという要素は、当然ふくめねばならない。この事件は、空海が修学のために讃岐から長岡へ上京する数年前におこったことで、空海はおそらく早い時期に聞き知っていたにちがいなく、これを知ったときに、あるいは官吏になることの空しさを感じたということも、想像として不自然ではない。

さて、伊予親王のことである。

この親王がやみくもに謀叛人に仕立てあげられたのは、新帝（平城）の二年目、空海が帰朝し、筑紫に滞留している大同二年十月のことであった。この事件の内容について詳しくふれるつもりはない。藤原式家の宗成という者が、伊予親王に謀叛をすすめたというのである。これを洩れきいたという南家の雄友《おとも》という者が、当時、右大臣の座にあった藤原内麻呂（北家）にこれを密告した。宗成が捕えられ、糾問されると、首謀は自分ではない、親王がもちかけた、と自白したというが、真相はよくわからない。要するに、藤原氏内部のあらそいがこういう形で顕在化したといっていい（藤原式家の仲成の陰謀という説があり、前後の関係からみておそらくそうであろう）。

このため、伊予親王は、母の吉子とともに川原寺に幽閉され、「飲食ヲ通ゼシメズ」（『本朝通鑑』第十）という餓死を待つ状態におかれた。やがて母子ともに毒を仰いで自殺したのは、大同二年十一月の寒い日である。時人、之ヲ哀シム（『本朝通鑑』第十）。

この事件を空海は筑紫できいたかと思える。あるいは和泉の槙尾山寺に移ってからであったかもしれない。かれのおどろきの大きさは、よほどのものであったかと思える。かれにとって伊予親王とは叔父の阿刀大足が侍講として仕えてきた貴人であり、空海の少年のころ、もしくは大学に入った時期にでも、叔父に連れられて謁を賜わったかもしれず、むしろ賜わったとみるほうが自然である。また空海が渡唐するとき、官費だけでは足りず、たれでもするように有力者から寄付を仰いだかとおもえるが、そのなかでの有力な一人は、皇族のなかでもっとも富裕とされるこの親王ではなかったか。その親王が謀叛人として自殺した。空海が上陸後すぐさま上京しなかったのは（もしくはできなかったのは）この事件があったことも理由のひとつとして考えられるかもしれない。しばらく時を待ったほうがいいという配慮が、空海の助言者によってなされていたかとも思える。

この事件で、阿刀大足の境涯は一変した。

伊予親王の家に召し使われていた人々は多く流離したというが、親王の家庭教師であった阿刀大足も例外ではない。ただ嫌疑は大足にまで及ばなかったかのようであり、それともいったんは役所に拘引され、やがて巷に放たれたのか。あるいは素足で駈けだすように逃げたのか。大足は空海の『三教指帰《さんごうしいき》』においても想像できるような謹直な人柄で、およそ物堅い儒者であった。そのことはよく世間に知られていたであろう。侍講であるため当然あやういところをお目こぼしになったのかもしれない。さらにいえば、伊予親王の事件は藤原氏の内訌の飛ばっちりともいうべき事件であるため、親王とその生母を殺せば済む。阿刀大足のような存在は藤原氏の関心のそとにあったのかもしれない。

しかしながら、阿刀大足は逃げねばならない。さらには、その日から日々の糧《かて》にも困《こう》じてしまう。身を寄せるあてとしては、空海の実家である讃岐佐伯氏ということもあったであろうが、もし大足が逃げこめば、讃岐の国司の支配下にあって政治的に弱い立場の讃岐佐伯氏に思わぬ難儀がかかるであろうことはあきらかであった。

大足は、空海の庇護にたよろうとした。

このことは、大足がよほど窮していたことを想像させる。頼ってゆく空海そのひとが帰朝早々で（槇尾山寺当時であることは、ほぼまちがいない）まだ住寺もきまっていないという不安定な身分なのである。さらにいえば空海はのちの空海とは異り、宮廷での足がかりは無く、太政官の追及を受けたばあい、それを外らすすべをもっておらず、いわば書生というにちかい。しかし大足にとって空海しか頼る者がなかったのであろう。

大足は和泉へゆき、槇尾山にのぼった。

空海はすべてをきき、おそらく即座に、私が保護しましょう、と言ったような気配がある。むしろ大足のほうがおどろき、

「いいのか」

と、おびえたかもしれない。

「何のことがありましょう」

などと、空海は顔色も変えずにいったかと思える。この気分は、のちの空海から察することができる。この人物が、天皇や国家の権力に対《むか》った場合での度胸のよさはむしろふてぶてしいほどなのである。このふてぶてしさは空海における何によるものなのか、そのことはあとのくだりで考えたい。ともあれ、政治犯罪人というにちかい叔父をかるがるとかれは庇護した。

阿刀大足はたしかに空海に庇護された。かれは天長七年（八三〇）八十七歳で死ぬまで空海

の身辺にいて、その俗別当（事務長）のようなしごとをした。頭をまるめて僧の姿をとり、名も僧らしく永真とあらためたが、しかし僧ではなく普通の家庭生活をもっていた。半僧半俗の阿刀家が、のちの空海の宗旨の本寺である東寺の俗別当を代々つとめ、明治までに至り、いまなおその家と家系のひとびとが東寺のそばで住んでおられる。千数百年もつづいたことを思うと、空海の阿刀家への庇護は、徹底していたといっていい。

阿刀大足は、その死亡の歳から逆算すれば、この槙尾山にのぼったころは、六十五、六歳だったであろう。空海とは三十年の長者であり、宮廷のことによく通じていたにちがいない。これよりのち、空海が、居ながらにして宮廷とそれをめぐる政治的抗争に通暁し、それを踏まえた上で自分の行動を決めていた気配があるのは、阿刀大足という存在をはずして考えられない。

槙尾山の草堂での日々、空海はふとこの叔父と雑談するときがあったであろう。

「叔父上は、私の出家にずいぶん反対なされましたな」

などと、この謹直な老儒者をからかうこともあったかもしれない。

「他意はなかった」

大足の人柄からいえば、むきになって弁解し、ついにはひらきなおって、おまえの『三教指帰』を読んだがあそこに出てくる亀毛先生とはおれのことか、などとからんだかもしれない。

大足は、少年の空海を官吏にさせるために学問を教え、大学に入れた。しかしながら空海は中道で離脱した。要するに空海にすれば儒教は所詮は浮世の処世術、もしくは礼儀作法を教えるにすぎず、生命とは何かという人間の基礎的課題についてすこしも触れるところがない。さらにいえば、儒学をまなんで官吏になったところで、日本の現実では藤原氏の下で事務をつとめるだけのことであり、非藤原氏の出身としては比較的官途にめぐまれた佐伯今毛人でさえも鬱懐がつよかった。藤原氏以外の氏族の出身者が儒学をやって官途につくことの空しさは、眼前にこの叔父の例を見るだけでも十分ではないか。

空海はあるいは、言葉に出して、

——朝廷も国家もくだらない。

といったかもしれない。

空海はすでに、人間とか人類というものに共通する原理を知った。空海が会得した原理には、王も民もなく、さらにはかれは長安で人類というものは多くの民族にわかれているということを目で見て知ったが、仏教もしくは大日如来の密教はそれをも超越したものであり、空海自身の実感でいえば、いまこのまま日本でなく天竺にいようが南詔国にいようがすこしもかまわない。空海がすでに人類としての実感のなかにいる以上、天皇といえどもとくに尊ぶ気にもなれず、まして天皇をとりまく朝廷などというちまちまとした拵え物など、それを懼れねばならぬと自分に言いきかす気持さえおこらない様子なのである。

日本の歴史上の人物としての空海の印象の特異さは、このあたりにあるかもしれない。言いかえれば、空海だけが日本の歴史のなかで民族社会的な存在でなく、人類的な存在だったということがいえるのではないか。

そのことを、考えてみたい。

空海以前にも、空海以後にも、日本に仏家もしくは思想家というべき存在は多い。仏教というものが万人にとっての普遍的思想である以上、これを体得すれば精神も肉体も普遍的思想そのものに化《な》り、日本にいようがアフリカ大陸にいようが、あるいはいついかなる時代に存在しても通用してゆくはずのものであるのに、しかし日本という環境のなかでの思想的習慣がそうさせるのか、容易に人類的人間というものを成立させない。このことは、例を仏家にとらずに、いっそ近世や近代の思想家の何人かを例として思いうかべれば、よくわかるかもしれない。山鹿素行も本居宣長も平田篤胤もやはり日本の何某であり、かれらをアフリカの社会に住まわせて通用させることができず、西郷隆盛も内村鑑三も吉野作造も、その時代における日本的条件のなかでかまけざるを得ず、人類的人間に飛躍できなかっただけでなく、あるいは飛躍しようとも思わなかった。そのように考えてくると、空海の存在は、この国の社会と歴史のなかで、よほど珍奇なものであったことがわかる。

もともと人類的人間などというものは、本来、成立しがたい。その国の権力社会を心の中では足蹴《あしげ》にかけて嘲弄し去ってしまうところから出発せねばならないであろう。たとえば空海はのちの嵯峨天皇との交友においても嗅ぎとれるように、自分と天皇との関係を対等というより、内心は相手を手でころがして土でもまるめるようなつもりでいたらしい気配がある。しかし露骨にそれをあらわせば地上の権力というものは何を仕出かすかわからないために、自分の密教をもって鎮護国家を説き、あるいは教王護国などといって恩を売りつけ、地上の権力を自分の道具として思想の宣布をはかろうとした。このことは、唐の玄宗皇帝に対する西域僧不空のやり方とそっくりであるといっていい。空海は、直接の師匠である恵果《えか》よりも、恵果の師匠である不空を尊崇したにおいがある。においどころか、

――大師は不空のうまれかわりである。

という信仰が、のちに弟子たちのあいだで伝承された。のちに、というより、空海はその存生中において、自分は不空三蔵のうまれかわりだということを、かれ自身、大真面目に弟子に洩らしていたのではないか。

空海が不空の化身であることについては、『神皇正統記』にも出ている。

弘法は母懐胎のはじめ、夢に天竺の僧来りて宿をかり給ひけりとぞ。宝亀年甲寅六月十五日に誕生、此日、唐の大暦九年六月十五日にあたれり。不空三蔵入滅す

『神皇正統記』は、密教の爛熟期ともいうべき室町時代に成立した。空海が不空の化身であるという伝承は、密教に関心のある者ならたれでも知っているような知識になっていたのかもしれない。空海の生誕が六月十五日であるかどうかの詮索はべつとして、真言宗の本寺である東寺も、またその生誕の地にたてられた善通寺においても、古くからこの日に誕生会《たんじょうえ》をおこなっている。不空の病没した時が唐の大暦九年六月十五日であることはまちがいはない。この暗合と、生母の懐胎の夢が作り話でないとすれば、空海自身、自分が不空の化身であると信じていたのではないか。空海はインド思想の基礎的なものの一つである輪廻転生を宗教としてとらえてはおらず、当然科学としてとらえていた。とすれば、自分が不空の化身であると思わないほうが、むしろ不自然で、非法則的な思想になるかもしれない。空海は、信じていたであろう。

信じていたとすれば、空海の前生は、父（つまりは不空の父）が北インドのバラモン階級の出で、母は中央アジアのサマルカンドの商人の娘であり、そういう父母のあいだにうまれたために容貌は眼窩ふかく、鼻隆く、色は黒かったであろう。空海（つまりは不空）は少年時代を隊商のなかですごし、やがて長安でインド僧金剛智に師事し、つづいて南インドへゆき密教を学んだ、ということになる。

不空の多能ぶりは、ほとんど怪人的な印象をさえあたえる。雄弁である上に、漢文の表現においても名文家であり、唐の宮廷が呪術をよろこぶとなると、じつに功験《くげん》のある修法をほどこし、中国の民族的宗教である道教を、呪術の面で圧倒しようとした。

不空は人類的人間であったにもかかわらず、密教の流布のために国家を重んじた。国家といってもの具体的には朝廷であり、さらに具体的にいえば皇帝その人であった。玄宗の時期はとくに道教がさかんで、その勢力が宮廷に入りこみ、呪術を信仰する玄宗の心を傾かせた。道士が皇帝に対してさかんに説くところは道教が漢民族のなかでうまれた民族宗教であることだったため、不空は密教の普遍的性格の上にあぐらをかいていることができず、密教もまた護国の思想であるとし、安禄山ノ乱がおこったときに不空は壇にのぼり、反乱軍を鎮圧する修法をおこなって大いに験《げん》をみせ、玄宗を感動させたこともある。同時に不空がときに皇帝に対して図々しく、ときに宮中をあらあらしく歩いてその挙措が謙虚でないということで、玄宗をいらだたせたり、不快がらせたりした。玄宗は概して密教に心を寄せることが薄く、終始道教の信者であったが、その玄宗をして密教への敬意だけは喪わしめなかったのは、不空ひとりの個人芸によるといっていい。

不空が長安にあって、護国思想というインドに無いまやかしをやってみせた（密教に護国思想があるということを示すために経典の作為的な誤訳をやったという説もある）とはいうものの、しかしその常住坐臥、もしくは言動のはしばしにいたるまで普遍的原理という超然たる雲に乗りつづけ、駈けつづけていたことはまぎれもないことであった。人間はその民族の社会がもつ世間的常識に拘泥したり、あるいは反撥したりすることではじめて常人という印象が成立するが、頭からそれらから超然としてしまえば、怪人の印象を世間がもたざるをえない。不空はそういう人物であったかと思える。

しかしこれを逆にいえば、不空が漢民族の社会にうまれた漢人であったとすれば、不空の超越性は成立しにくかったであろう。恵果がそのいい例であるといっていい。かれは密教の相承者としては最初の漢人であった。恵果がいかに普遍的思想の密教的体現者であったとしても、どこか常識人としての丸さがあり、不空のような人離れしたような奇妙さはない。この機微をさらに言いかえてみると、西域うまれのインド人である不空が、外国人であったればこそ、異境にきて終始人類的人間でありつづけることができたともいえるかもしれない。


空海の生涯をみると、恵果のまねをした形跡はほとんどなさそうである。

ところが、不空の事歴と空海の事歴をつきあわせると、類似した事歴の多さにおどろかざるをえない。空海は多少は意識しつつ、不空の事歴をまねようとしていたのではないか。

空海が、この国の歴史のなかでめずらしく人類的存在であったとすれば、生れ故郷でそうあることの困難さは、恵果においてすでにあきらかである。空海がそうであるためには、かれが異国からきた異種の人でなければならなかった。

空海の意識では、すでにそうであったかもしれない。

かれが筑紫に上陸したときに、かれは半面で懐しさをおぼえるとともに、半面、自分は遠い異国からきた異種の者であるという意識があったであろう。この遠い異国とは、大日経の原理世界という形而上の国家であったかもしれず、異種とは、それを体現してしまった者は、地上の泥になずんでいる——天皇をふくめて——人間たちとはちがうという自意識からうまれた自分への認識かもしれないが、それら、自分を異るものとしていきいきと認識し、その認識を持続させるためには、

——自分は不空である。

と思いこむ必要があったし、げんに空海はごく自然にそのように思っていたに相違ない。

阿刀大足がそこに居るであろう情景にもどる。

——空海をして京へのぼらしめよ。

との太政官の官符が和泉の国司にくだったとき、槙尾山の山中の草堂では、阿刀大足が表情をあかるくしたに相違ない。

「時期がいい」

大足は、いったであろう。

大同元年八月、空海が明州を立つときに桓武天皇の崩御を船中できいたが、筑紫の浜に上陸したときは新帝の平城天皇の代になっていた。いまは大同四年七月である。ところがこの年の四月に、この稿で新帝と仮りによんでいた平城天皇がにわかに退位し、皇弟の嵯峨天皇が立っ

た。この太政官符は、嵯峨天皇の太政官が出したことになる。世の中があかるくなる、と阿刀大足はささやいたのではないか。

新帝の平城天皇の在位は、三年でしかなかったが、宮廷にたえず暗闘の気配があり、ときにそれが露わになって伊予親王が自殺するというような事件がおこったりした。大足はそれに巻きこまれたということもあったが、かれの倫理観からして平城天皇を好まなかったであろう。

平城天皇は桓武の在世中、皇太子であったころから、藤原薬子《くすこ》という人妻に通じていた。薬子はさきに長岡京の造営中に暗殺された藤原種継の娘で、おなじく式家の藤原縄主《ただぬし》という者の妻になり、三男二女をなしている。その娘の一人が、当時安殿《あて》親王とよばれた平城の宮女にえらばれ閨の伽をすることになったとき、母親の薬子も年若い安殿親王に近づき、私通した。親王は十も齢上であったろうこの人妻によほど蠱惑《こわく》されたらしく、やがて人の噂になるほどに仲が濃くなった。安殿親王（平城）は意志がよわく、また神経を病みやすい体質だったらしいから、この関係は薬子のほうが持ちかけたものであったであろう。薬子がしたたかな者であったことは、『日本後紀』によると、同時に東宮大夫とも通じていたらしいことでもわかる。東宮大夫は皇太子付きの長官であり、薬子にすればこれと通じておくことによって安殿親王との逢瀬が容易になるということであったのであろうか。このときの東宮大夫は、のちに空海が留学するときの遣唐大使藤原葛野麻呂である。『後紀』では、葛野麻呂と薬子の関係について、姻媾《むつび》ということばをつかっている。

「いやなことが多かった」

などと、大足が空海に、宮廷の暗闘についてのことを話したとき、このことも当然、洩らしたであろう。

桓武天皇はこの情事を「淫の儀を傷《やぶ》る」としてきらい、まず薬子を東宮御所から遠ざけ、東宮大夫の葛野麻呂を大宰大弐として筑紫へやり、かわって薬子の夫の縄主を東宮大夫にした。夫を長官にすることによってその妻の不倫を監視させるなどという人事は、見ようによってはやや滑稽でもある。

そのうち桓武が崩じ、安殿親王が即位して新帝になった。

平城は天皇になったことで、この種の行動の自由を得た。薬子から働きかけたのかどうか、新帝はふたたび薬子を閨に入れた。薬子はすでに四十を越えていたであろうが、平城に対するその蠱惑は衰えをみせていなかったらしい。平城にとって邪魔なのは薬子の夫縄主だけだったが、このことを、平城は人事で片づけた。縄主を大宰大弐として筑紫へ赴任させてしまったのである。空海が帰国して大宰府に入ったとき、大弐にあいさつしたはずであった。縄主がそれである。

(縄主も、そうだったのか)

空海は、大足から話をききつつ、内心おどろいたであろう。葛野麻呂といい縄主といい、薬子にまつわる二人までも空海は知っていることになる。

薬子は、単に姪を楽しむために平城に接近していたのではない。

「薬子の兄に、仲成という者がいる」

と、大足はいったにちがいない。

薬子の兄藤原仲成は、亡父種継が長岡京で暗殺されて以来、衰えていた種継系の式家藤原氏をこの情事を奇貨として（もしくは仲成が薬子をけしかけて）大いに栄えさせようとした。薬子は平城にとって皇后でもなんでもなく情婦であるにすぎなかったが、しかし薬子の威は大きかった。『後紀』の薬子伝によれば「巧みに愛媚をもとめて、恩寵隆渥、言ふところ聴容されざるなし」というさまであり、百官はむしろ薬子をおそれた。「百司の衆務、吐納自由、威福の盛んなること、四方を薫灼《くんしやく》す」と、『後紀』にある。薬子の兄の藤原仲成の勢いも、薬子のそれに比例して騰《あが》った。

このことは、過去の話ではない。空海の時間でいえば、筑紫滞留中からこの槙尾山時代にかけてのことである。さらに空海にとって無縁の沙汰でないのは、伊予親王がこの天皇によって自殺させられ、それによって叔父阿刀は職をうしない、一種政治犯というに近い境涯になった。

（玄宗皇帝と楊貴妃のような）

と、空海は、不空三蔵が絢爛たる活躍ぶりをみせた大唐の宮廷をふと連想したであろう。が、たちどころに気持が冷えざるをえなかったにちがいない。玄宗そのひとが、華麗である。かれは帝王としては自由放恣でありすぎたが人間としては才華が豊かで、その才華も老熟して五十六という齢になって楊貴妃を得た。以後「春宵の短きを苦しみ、日高くして起き、これより君王は早朝せず」という愛の日々がつづき、やがてこれによって安禄山ノ乱をまねき、国が傾き、玄宗は都をすてて蒙塵の途中、兵士の反乱を鎮めるために貴妃を死なせざるを得なかった。この玄宗の晩年の長い恋とその結末は白居易の「長恨歌」の流布によって民衆にまで愛好されていることを空海は長安で知ったが、これにくらべて薬子のそれは、恋の女主人公としては齢が闌《た》けすぎ、寵を得ているというにはその関係は奇妙すぎ、さらには美的背景——唐朝における西域音楽、踊り子の群舞、長夜の宴など——を欠き、また恋の進行に安禄山の反乱という華北の大地をゆるがすような馬蹄のとどろきもなく、ただこの異常情事をとりまいて藤原諸家の思惑がびっしりとかびのようにとりついているだけで、どう美化しても詩にならない事態であった。

　その、いわば、大唐を見てしまった者の感覚からいえばきわめて田舎くさい事態が、空海の槇尾山時代に進行している。

　ところが事態が、事態の内部で変化してしまった。

　この大同四年の四月、平城天皇はにわかに譲位のことをいった。譲位の理由は、『日本後紀』によれば極度の神経疲労にあったらしく、前年の春ごろから「寝膳安んぜず」という状態であったらしい。平城は皇太子のころ、非業に死んだ早良親王の怨霊にくるしめられた、という病歴もあったから、神経を病むことのはなはだしい体質だったと思える。皇太子は皇弟であった。

神野《かみの》親王（嵯峨天皇）といった。平城はそののちに薬子とともに退位を悔やむのだが、結局は嵯峨天皇が立った。

宮廷が一変したというときに、空海に上京せよとの官符がくだった。阿刀大足が、このことを願ってもない時期とおもったのは当然であったろうし、あるいは奈良の長老たちがこれを好機として空海を上京せしむべく太政官に働きかけたのかもしれない。それとも、空海が生涯幸運にめぐまれつづけたということを思うと、単なる偶然であるかもしれず、偶然と見るほうが、照り映えのいい空海の一生に、いっそふさわしいように思えたりする。

二十一

京に入った空海がそこに住んだという高雄山寺は、都邑の西北の山中にある。

この王城をとりまいている山の中で西方の愛宕山《おたぎ》がもっとも高峻であるとされるが、高雄山は、その愛宕山という複雑なかたちの山塊のふもとにあり、それなりに一つの尾根をなし、その尾根が高雄とよばれる。高雄の山脚はふかく清滝川の小渓谷に落ちこみ、その渓谷を楓《かえで》の群落がおおっており、若葉のころともなれば、樹々の照りはえのために空まで緑に染まるかとおもえるほどである。それらが秋の霜のころになればひるがえるようにして紅葉するのだが、その秋色のさかんなことは、空海のこの時期には人の口にのぼるに至っていない。空海の在世中よりもあとになって喧伝された。秋のもみじを賞でるという古今風の風景美の型が、空海のこの時代にはまだ定型化されていなかったのかもしれない。

京よりの道は周山《しゅうざん》街道とよばれるが、空海のこの時代には、そういう街道名はなかった。道も、人の足で踏みならした程度のこみちだったにちがいない。京からの道は、高雄に近づくにつれて尾根道になってゆく。その尾根からいったん清滝川の渓流に降り、流れの岩と岩にかかった丸木橋を踏んでむかいの尾根の脚にたどりつく。その尾根が、高雄山である。高雄山寺は、山ぜんたいを境内としていた。

高雄山寺が、官寺ではなく、和気氏の私寺であることはすでにふれた。以下、和気氏について、多少の説明をしておかねばならない。

和気氏というのは、宮廷の要職を藤原氏の諸流が占めている奈良朝末・平安朝初期にあって、多少の勢力を、ほんの一時的ながらも占め得た氏族である。この氏族は和気清麻呂（七三三〜七九九）によってあらわれた。

清麻呂は備前藤野郡の土豪の出身だったから、空海の生家である讃岐佐伯氏程度の家だったであろう。中央に出てきたのは、自分がのぞんだわけではなく、貢上されて出てきたらしく、要するに野望的な性格ではなさそうであった。かれは偶然の機会で宮廷の政争のなかに巻きこまれ、わるくいえば道具としてつかわれることによって、その存在があらわれ出た。

当時、孝謙女帝の閨房に入りこんでいた道鏡が宮廷を壟断していたころで、道鏡がむしろ志をすすめて天皇になろうとし、宮廷はその是非を宇佐八幡宮の神託にゆだねたという話は、有名である。清麻呂はその神託の受領に九州までゆかされた。わざわざ清麻呂がえらばれた理由はよくわからないが、かれの姉の広虫が早くから孝謙女帝に仕え、人柄のよさで上下から敬愛

され、

——あの広虫の弟なら。

ということも、理由の一つだったかもしれない。

やがてもたらしてきて、道鏡の志望を否定する神託を披露した。このためかれは道鏡によって大隅へ流されるが、道鏡の没落後、異数なほどに栄達した。この清麻呂が一命を賭して道鏡の意向にさからったことについては、かならずしも美談ではないという説もある。清麻呂の背後に藤原氏が糸をひいていて、かれはそのあやつり人形にすぎなかったということであり、宮廷政治の複雑さから見れば当然そうとも考えられるが、しかしそのことはこの稿ではどうでもいい。


清麻呂についてもうすこし触れたい。かれは桓武天皇に重用された。桓武という、独裁性がつよく、仕事ずきなこの人物は、官僚を自分の裁量で自由にえらんだめずらしい天皇であったかとおもえる。空海の本家とされる佐伯今毛人《さえきのいまえみし》も桓武によってえらばれ、高齢になって心身が疲れはてるまで使われた。和気清麻呂もそのようにして使われたことをみると、有能な男だったのであろう。佐伯今毛人が建築に長じていたように、和気清麻呂は土木に長じていた。平安京の造宮大夫として造都に活躍し、死んで正三位を贈られた。ただし和気氏は清麻呂という土木家の栄達によって藤原氏ふうの世襲貴族を構成するというまでにはいたらず、このあたりは佐伯氏における今毛人と同様、一代かぎりの栄誉をえたにすぎない。しかし、その息子の広世《ひろよ》は、その学力をもって文章生から身をおこし、ついにはその医学的教養を買われて典薬頭になり、また儒学の教養によって大学頭を兼ねるところまで進んだ。学問や技術の分野に身を置くということは藤原氏との摩擦をおこさずにすむということもあったのであろう。のち広世の家系は比較的ながくつづくが、多くは典薬頭、典薬助、典薬権助、針博士、女医博士といった官職につき、官医としての系譜を保っている。

要するに、和気氏というのは、土木家の清麻呂にせよ、医家の広世にせよ、藤原氏と勢力を宮廷の表裏であらそうなどということは避け、おだやかな非政争的氏族という印象を世間にあたえつづけていたような観がある。たとえば、清麻呂が死んだのは空海のまだ二十代のころだったが、かれの遺志は私立図書館をつくることにあったらしく、長男の広世がこの遺志を実現した。弘文院がそれである。広世の私邸は大学の南側にあったが、広世はその私宅を開放して弘文院とし、蔵書数千巻を置き、維持のために墾田四十町歩をこれに付けた。図書館は学校を兼ねたから、私学としてはあるいは最古のものかもしれないが、ただしこの私学は他に開放される性質のものではなく、和気氏の子弟のためのものであったらしく、和気氏からのちのちまでも学問技芸の官僚が出ることを清麻呂が望んでいた証拠のようにもおもえる。

高雄山寺は、そういう和気氏の私寺である。

和気氏ははじめ河内に私寺をもっていたが、そこは低湿の土地で気に入らなかった。その土地をふりかえてもらって、高雄山寺を私寺とした。たれに交換してもらったのか、つまり高雄山寺は以前はたれの私寺だったのか、よくわからない。ともかくも和気氏の私寺になってからは、堂塔が整備した。

「空海の住寺は、高雄山寺がいいだろう」

という案をたてたのは、空海を暗に支持している奈良の僧綱所《そうごうしょ》の高僧たちであると見ねばならない。かれらは、その人事権や立案権をもっていた。空海を都にのぼらせて叡山の最澄をおさえさせるには地の利を得させねばならず、地勢からみて都の東北にある叡山に匹敵する山といえば、都の西北にある高雄山が最適ということでもあったろうし、さらに政治的にみて、和気氏を空海の保護者にするのはこの時期、案として巧緻すぎるほどに無難である。藤原氏は諸流が相争っていた。あすはどの流派が勢力を占めるか見当もつかないこの混乱期に、空海を、うかつな流派と結びつけてのちのちかれの身に傷がつくようなはめになっては、奈良としてはどうにもまずいのである。

和気氏に、

——高雄山寺に空海を住まわせてくれまいか。

と持ちかけたのも、奈良の僧綱所の老僧たち以外にはありえない。

ただここで、奈良の老僧たちは、最澄に対してどう調整したのであろうか。

もともと、和気氏は最澄に肩入れするところが篤かった。

まだ無名のころの最澄を桓武天皇に推挙したのは、当時造宮大夫として平安京の造営のために働いていた和気清麻呂であった。清麻呂が最澄の外護者《げご》になったことは、最澄の一代にとって重要であったかもしれない。清麻呂の奔走で、最澄は宮中の侍僧である内供奉《ないぐぶ》十禅師のひとりにえらばれるのである。最澄は入唐の前々年、和気氏の乞いによってその氏寺である高雄山寺に入り、南都の僧たち十余人をあつめて天台三大部の講演をおこなうのだが、このことは入唐前の最澄の教学活動としては最大の行事であった。和気氏は、最澄の提唱した天台宗の最初の理解者であったということがいえるであろう。この高雄山寺での最澄の講演のころには清麻呂はすでにこの世にない。広世とその弟の真綱《まつな》が、この講演の推進者になっていた。この講演の成果は広世によって桓武天皇に奏上され、賞讃の勅文までくだった。最澄に対して桓武天皇がその保護者になったのはこのときからといっていい。

最澄はその後も、自分の根拠地である叡山と高雄山寺のあいだを往来し、あたかも両寺を兼務しているようなかっこうだった。

最澄が帰国後、天台宗とともにもたらした密教について、最初の灌頂《かんじょう》をおこなったのも、高雄山寺においてである。このとき「最澄をして灌頂せしめよ」という勅命がくだったのも、和気広世を通してであった。それも、国費によっておこなわれた。広世に対し天皇は、「法会の所用は多少を論ぜず、最澄の言にしたがって、皆悉く奉送せよ」と勅命をくだした。いくらかかってもいいから国費でやれ、というのである。

和気広世の没年が、よくわからない。

空海のこの時期は、高雄山寺に関するかぎり、広世の弟の真綱の名前が単独で出てくることをおもえば、広世が死に、真綱が和気氏の代表ということになっていたのであろう。奈良の老僧たちは、真綱に話したに相違ない。真綱はおそらくみずから叡山におもむき、最澄に会って、

——海《かい》和尚を、高雄山寺に住まわせたいが。

と、はかったかとおもわれる。

最澄に異存はなかったであろう。むしろ、

「ぜひ」

と、積極的にその案に賛成したかと思える。最澄は、自分の思想の敵である奈良六宗に対しては戦闘的であったが、空海に対してはふしぎなほどに態度がやわらかく、むしろ﨟下の空海に対し、新仏教の同志として敬愛しているだけでなく、空海がもたらした密教を、——あとの最澄の言動でわかることだが——自分が越州でひろった密教よりもはるかに正統ですぐれたものとして讃仰しているほどであった。最澄はよろこんで高雄山寺を空海にゆずる話に同意したにちがいない。

和気真綱が、この種の調整によほど働いたかとおもえるのは、『続日本後紀』にも、真綱については、「天台真言の建立者」という褒辞がおくられていることでも察せられる。

当の空海は、これらのお膳立に乗っただけのことであった。

かれ自身は、なにも知らぬ体《てい》で高雄山寺に入った。いつ入ったかについては記録がないが、入ってからほどなく最澄が接近してくることで、そのことでの年月日が記録されている。大同四年（八〇九）八月二十四日付の最澄の手紙を持って、最澄の弟子経珍が空海のもとにやってくるのである。最澄の使者がやってくるからには、空海自身の居処がさだまっていなければならない。場所はおそらく高雄山寺であり、それも空海がここを住寺としてほどもないころかとおもわれる。経珍は、高雄の山中に入った。清滝川を渉るのに、しぶきで濡れた岩を踏まねばならない。そのあと八月の楓の下の山みちを登ってゆく。全山の青い楓と、空海の山房に近づいてゆく経珍の姿は絵巻物のかっこうな画題のようにおもえるが、この情景が絵になったことはない。さらには、最澄と空海がこれ以前に対面したことがあるかどうかはまったくわからず、むしろその事実はなかったかと思える（最澄側の資料では、空海が大同四年二月三日に——不在中の？——最澄に名刺を投じて去ったとあるが、どうもこの資料は偽物という説が多い）。

文通の有無も、さだかでない。

経珍がもっている最澄の手紙が、最澄と空海との資料における最初の出会いであったことだけはたしかなようであり、現実もまたそうではなかったか。

この日の手紙は、仁和寺記録にのこされている。

「経典を貸してほしい」

というのが、その用件であった。

手紙の冒頭に、

謹啓

借請法門ノ事

とある。時候のあいさつなどをくだくだと手紙の冒頭にかく形式がまだこのころ成立しておらず、そういうあいさつは、手紙をもってゆく使者が口頭でのべるのであろう。このみじかいことばのあとに、借用したい経典——あわせて十二部——の名が列挙されている。それをここに写すことはわずらわしくもあるが、しかし両者のこの時期の気分を窺うよすがとして書きならべておく。

大日経略摂念誦随行法一巻、大毘盧遮那《だいびるしやな》成仏神変加持経略示七支念誦行法一巻、大日経供養儀式一巻、不動尊使者秘蜜法一巻、悉曇字記一巻、梵字悉曇章一巻、悉曇釈一巻、金剛頂毗盧遮那一百八尊法身契印一巻、宿曜経三巻、大唐大興善寺大弁正大広智三蔵表答碑三巻、金師子章幷縁起六相一巻、華厳経一部卌巻

最澄が、これらの経疏をいちいち指定して借用方を懇請したのは、空海が帰朝したときに朝廷に上提した請来目録の写しを、最澄がどこかで見たからであろう。

これら、最澄が借りたいという十二部経疏の書目をみると、ほとんどが密教の経疏であることにおどろかされる。その他はサンスクリットに関するものであり、二つながら空海において満ち、最澄において欠けているものであるということが、この書目に、劇的なものを感じさせる。最澄はすでにのべたように、入唐のとき請益僧《しようえきそう》という資格であった。請益僧は唐の文化の一専門分野をシステムごと導入するというしごとであるために、それにふさわしい学識のもちぬしがえらばれた。たとえば儒学でいえば、明経を導入する者は直講博士や助教といった大学の教授がえらばれるといったぐあいで、国家は留学生《るがくしよう》よりも大きな礼遇をあたえていた。最澄がもし倨傲な人間であれば、空海が学んできた密教などを黙殺するであろうし、たとえ黙殺しなくても、膝を屈して書物を借りるということはしなかったであろう。さらにいえば、別な渡世の方法もありうる。「自分は天台の専門家だから」ということで、にがてな密教につい

ては頬かぶりして世をすごすといういきかたもとりえた。

もっとも、最澄は苦しくはある。かれは、不用意に密教をもたらしてしまった。越州において最澄が、ちょうど道で物を拾うようにして得てきた密教が、そのじつ密教体系の一断片にすぎなかったことを、当の最澄自身も知らず、むろん日本の宮廷もさらには奈良の仏教界も知らず、帰朝した最澄に対し、国家をあげてその越州密教を歓迎した。そのあと、なりゆきとはいえ、勅命による灌頂の主宰までやってしまったことは最澄のいわば大恥であったが、しかしこの男の篤実な性格がそれに堪えただけでなく、あらためて組織的密教を学びなおそうとしている。もっともこれが、空海にとって最澄の美質とは映らず、最澄の厚顔として映ったらしいと想像できる証拠は、のちのち空海の側に十分存在する。

空海はさらに、

——それほどなら、経疏などを借りず、なぜ私の弟子にならないのか。

とおもったはずであることも、のちに明快な証拠がある。

このあたり、空海の印象について、後世という視点からみればやりきれぬほどの倨傲さを感じさせるが、ところが空海の一面には極端なほどの論理家であるかれがいた。密教の伝達は師承によらねばならず書物に拠ってはいけないということがインド以来の伝統としてあり、その意味では最澄は無知か、もしくはそれを知っていたとすれば論理的でなく、一方空海はそういう論理をまもるということについては、厳格、忠実なだけでなく、ときに守るために必要な政治臭をもつという点で狡猾なほどであった。

（この男は、文字で密教を知ろうと企てているのか）

と、空海はそういう最澄こそ、狡猾の徒とおもったであろう。その旨を露骨に文章にまですするにいたるのは後年のことだが、このときはむろん、おくびにも出していない様子であった。

借経、という空海に対する最澄の直接行動は、繰りかえしいうが、この大同四年八月二十四日が、はじめてである。最澄は、独習しはじめている。いわば書斎の作業として密教を知ろうとし、知ることが、最澄の、火であぶられるような焦燥事であったであろう。最澄は、入唐前、組織的密教に関心を示さなかった。世をあげて組織的密教に無関心であったときに最澄もまたその世間のひとりであったことをまぬがれない。その時代に、無名の私度僧であった空海のみが密一乗に執拗な関心をもち、すでに渡来していた雑密の多くの断片をあつめてみずから組織化し、みずから行法を臆測しつつそれを身につけ、山林を彷徨し、ひとにすがって諸寺の経蔵を閲覧させてもらった。その時期に最澄は、天台宗――空海からみれば古ぼけた中国的解釈による大乗体系――に熱中し、これのみが、小乗性がつよく多分に論で構成されている奈良仏教を超克できる体系であるとして――悪意をもってみれば――桓武天皇の寵を得ていることを幸いとして請益僧になった。空海の感情でいえば、最澄はかれ自身の私的な判断だけで価値ありとみた天台学を、国家の費用で請来すべく宮廷を説得し、その望みを実現したというだけでも片腹いたいという感情をもったであろうことは、のちに空海が著わす『十住心論』から帰納的に想像することもできる。それだけでなく最澄は帰朝後、宮廷の様子の変化——つまり宮廷が天台宗に関心を示すよりも密教に関心を示したこと——を見て、あわただしく密教を空海から仕入れようと——それも弟子になることなく——しつつあるというのは、はげしくいえば物を盗むにひとしいではないか、という気分も、のちに最澄を批難した空海の文章（叡山の澄《ちょう》法師の理趣釈経を求むるに答する書）から察すれば、当然このときからあったとみるほうが自然かとおもえる。

さらに、空海が、最澄のこの目的による接近についてどういう感情でいたかという想像のために、いまひとつ、空海のこの時期の作業を考えねばならない。

その前に、仏教渡来以来、この時期までに日本にもたらされた仏教は、奈良六宗もまた最澄の天台宗をもふくめ、中国で完成されきったものを、そのまま将来して、定着し、そこに独創を加える必要も余地もなければ、もともとその気分もなく、ただ海を渡って移動したものであるにすぎなかった。完成されきっているというのは、解説書から批評についての論集もそろっているという意味である。最澄の天台宗の場合、もたらした最澄がわりあい楽であったろうと思えることは、最澄よりも二百数十年前の中国僧智顗《ちぎ》（湖南省華容県の人、五三八〜五九七）が、天台宗についての精密な教相判釈《きょうそうはんじゃく》をのこしているということである。教相判釈とは、宗旨成立のために構成された理論体系で、すべての経典を釈尊の生涯を基準に時期的に配列し、その内容の価値に判断をくだしつつ自分の宗旨がいかに優位に立つものであるかを主張するもので、智顗の場合は『五時八教』がそれであった。最澄においては、この『五時八教』をもたらした以上、あとはこれを理解することに専念すればよかった。

空海の場合は、この点を珍奇とすべきだが、かれがもたらしたかれの密教だけはそれ以前のものと事情が異っており、空海自身がそれらを作りあげねばならなかった。密教思想が醸成されたインドでも教相判釈はおこなわれておらず、唐でも同様で、中国における段階で教相判釈をおこなうべき立場にあった恵果そのひとが、教判どころか何の著作ももたなかったのである。言いかえれば空海以前の密教は、インドにおいても唐においても、理論的に大構成されていないという意味においては粗放なものにすぎず、さらに表現を極端にすれば、組織的密教といっても名ばかりで、目にみえるものとしては呪法と儀式が一つ箱に乱雑に詰めこまれてあったにすぎない。

さらにいえば空海は、インドや中国では単なる呪法のようなものに見られがちだった密教を、仏教に仕上げたかったし、それがためにはいままでの仏教のすべてでも援用せねばならず、密教を再構成するというよりもあらたに創りだすほどの基本的姿勢をもって編成せねばならなかった。そのためには在来の密教にやや乏しかった理論をあらたに構築して他宗の批判に堪えせしめるだけでなくそれらを圧倒するだけの力を持たさねばならず、それを可能にするだけの精密な論を編みこまねばならなかった。

空海は、インドにも唐にもなかった「真言宗」という体系を樹立するのだが、このために、「横の教判、竪《たて》の教判」といわれるすべての仏教から縦横に密教を見る理論をつくりだす必要があり、また密教がそれを可能だと主張する即身成仏という最終目的についても、他の批判に堪え、かつ誰にも理解できる理論をつくりあげねばならない。顕密二教の判釈ということについても、そうであった。顕教とは外側から理解できる真理――天台宗をふくめてすべてのいままでの仏教――であり、密教とは真理そのものの内臓に入りこみ、たとえば胃そのものになり、脾そのものになり、肝そのものになり、それらの臓腑がうごくとともにうごきつつ宇宙に同化するという行法と理論をいうのだが、空海としては顕教の本質を曝露しつつ密教が顕教をも包摂する最高の仏法であるということをあきらかにせねばならない。

空海は、そのために人知れず多忙であった。以上のようなことどもを筆にとって文章にしてゆかねばならず、それらの作業をすでに筑紫時代からはじめていたに相違なく、ひきつづき和泉国の槇尾山寺時代にもそれをやり、この山城国の高雄山寺に入ってからも、一日のうちの何時間かはその作業に没頭することで費していたにちがいない。空海にすれば、最澄は何をしているのか。
かれが請来した天台宗にしても、智顗による既成の教相判釈で間にあわせている以上、立宗のための思想的作業は必要でなく、さらには顕教をもたらしながら密教まで手をのばし、その密教も、密教がきらうところの「筆授」（書物を読むことで真を知ること）によってとりあえず身につけようとしているではないか。空海が、この時期、密教体系の樹立のために肝脳を痛めているときであるだけに、そういう感情で最澄の手紙を読んだであろうことは、当然ながら想像できる。

しかし最澄に即して考えれば、密教が師承によるべきもので筆授によるべきでないという、インド密教以来、密教家なら常識としているところの知識がなく、いわば悪意はなかった。かれは自分の密教についての教養の不足を、経疏を読むことによって懸命におぎなおうとしていたにすぎない。

最澄は手紙の末尾に、

右ノ法門、伝法ノ為ノ故ニ、蹔《しばら》ク山室ニ借ラン。敢テ損失セズ。謹ンデ経珍仏子ニ付シ、
以テ啓ス

と、書き、「下僧最澄」と署名している。

以後、最澄はこの年から弘仁七年に両者のあいだが断絶するまで七年間のあいだに、記録としてのこっているだけでも三十通に近い書状を空海に送るのだが、そのほとんどが密教関係の書物を借りることやその礼状、あるいは密教についての応答などにつきている。密教についての最澄の筆授的努力がいかに真剣なものであったかが知ることができるし、この往来のなかに最澄の人柄までが匂ってくるようでもある。

さらにこの手紙――大同四年八月二十四日付の最澄の借経の手紙――について考えたい。

最澄が借りたいという目録には、悉曇《シッタン》についての書物が三種類ふくまれている。そのうち『悉曇字記』と『梵字悉曇章』はサンスクリットの字母についての書物であり、また『悉曇釈』はサンスクリットの文法について書かれている。サンスクリットについては空海がはじめてこの国にもたらしたとされるのだが、すくなくとも最澄はこの素養について欠けていたようであった。

「長安では、僧たる者が悉曇を知らぬなどは、ありえぬことだ」

と、空海が、最澄の無教養をあてつけ、使者の経珍の前で皮肉をいったかどうか。日本の仏教は、中国語訳された経や疏を導入することによって成立したが、長安にあっては国営の翻訳場が常設されていたほどだったから、梵語、悉曇文字というインドの学問言語を学んでいる僧が多いことはたしかであった。日本では最澄でさえそれに通じていなかった。悉曇さえ知らずに、もっともあたらしいインド思想である密教を学び、学ぶだけでなくすでに最澄が朝廷から密教の大阿闍梨《だいあじゃり》の位をもらっているなどはおこのかぎりだ、という気持が、空海にあったにちがいない。ついでながら、空海は密教行者の最高位である阿闍梨号を長安ではもらった。しかし日本ではこの時期それをもっておらず、最澄のほうがそれをもっていることを思えば、この感情が空海におこったとしても不自然ではない。

しかしその反面、最澄がその署名に、

「下僧」

としてみずからへりくだったことは、空海にとって意外であったであろう。最澄という存在は、この時期以前からこの時期にいたるまでの空海の立場からいえば誤解されても当然ともいうべきものであった。最澄は若くして天皇の恩顧をうけ、僧としての勢威は、ながく無名の存在だった空海と比すべくもない。さらに最澄が越州の田舎の密教を得て帰国後、密教の開祖として遇され、国家的事業の灌頂を主宰したことなどをおもうと、空海からこれをみれば、あぶらぎった風貌の、自己を顕揚する欲望だけで世間をたぶらかしている男のように見えたとしても不自然でないが、その男が、「下僧」としてへりくだるのは、尋常なことではない。この当時、高位の者が下位の者に対し、このように書式のなかとはいえ身を踞《かが》めるということが形式として存在していなかっただけに、空海の目がそのくだりに落ちたとき、自分の最澄像を多少修正すべきかと小首をかしげたようにも思えたりする。最澄はそういう男でもあった。最澄に即してこの「下僧」をみるに、かれは自分の弟子に対しても虚勢を張るところがまったくなく、まして法のために空海の援助を乞いたい場合、心から自分を蹲《つくば》わせる男であり、このことは手紙の上でのことながら、以後、最澄が空海に対して送る書状には、下僧どころか、弟子最澄、と書くときもあったし、求法弟子最澄と書くこともあった。ついには「永世弟子最澄」とさえ署名するにいたった。

むろん、この「弟子」とは書状の上でのことであるにすぎない。最澄は実際に空海に対し弟子として仕えたわけでないにせよ、これらの表現がいかにも最澄の人柄がそのまま響きこんでいるものと受けとっていい。

さらに穿っていうと、空海はのちのち、最澄のそういう態度をむしろ興醒めるおもいで見ていたかのようでもある。つまりは最澄の天台宗がすでに国家公認の法門になっており、最澄はそこで修行する僧の科目として——早まった処置ながら——遮那業《しゃなごう》（密教的な大毘盧遮那経科）を設定してしまっているのである。しかし最澄その人の密教が薄くもろい以上、空海に乞うてみずからを充実するほかなく、そういう最澄の切迫感からみれば、かれのいう「下僧最澄」式のへりくだりかたはかれの功利性の裏返しにすぎないという感情も、空海のなかにうまれたかもしれず、でなければ後年、空海が最澄の接近を酷薄苛烈な態度で遮絶してしまうという挙動が、唐突なものになる。

この章のこのくだりは、ひどく拍子ぬけするような結末でおわらざるをえない。最澄が出したこの手紙に対する空海の返書は、叡山に遺っていないため、その内容を知ることができないが、要するに、最澄の懇請はすぐにはかなえられなかったかと思える。空海がさきに帰朝して筑紫に上陸したとき、請来目録と多くの経論を遣唐使高階真人遠成に託して朝廷に上らせた。それらのいっさいが空海の手もとにもどってくるのはこの翌年の弘仁元年ということになっているから、空海はおそらく、

「残念なことですが、それらはいま自分の手もとにないのです」

と、ことわったであろう。さらに、空海は、そういう事情ですから貴僧において朝廷の役人に願い出、ご希望の経疏を筆写されてはいかがでしょう、というほどのことは、付け加えたか、口頭で経珍にいったかと思える。

二十二

経疏を借覧させてほしい、との最澄の空海への依頼から両人の交渉がはじまっているころ、世間、とくに宮廷は平穏でなかった。

――いくさになるのではないか。

と、ひとびとがかつての壬申ノ乱を思いだすほどに宮廷の争いが深刻になっている。例の薬《くす》子《こ》の存在による。

空海の住寺になった高雄山寺には、かれの叔父であり、少《わか》いころの儒学の師であった阿《あ》刀《との》大《おお》足《たり》が、かつて伊予親王の事件で失脚して以来、執事のような存在として身を寄せている。宮廷の消息については阿刀大足が、空海におりふし伝えていたに相違ない。ただ薬子のような蠱《こ》惑《わく》な存在については阿刀大足のように書物の虫のような老学者にとって理解しがたかったであろう。

ただし、

「女は魔性でござる」

などという、その後の日本にできた慣用句もこの当時はなく、自然、大足もそうはいわず、むしろ中国における先例をひいて、もっと大がかりな政治上の想像を空海に話したのではないか。この時代——これ以後もそうだったが——人間の典型を中国の史籍にもとめるのが、通癖になっていた。阿刀大足の人柄とかれが生きた時代から想像するに、後世のように、女は魔性などという、たとえば江戸の横町の隠居の茶のみばなしのようなことをわけ知り顔にいう習慣などはなかった。則天武后は大唐という、世界帝国をさえ女の身で一代かぎりながらも簒奪した。そのいわば雄大な簒奪の実例を大足は知っている。それが、大足の薬子を見る一角度を形成していたにちがいない。

「なるほど、則天武后ですか」

空海も、大足のその見方に積極的には賛成せぬまでも、同時代人だけに大足と似たような思考癖はあり、半ばうなずいたにちがいない。

則天武后はこの時期から百年あまり前に死んだ人物であり、すでに歴史になっている。この稀有な存在は、長安のサロンの雑談のなかでもしばしばひきあいに出されるところであったにちがいない。

すこしく、そのことに触れる。唐朝における二代目の皇帝が事実上唐を興した太宗である。

太宗の死（六四九）ののち高宗（六二八〜六八三）が立った。

高宗は、いま薬子に籠絡されているとされる前天皇平城に似ているということがあり、大足が武后という典型に薬子を重ねようとした発想に、そんな機微も伏在するであろう。平城は年少のころから意志が弱く、神経性の症状に悩まされてきた。即位後、その症状が重くなって皇位を心ならずも現天皇の嵯峨に自発的にゆずってしまう——でありながらあとですぐ後悔する——というような意志に安定性を欠く性格だった。大唐第三世の高宗ものちに風眩《ふうげん》（癲癇）になやむような人物で、さらには平城が薬子を好むことにおいてそうであったように高宗も強悍で多淫な、しかもきらびやかな演技力をもった女性を好んだ。さらに平城と同様、それを得るためには倫理として一般化されている性的秩序を無視した点が似ている。また、無視するほどに胆気があるのかといえばおよそ逆であることも似ている。両者ともむしろそのことでは自閉的になり、そのことに関するかぎり他者との窓を閉めきってしまうようなところがあった。

平城は、臣下（藤原縄主《ただぬし》）の妻であった薬子を、まだかれが皇太子のころからひそかに閨に入れた。有夫姦であった。しかも薬子の長女がさきに平城の閨に侍していたから、母と子をおかすということで、当時在世中だった父の桓武を顰蹙させた。桓武の死後皇位についても薬子が情婦であることは変らず、このために薬子の勢威が騰《あが》った。薬子を尚侍とし、正三位に叙した。ただしそれでもなお薬子が藤原縄主の妻であるということには変りがなく、つまりは有夫姦であることがつづいた。薬子はひたむきに平城を愛したのではなかったであろう。むしろ平城の権力のほうを薬子は愛した。たとえば薬子は他の男（藤原葛野麻呂）にも通じていたことからみても、彼女の愛の性質がどういうものであったか、想像がつく。しかし平城にとって薬子はよほど甘美な存在だったらしく、薬子は平城に対し「巧みに愛媚をもとめて、恩寵隆渥、言ふところ聴容されざるなし」という存在であった。そういうことでは唐の高宗と武氏との関係が似ているが、ただ性的秩序の関係においては、すこしちがっているかもしれない。

武氏の場合は有夫ではなかった。しかし有夫以上の重い制約をうけていた。彼女は先帝（太宗）の後宮の女官で、太宗の死後、髪をおろし感業寺に入って尼になっていたというから、当然ながら太宗に寵せられていた。高宗は亡父が寵した女を望み、これを後宮に入れたことが、漢民族の倫理感覚を震撼させた。亡父の妻妾（生母以外）を相続するというのは北方の匈奴の風で、漢民族が身ぶるいするほどに忌むところの蛮風であった。こういう倫理秩序無視においては平城の場合と似ているが、薬子の場合は現実に有夫であるだけにこの関係には饐《す》えた肉を食いあっているあやうさがにおっている。また両者は出自がちがっている。薬子の場合は藤原式家という貴族の出であるのに対し、武氏の場合は素姓がさだかでなかった。それだけに武氏がその後にやった事業が苛烈であるともいえるかもしれない。

武氏が還俗《げんぞく》して高宗の後宮に入ったときはまだ身分が低かった。しかし、陰謀のかぎりをつくして競争相手を失脚させ、府中の勢力を味方にひき入れ、十八年という歳月をついやしてついに皇后の位置にまでせりあがった。ときに武后は三十をいくつか過ぎていた。この当時の一般的な老けやすさという年齢感覚からいえば三十を過ぎて他と妍を競ったり寵を独占するというのは普通ではなかったが、武后がもってうまれたあらゆるものが普通ではなかったのであろう。そういう点でも薬子は唐朝が出した武后という典型に酷似していたかもしれない。

平城が薬子と相逢ったときが皇太子のときであることはすでにふれた。彼女よりも九つ年下だったかと思える。彼女の娘がすでに成熟して皇太子の枕席に侍していたことからみても、その母である薬子は三十を越えていたはずであり、薬子は武后が皇后になった年齢から彼女の事業をはじめたのである。

武氏の場合にもどる。武后は皇后になったことで満足しなかった。彼女は皇后に冊立されたあと、あらたな陰謀や謀殺を繰りかえして自分にとって不利益な宮中府中の勢力をのぞいてゆき、やがて高宗の風眩の症状が重くなると、高宗に代って万機を決裁するまでになった。武后は五十を越えたころには往年の容貌はおそらく衰えていたのであろうが、そのかわりに十分以上の権力をにぎっていた。五十なかばのとき高宗が崩じた。この死が、武后をさらに飛躍させた。彼女はさまざまに策を弄して新帝をつぎつぎに廃立し、その間《かん》、自分に反対する唐の皇族や貴族を数百人殺し、その屍の上に強大な権力を築き、ついにはみずから皇帝になり、国号の唐を廃し、周とあらためた。しかも彼女はその地位を維持した。武后は八十になり、また越えた。ようやく老衰したころ、宰相張柬之の請いを容れ、国号を唐に復することを容認した。ほどなく死んだが、いずれにせよ、唐朝にはその血筋とまったく無縁の婦人が十五年も帝位にありつづけた。これは唐の士大夫にとって二度と繰りかえしたくない異常事態だったといっていい。

「かの薬子《ひと》もまたそのように思っているのでしょうか」

空海がいったかどうか。

しかし空海は阿刀大足の推測がまったくの荒唐無稽であるとはおもわなかったであろう。日本のこの当時の宮廷は奈良朝以来、唐朝の文化、制度に倣《なら》うことはなはだしく、唐朝でおこった先例は宮廷人のごく自然な意識として日本の朝廷の先例であるかのように重んじられていた。薬子がたとえ女帝になろうと思わなくとも、とりあえずは皇后になりたいという野望を持っているであろうことは十分推量できるし、世間もそうみていた。ともかくも事件はその薬子の野望を核に進行している。空海が高雄山の楓樹の林のなかに住みながらこのことに無関心でなかった――というよりも僧という一般的通念からいえば強すぎる関心をもっていたことは、のちのかれの行動で想像がつく。

さらに的確にいえば、かれは単に宮廷の情事というにはあまりにも大きな政治事件として拡大しつつあるこの事態に対し、あらたな思想と功験《くげん》を身につけた僧として、品わるくいえば一芝居打てる機会を見出しつつあったといっていい。このあたりの空海のしたたかさは、仏教渡来以来、多く輩出した僧たちとはまったく類を異にするものだったといえる。そのことは、のちに触れる。

ともあれ、空海の時期、退位した平城と薬子が寄り添っての政治的事態が進行しているのである。

平城が、在位わずか三年未満で退位を宣言したのは、大同四年四月であった。空海の年譜でいえば、和泉の槙尾山《まきのおさん》にいるころだったであろう。すでに触れたように平城はこの退位の年に入ってから重症の神経症に悩まされており、夜も不眠の状態がつづいていた。食欲がまったくなく、「寝膳安ンゼズ」というこの状態のために正常な思考力が働いていたかどうかわからない。四月になって突如、薬子にも相談せずに退位を宣言してしまったのはよほどの症状だったかにおもえる。平城は、皇太弟である神野《かみの》（賀美野《かみの》）親王（嵯峨）をむかしからきらっていたが、このかれにとって愉快でない相続者に神器を投げあたえるようにして皇位をかなぐりすててしまったのは、症状の尋常でなさを思わせる。平城はときに三十五歳という壮齢で隠居するようなとしではなかった。神野親王は当然、何度も辞退した。しかし平城はきかなかった。平城の病気が思考を狂わせたということもあったが、あるいは陰陽師《おんみょうじ》か何かが、「いったん退位されればお体の中に巣食っている死霊《しりょう》のたたりが去るでしょう」とでもすすめたのかもしれず、ともかく平城はくるしまぎれに、いわばかなぐり捨てるように帝衣を脱いだ。

平城の行動のかげに陰陽道へのつよい信仰があるということは、退位後、みじかい期間内に五ヵ所も住まいを転々としていることでも想像がつく。陰陽道とは要するに道教の原始的なものが日本化して日本的に発展したものであろう。日本の陰陽道とは中国の土俗思想である陰陽五行説を基礎とした思想で、日本に渡来してからは、まず宮廷が採用した。宮廷に陰陽寮が置かれ、国家がこれを科学とみとめ、官吏である陰陽師は吉凶をうらなうだけでなく、この役所は陰陽五行説の基礎の一つである天文暦数をもつかさどった。ただ唐における道教と異るのは思想性が脱《ぬ》かれて多分に技術（呪術）になっていることで、この技術性から、方違《かたたがえ》という凶事を避ける呪法もうまれた。

平城は居所を五転して、奈良に落ちついた。空海は当然この平城の宗教的行為としてのめまぐるしい転居を来訪者の口からきいていたに相違なく、そのとき、道教を信ずるという点で、平城は

——玄宗皇帝に似ている。

と、なんとなくおもったにちがいない。

空海は純密の法統において第八世の師位にある。法統において祖父にあたる西域人不空《ふくう》が唐に密教をひろめようとして玄宗皇帝にとり入ったことを、空海はしきりに想ったであろう。不空は教義よりもむしろ呪術をおこない、呪術によって道教のそれを凌ごうとし、玄宗も不空が演ずる奇蹟を大いに奇としつつも結局は道教のほうを愛し、密教が唐の帝室に全面的に入ることをこばんだ。不空があれほど熱烈に玄宗に接近しつつも、唐の帝室を密教でひたひたと浸しきることに失敗したのは、理由はいくつかあった。たとえば宮廷における道士たちの勢力のほうが大きく、道士たちがこぞって密教を阻んだということもあった。が、要は玄宗における土俗思想への尊重心が優先したに相違なく、密教は異邦の思想であるとして玄宗には重んぜられなかった。不空はこの玄宗の頑固さに克《か》つことができず、かれの組織的密教を唐の帝室にもちこみえずに、かれの密教はかれ一個の、いわば華麗で精力的で奇異な個人業《わざ》の展開のみでおわったといっていい。

空海は不空のうまれかわり——と空海自身も信じたであろう——ほどに不空を崇敬していただけに、不空の失敗を繰りかえすまいとしたであろうし、同時に玄宗が不空をあれほど珍重しつつも、思想としても宗教としてもまた呪術の功験としても道教に親しんだことを空海は残念におもっていたはずである。空海からみれば陰陽道は、日本の土着信仰がまじっているとはいえ道教にかわりがない。それを信ずる平城を、その意味では「高宗よりもむしろ玄宗に似ている」と思ったかと思える。「薬子はあるいは則天武后かもしれませぬが、太上皇（平城）は高宗ではありますまい。むしろ玄宗皇帝でありましょうか」と大足にいったとしても、不自然ではない。

奈良に移ってからの平城は、あれほど退位したがった同一人物とはおもえないほどに権謀的になり、かつ京に対して優位に立つ姿勢をとった。

奈良はいうまでもなくかつて平城京の地である。しかしながら昔は青丹でかがやかしく塗り飾られた官衙の多くもいまはこぼたれてそこが寺になっていたり、若木の林になっていたりした。とはいえ奈良がそれでもなお山城の平安京に対抗しうる日本で唯一の都市であったことには変りがない。ただ退位した平城が住むべき宮殿がなかった。平城は薬子の兄の藤原仲成をよび、宮殿を造ることを命じた。仲成は、かれに好意的でない『日本後紀』では、薬子が平城の寵を得ていることを恃《たの》み、性狼悪で人を人ともおもわず、酒乱の気があったせいもあったろうが宮廷で乱暴を働くような男だったとあるが、要するに妹の薬子と一つ仲間になっていたことはその所行によってまぎれもない。

嵯峨は、さきの天皇が奈良に都を造ろうとするのをみて当然こころよく思わなかったにちがいないが、表面いかにも温和なこの天皇は、平城のいうがままに奈良で宮殿の造営を行政化した。畿内その他数ヵ国の貢米をその費用にあて、また畿内から大工、左官など二千人を徴募して造営にあたらせた。平城はそれが完成する前、大同四年十二月四日、薬子とともに奈良に移った。空海はこの年にはすでに高雄山寺に入っているし、この年の八月に最澄の使者がはじめて借経のために空海の山寺を訪ねているのである。しかも空海にとって重大なことは、この年の十月に嵯峨天皇と個人的な関係ができていることであった。空海が、平城をもってうとましくおもい、嵯峨をもって好もしい大王《おおきみ》とみたであろう機微は、このときをもって現実のものになった。

嵯峨がゆたかな詩藻をもち、また書においては日本書道史上の名筆であったことは、よく知られている。その書風はのち空海の影響を多分にうけたともいわれるが、ともかくもこれほど多事な時期に空海に書を所望したのである。この時期の宮廷は騒然としていた。さきの天皇の平城が天皇としての命令権を持たないにもかかわらずにわかに平安京を廃して旧都奈良に都を遷《うつ》せと命じたりして人心大いに騒動した。

ともあれ、「二所朝廷」という表現が詔書に公然とつかわれるほどに京都と奈良が対立しつつある時期であった。嵯峨はそれへの対応のために忙殺されているはずであり、事実かれは、平城の暴命をなんとかやわらげるべく手を打ちつつあった。そういう時期に悠長にも空海に筆蹟をもとめるような気分のゆとりが嵯峨にあったかどうか。このことについては多少の疑問があるが、嵯峨一代におけるかれの人間としての眺めをみると、たとえ切迫した事情のなかにいてもどこかのびやかな挙措《きよそ》をうしなわない性格が感じられるところから、あるいは、如上のようなこともありえたかもしれない。

ありえたというよりも、嵯峨が筆蹟を空海にもとめたということの事実はたしかに存在している。ただ空海に要求した時期が、年月日を明記されている（『御広伝』のみ）ように――大同四年十月四日――であったのかということになると、筆者には自信がない。

嵯峨の勅諚どおりに揮毫したということは、空海自身の上表文（『性霊集』）が遺されていることから、事実以外のなにものでもない。ただいつだったのかがわからない。繰りかえしいうようだが、現天皇の嵯峨にとって、さきの天皇の平城がしきりに反天皇的な政治行為をおこないつつあるこの十月四日なのかどうかがよくわからない。

もっとも、この稿はこまかい詮索を目的とせず、ただ空海という千年以上前の人間を、ほんの片鱗でもあるいは瞬間でも筆者において目撃してみたいということだけが目的なのである。このために、詮索は措《お》く。ただ空海の死後ほどなく編纂されたかれの全集である『性霊集《しようりようしゆう》』が、幸いにも年代順に配列されているようであるため、所載の上表文を空海が書いたのは大同四年であることはほぼ間違いないことであり、上表文に揮毫を付して宮中に上られている以上、揮毫もこの時期であることもまたたしかである。

嵯峨は政治家としてすぐれた――といっても父の桓武のようにみずから指揮するのではなく、

政治を官僚にまかせることの上手な――人物であった反面、それ以上に宮廷という文化的サロンの主宰者でもあり、後年いよいよその面を濃くして、結果としては平安期の宮廷文化の基礎をつくりあげる人物になってゆく。かれの漢学的教養はこの時代における第一等のものであり、とはいっても漢学における政治学的要素よりも芸術的要素である詩文や琴棋書画を好んだ。

「空海というのは、詩文といい書といい、長安の士人が驚歎したほどのものであるそうな」

と、空海にまだ会っていないながらも、あこがれるところがつよかったであろう。さらにいえば、

「大唐の皇帝が空海の書の才を珍重し、五筆和尚とまで尊称しただけでなく、かつて王羲之が書いた宮中の一室の壁に揮毫させるのに、わざわざ倭国の空海をえらび、それをさせた」

などという評判は当然、きいたであろう。前《さき》の平城もその評判をきいたはずだが、平城は空海については鈍感だった。すくなくとも書をもとめるなどという関心は示さなかった。さらにあらわにいえば、平城は空海に対して冷淡という以上に、黙殺しているにちかい。

ついでながら、以下のことに触れておく。平城が嵯峨にくらべて無教養であったということはない。桓武は唐文化の摂取に熱心で、その皇子たちにそれぞれの時代の碩学をえらんで家庭教師とした。平城も嵯峨も幼少のころからそのようにして育てられた。ただ嵯峨においては文化的志向がつよかったが平城においては政治的志向がつよく、かれは皇位につくとすぐ諸制度

の簡素化をはかったり、あらたに、地方長官たちの非違をただすために常設の官である観察使を置いたりしたところをみると、その政治的意欲のつよさがうかがえる。もっとも観察使の制度はべつに平城の独創的なものではなく唐の観察処置使の制度を参考にしたものかと思えるが、いずれにしても平城は政治の改革についてはやや癇癖を感じさせるほどに積極的であった。ただ宮廷の百官がそれを迷惑としてついてゆかなかった気配が感じられるが、そういうことも平城の重症化する神経症の材料になっていたかもしれない。以上は、余談である。

嵯峨が空海に対し、わざわざ高雄山に大舎人《おおとねり》の山背《やましろ》豊継を派遣して嘱《しょく》したのは、『世説』の屛風を書いてくれということである。『世説新語』は、この当時は単に『世説』とよんでいたらしい。六朝のころに成立した書物で、士大夫——くわしくは乱世に生きる豪族たち——の逸話集というべき内容である。日本では奈良朝末からよく読まれ、その文章は六朝文の模範ともされた。六朝文をもっとも得意とする空海などはこの書物をそらんずるほどであったであろう。嵯峨がそれを指定した。『世説』八巻のうちから秀句を任意に抜萃して書け、という。それも六曲の屛風二つに書け、という。

嵯峨の使いとして高雄山にのぼってきた大舎人というのは、その身分のひくさからみて勅使というような大げさなものではない。舎人は天皇や皇族の身辺にあって給仕する雑役の吏員で、同役の者が宮中に何百人もいた。ただ内舎人《うどねり》という職だけは例外的に貴族の子弟が任ぜられることになっていたが、空海のもとに使いにきた大舎人というのはときに白丁（庶人）出身であってもその職につくことができたというから、とても勅使といえるような位階のある身分ではなく、ただの走り使いの男がやってきたとみていい。

――なんだ、こんな者をよこしたのか。

と、空海は、自分が重んぜられていないことに、多少の不快感をもったかどうか。

ただこの時期の空海は、少僧都とか律師とかいう、日本に数人しかいない僧位のもちぬしではなかったために、嵯峨としては礼をつくす必要はなく、雑役係をよこす程度で相応だったことはたしかである。しかし、空海自身の気分としてはこの処遇を自分に相応したものだと思ったかどうか。思っていなかったであろう。空海はかれの哲学的な意味をふくめて倨傲であった。空海は長安においては皇帝にまで名のとどいた存在であり、空海のその後の意識からみても、日本という夷《ひな》びた小国の王などをさほど貴《たか》しともおもっていなかったにちがいない。また自分の教義の宣布のために天皇の権力は利用しても、天皇そのものは空海の宇宙と生命の思想からみてもただの人間であるにすぎない、と思っていたに相違なく、天皇といえどもただの人間にすぎないことを空海ほど露骨にそう思っていたらしい人物もまれであったかと思える。露骨にそう思うだけでなく、すでに長安の青竜寺において密教理論という唯一の――空海にすれば――宇宙原理の最高の体現者として、伝法灌頂という、インド様式の国王即位式を経たかれとしては、精神世界の帝王のつもりでいたであろう。地上の帝王でも大唐帝国の皇帝ならともかく、へんぺんたる島夷の国の王などに畏懼するということはないはずであった。

空海の生涯にはそういう気分が離れることなくにおっている。あとあとのことになるが、このように嵯峨天皇との交通が繁くなるにつれて、空海の嵯峨に対する態度は友人のようであり、嵯峨もまた空海を友人のように遇したことは、嵯峨の詩を見ても想像できる。そういう空海の気分からみれば、自分に対する天皇の使いが大舎人にすぎなかったことに、たとえかすかであっても不満に似た気持があったに相違ない。といっても、空海自身が書いた上表文においては空海はみずからをいやしめ、ひれ伏すがように謙恭であった。本来、漢文——とくに六朝文——は型式があって本心を書くよりも頭からうそを書くほうが名文になるというふしぎな文章であったため、上表文をもって空海の真意をうかがうことなど、まったくむだであるといっていい。

さきの天皇である平城は、奈良にいる。

薬子とともにいる。この二人が水路でもって京をくだり、木津川から木津に上陸して奈良に入ったのは大同四年十二月四日の寒いころで、まだ宮殿ができていなかった。とりあえず、奈良に遺されている大臣（故右大臣中臣清麻呂）の屋敷に入り、ここを仮りの御所とした。

前《さき》の天皇である平城の腹づもりでは、嵯峨帝から政治の権をとりあげてしまうつもりのようであった。

――おれがかれに皇位を譲ってやった。かれはおれの言いなりになっていて当然なのだ。

という気分であったことは、この前後のことで十分察せられる。たとえば、嵯峨は皇位につくや、さきに平城が参議の制を廃止し、観察使を新設したりした制度を、あっさり改変してしまった。平城はこのことに激怒し、太上皇（平城）の詔《みことのり》というものを発して、嵯峨の新制度を痛罵し、批評しただけでなく、嵯峨の新制度を一方的にまた改変するという命令を出した。命令が二途より出るというより、一つの国家に二人の王ができたことになる。

嵯峨はこれに対して、柔軟に対応した。

――奈良に遷都せよ。

という平城の命令に対しても表面これに順《したが》い、自分自身の人事命令でもって三人の造営使を任命している。その三人のなかに、坂上田村麻呂がいる。田村麻呂は桓武の時代に征夷大将軍として活躍した将軍で、その統率力と徳望の高さにおいては日本史が最初に出した名将といってよく、田村麻呂の軍功や逸話は宮廷だけでなく、庶人のあいだや草深い東国においてさえも神話化されている時代であり、そういう人物がもしふたたび軍陣の将として任命されれば、旧部下の将や兵士たちが磁石に吸いよせられる鉄粉のようにあつまってくることはたしかであった。嵯峨が、坂上田村麻呂を平城にとられることなくいちはやくおさえてそれを奈良に派遣したのは、なみな政略手腕とはいえないであろう。嵯峨は平城との戦いを予感し、十分想像し、先制するためのもくろみもひそかに樹てていた証拠かとおもえる。

『日本後紀』では、平城の遷都命令で人心が騒動したとあるが、嵯峨はそれを理由にして、東国から畿内に入る関所に兵を置き、鎮めを厳重にしているのである。東国は防人《さきもり》の制度ができて以来、兵に習熟した者どもが住む地帯で、中央の権をうばおうとする者は兵を東国からよぶ。平城もそうするのではないかとみて、嵯峨は先《せん》を制した。畿内への関所は三つある。美濃の関がもっとも遠く、のちの呼称の関ヶ原にあり、不破の関とよばれていた。いま二つは伊勢の鈴鹿の関であり、また北国からのおさえである近江と越前境いの愛発《あらち》の関である。空海はこれらの情勢をみて、

――いくさがはじまるにちがいない。

などと思いつつ、来訪者の雑談のはしばしから事の本質をさぐったり、前途の様相を推量しようと努めていたにちがいない。

この時期、空海の高雄山寺にはおそらく来客が多かったであろう。讃岐の実家からも当然、人がきた。一例をあげれば、のちに空海の高足のひとりになった実弟の真雅が大同四年にやってきて入門しているのである。真雅については「年甫《はじめ》テ九歳、郷ヲ辞シ、都ニ入リ、兄空海

ニ承事シ、真言ノ法ヲ受学ス」（『三代実録』）というから、三十六歳の空海の実弟にしては幼なすぎる。異母弟であろうか。

いずれにせよ、新帰朝者としての空海に、唐の政治や文化の現状をきこうとしてやってくる教養ずきの貴族や漢学の専門家なども多かったろうし、また奈良の長老たちやその使者も当然しばしばやってきたに相違ない。高雄山寺はしばしばふれたように和気氏の私寺であったし、この時期、空海は和気氏をもって保護者としていたこともあって、和気氏の来訪もまた繁かったかとおもえる。そのほとんどの者が、大同四年の暮から同五年（弘仁元年）にかけての時期、はなしのはしばしに、平城と薬子の問題にふれたにちがいなく、このため空海は山林に居住しつつも情報に不足していたということはありえなかった。

嵯峨は、敏速に行動した。

本来、嵯峨というのはそれほどに機敏な人物なのかどうか。かれは婦人にいちいち目移りしては色深く愛し、ついに五十余人の子をもつにいたる人物で、一面またのびやかな芸術的サロンの主宰者でもあった。この人物にこれほど鋭敏な政治的行動がとれるとは思えないほどであったが、ひとつには側近に人を得ていたといえそうである。

ここで、以下のことを余談として触れねばならない。

日本の律令制度は唐のまねであったとはいえ、重大な一点で唐の政治体制と異っていたのは、唐には日本のような太政官がないことであった。太政官は行政の最高機関であり、八つの省と諸寮司を統《す》べている。具体的には太政官の政務は左大臣がとり、左大臣が欠けているときは右大臣がとる（太政大臣は最高官であるとはいえつねに存在している官ではない）。

唐では、そうではなかった。太政官にあたる機能は専制者である皇帝自身であった。皇帝に専制権がある以上、太政官の必要がなかった。日本では奈良朝、平安初期は天皇の権力は中国にまねて強くはあったが、しかし多分に君臨者であって実際的な政治上の決定と指揮は太政官がおこなっていた。

嵯峨は、この太政官をこの場合、無視した。そのことが、嵯峨の機敏さにつながっている。平城がいま現天皇と京の朝廷を凌ごうとしているのに対し、嵯峨はみずから軽快な指揮をとる必要があり、太政官という役所を通してそれをやれば機密も洩れやすく、実務化においても鈍重であるということで、唐制にはない蔵人《くろうど》という天皇直属の役職を創設した。蔵人はつねに天皇の身辺にあって機密文書をあつかい、機密に参画した。この意味においては平城の政治的志向が唐制へのよりつよい接近であったかとおもわれるが、これに対し嵯峨は蔵人を置くことによってむしろ唐制と遠ざかって制度を日本化する結果を生んだ。

嵯峨がえらんだ蔵人頭《くろうどのとう》は、巨勢野足《こせのたり》と藤原冬嗣《ふゆつぐ》のふたりだった。冬嗣は、平城の身辺にいる薬子やその兄の仲成が藤原式家であるのに対し、北家の家門に属している。この有能な男が後年、のちのちの平安期における藤原勢力の隆盛の基礎をつくるにいたるのだが、嵯峨が打った手は冬嗣の画策によるところが多かったであろう。嵯峨はこの大事な時期に、大同五年（弘仁元年）の元旦の朝儀を廃せざるをえないほどの病気になるのだが、それでも嵯峨の政策や政略に遅滞がなかったのは、この蔵人所《くろうどどころ》という新規の直属機関がよく機能したことと、その頭《とう》である冬嗣の能力によるものかと思える。

嵯峨が平城に対し、敵としてはっきりと態度をきめたのは、大同四年の翌年である弘仁元年九月からであった。その六日に、奈良の平城が、「平安京を廃して都を奈良の故地へ遷せ」と命じてきたときからであり、その命令が奈良から発せられた数日は、嵯峨は表面、平城の命にしたがうかのように従順をよそおい、すでにのべたように坂上田村麻呂らを造営使に任じて奈良に派遣した。つまり、平城に迎合した。そのくせ一方では、すでにふれたように三つの関所をかためた。時間的関係は、平城の遷都命令が出たのが九月六日で、嵯峨が三つの関所をかためたのがわずか四日のちの十日である。どうやら、兵を徴募したらしい。急使を伊勢、近江、美濃に派遣したというのは関所をかためるだけでなく、国司たちに命じてありったけの健児《こんでい》をあつめさせ、桓武のころから制度化されている健児による軍団を急編成させたのであろう。このことも、平城に先んじた。平城もまた太上皇として健児をいつでもあつめ得るという権能があると信じていたのである。

さらに京の嵯峨は、奈良に使いを送り、平城のもとにいる大官たちを京によびもどした。冬嗣の兄の真夏などが京にかえっている。どういう甘言でそうしたのか、薬子の兄の仲成までが京に帰ったのである。嵯峨はこれを右兵衛府《うひょうえのふ》に監禁し、数日のちに官人に命じ、矢をもって射殺させた。

三つの関所をかためた九月十日、同日に嵯峨は詔を発し、正三位尚侍薬子の位官をうばった。むろん、平城に対してなんのあいさつもなかった。平城にとってはこの一事こそ嵯峨の宣戦布告であると見たに相違ない。ともかくも嵯峨のやりかたはすばやかった。


平城の決断は、すこし遅れた。

このことが、平城を没落させた。京都から薬子の位官をうばう詔勅がくだったのが九月十日であったが、この報らせはおそらくその日の午後には奈良に達したであろう。京の奈良に対する宣戦布告といっていい。薬子は無位無官のただの女になった。

「戦いましょう」

と、薬子が平城にすすめたかと思える。

平城は在位中の三年未満の業績でもわかるように政治好きではあったが、神経症をわずらうような精神体質だけに、つねに迷いがあり、決断と行動の機敏を必要とする軍事にはむいていなかった。薬子が平城の背を突きとばすようにしてせきたてねば平城の腰があがらなかったのではないかとおもえる。

「どうすればよいのか」

平城がうろたえるように言ったであろう。

「東国《あずま》へゆけば」

かならず兵があつまりましょう、と薬子が答えるという情景があわただしいなかでみられたにちがいない。あわただしいというのは、薬子が位官をうばわれたこの日に、二人は駈けだすようにして奈良を出発していることでもわかる。二人は、奈良を突出した。東国をめざしてであった。かつて壬申ノ乱（六七二年）のとき、皇太弟の大海人皇子（のちの天武天皇）が兄の天智天皇の近江朝と対し、大和の吉野に本拠を置いて対立したとき、東国を味方にひき入れることによって勝つことができた。その実例はこの当時の宮廷の常識だったし、平城も薬子も当然知っていたのである。ただ東国に対しては京の朝廷が手を打ってしまっていることを、すくなくとも奈良の仮御所を出たときは知らなかった様子であった。それどころか、奈良郊外まで近江や伊賀の健児の部隊が来ていた。平城と薬子は輿を同じくして座していたといわれる。貴族も官人もこれに陪従してはいた。その行列が奈良を出るとほどなく扈従していた士卒の多くが秋の田のいなごのようにあぜを走って逃げ散ってしまった。かれらには公家衆などの耳には入らぬような地下《じげ》から地下への情報が入っていたのであろう。現今《こんにち》、奈良市内にふくまれてしまったが、帯解《おびとけ》の付近に越田《こせた》という小さな村がある。行列がその村まで近づいたときに、村に京軍が充満していた。士卒がおそれて逃げるのもむりはなかった。

平城は、その軍勢を前にしてこれを押しきって通れるような勇気はない。薬子は、どうだったのであろう。彼女は健児どもなどは太上皇の権威をもってすれば道をひらくと信じ、そのように激しく平城にせまり、前進を主張したのではなかったか。しかし輿をかつぐ者や陪従の者がおびえきっていたはずであり、この乗っている輿をほうり出してしまったのかもしれない。前進するとすれば徒歩で、それも平城と二人きりですすまねばならなかったかもしれず、平城は、ともかくも輿をもどしてしまった。結局はもとの仮御所にかえったが、そのころには兵が仮御所をとりまいていたに相違なく、仮御所は檻《おり》同然になった。

何者が示唆したのか、平城がもし髪をおろして世を捨てればゆるされる、ということになり、平城はそのようにした。とし三十七である。

薬子は、それよりも九つか十は歳上であった。そのとしでなお最後まで平城の心をとらえてはなさなかった彼女は、高宗における武后に似ている。しかし彼女にとって平城自身が髪をおろし太上皇でもなんでもなくなってしまったことが、彼女の政治的魔力をうしなわせた。いまともなれば依って立つ権威もなく、救いもなく、そのうち仮御所を囲んでいる者からの示唆で自殺へ追いこまれた。薬子は毒をのんで死んだ。

以下のことは想像だが、この場――平城と薬子が籠っている仮御所――のなかに、平城の陪従者として藤原葛野麻呂《かどのまろ》（藤原北家）がいたかと思える。空海が入唐したときの遣唐大使だった男で、海上をともに漂流し、華南の海浜に打ちあげられて土地の地方官との交渉に悩んだ男である。かれはすでに触れたように、平城が皇太子だったむかし東宮大夫をつとめていたために平城の信頼が深かった。薬子は当時、東宮御所へ忍んで行って、安殿《あて》親王（平城天皇）と逢瀬をかさねていたが、東宮御所の長官である葛野麻呂の目がうるさくなってきたため、薬子は口封じのために葛野麻呂とも通じた。このことは宮廷の評判になり、かれはその任を解かれた。

葛野麻呂は、平城と薬子が奈良へ行ったとき、陪従して行っているのである。べつに平城に加担するつもりではなかったらしく、ゆきがかりとしてやむをえなかったのであろう。事件後すぐ罪をゆるされているところをみると、京の嵯峨天皇の蔵人頭をつとめているいとこの冬嗣にも適当に内通していたのかもしれない。

平城と薬子が挙兵すべく奈良を出ようとしたとき、中納言葛野麻呂はそれを懸命に諫めていることだけは、たしかである。そのあと扈従したのか逃げたのか。逃げなかったとすれば平城とともに奈良の仮御所までひきかえしてきてそのなかに入っていたはずかとも思える。とすれば包囲側との交渉は陪従した者の最高官である葛野麻呂がやったことになるであろう。包囲側の要求をとりつぎ、平城を落飾させ、薬子を自殺させたのも葛野麻呂ということになる。この名門の出のおとなしい男は、性格に似合わず、事の多い人物のようであった。薬子に誘われて密通してしまうことといい、遣唐使船の漂流といい、そのあと平城・薬子に巻きこまれてゆくさまといい、その運は滑稽なほどに風変りなようである。

葛野麻呂はこのとし、満年齢で五十四になる。

高雄山寺の空海はこの人物と事件との関係についてのうわさもきいたであろう。ついでながら葛野麻呂はどこか感激性の薄い人間で、入唐の往路、あれほど苦難をともにしながら、空海がその後帰朝したときも感動を示した気配はどの資料にもない。単にその程度のことは資料としてのこらないということもあるだろうが、その後も空海と濃厚に接触したような気配がない。

——もともと血の薄い男だ。

と、空海はおもっていたであろう。あるいは、いやなやつだとまで思っていたかもしれない。葛野麻呂は栄達もしなかったが、没落もしなかった。かれはこの薬子の事件の二年後に民部卿として嵯峨天皇の官界にもどるのである。他人がやった禍いにまきこまれることが多すぎるということからみても遊泳術がうまいとは思えず、またかくべつな野心もない。むしろそういうあたりが権力の周囲にいるひとびとから一種のあわれさと可愛気《かわいげ》のあるかのようにみられて、いつもほどほどの官位をあたえられるようなたちの男だったのであろうか。

葛野麻呂が空海に近づかなかったというよりも、空海もまた、葛野麻呂が藤原の一門である以上、できるだけ触らぬようにしていたにちがいない。藤原氏の諸流の暗闘はまことに複雑で、他姓の者がうかつにこのむぐらの中に足を踏み入れると命とりになるようなことが多く、空海という男にはそういう風景がよく見える才能と用心ぶかさがあったのであろう。それがために、本来ならば有力な氏族の後援者をもたない孤独な帰朝者である空海の場合、葛野麻呂に近づいてもいいはずであったが、かれはそのようにはしなかったとも思われる。

　またこのこともついでながら、空海の高雄山の山房には、長安での仲間の橘逸勢《たちばなのはやなり》がしばしば来訪したであろう。かれは橘氏であることとその矯激で傲岸とされる性格から帰国後も不遇であった。帰国後従五位下をさずけられたが、みずから病いと称して官につかなかった。つねづね藤原氏をのろっていたはずの逸勢は、空海に葛野麻呂のうわさを語り、

「ざまを見たことか」

と、溜飲をさげたような、しかしさがりきれずに嗤いを苦くしてあざわらうような泣くような表情を作ったかということも、想像していいかもしれない。

　ともかくも、薬子ノ乱（実際には平城太上皇ノ乱というべきだが）ともいうべきこの事件がおわったあと、嵯峨の政治的処理はひどくあっけないものであった。嵯峨は事件後数日して詔をくだし、平城に罪がなくその側近に罪があったとしてこの事件の解釈を決定した。自然これについての処罰も大官数人を処罰というより左遷したにすぎず、禁錮も死罪もおこなわなかった。嵯峨は（むろんその側近の智恵だろうが）事件をとびきり小さく評価することによって、

事後に政治的反作用がおこることを避け、ひたすらに風浪を立たさぬようにし、その意図についてはみごとなほどに成功した。

が、高雄山寺にいる空海は、この薬子の事件を大きく評価した。大きく評価することで、空海はこの国において密教勢力を飛躍せしめる契機にしようとした。

空海が、かれ自身事件に何の縁もなく、かつ方外の僧にすぎぬ存在でありつつ、この事件について嵯峨朝廷の方針とは別個に大きな評価をうちたてるなどは、やや滑稽に類する。しかし空海が、事件の経緯をながめながらおそらく勃然と考えついたその構想からすれば、これは国家がくつがえるかどうかという大事件だったという評価が基礎になければならない。

「安禄山ノ乱に似ている」

と、空海は、爾後にかれがとった大がかりな行動から遡《さかのぼ》ればそう思ったことは、どうやらまぎれもない。

空海はこのときしきりに不空を――それも激しく、濃密に、あるいは自己と同一化するような想いで――想ったはずである。

かれの法統の祖父である不空三蔵については、不空自身の文章をあつめた『表制集』を読んで知っていたし、さらに不空のくわしい伝記である趙遷（不空の俗弟子）著の『大唐故大徳贈司空大弁正広智不空三蔵行状』を読んでも知っており、さきにも触れたように不空のうまれかわり（不空の没したその日に空海は日東の讃岐国でうまれたとされる。この暗合と奇異は空海の没後に喧伝されたが、空海自身もそのふしぎを信じていたかもしれない）であるような気分が空海にあると思われる以上、いよいよ不空への想いが濃かったであろう。

たとえ空海が、そういう宗教的ロマンティシズムのそとに居たとしても、かれ一代の布教方法は不空の模倣とみられる点が多い。

不空は西域人ながら、唐朝において、玄宗、粛宗、代宗の三代に仕えた。かれは三代の皇帝を灌頂しているし、三代の皇帝から国師の号を贈られているから、仕えたという表現がふさわしい。さらにかれはインドの密教思想を国家偏重の中国（インドにくらべて）に調和させるために、本来密教にはなかった「鎮護国家」という護国思想を創作し、唐朝にもちこんだ。

不空はそれほどまで「鎮護国家」をやかましくうたいながらも、玄宗の心をさほど動かすことができなかった。玄宗が道教に心酔していたためであったし（道教側もぬけめなく仏教や不空の思想を抜きとっては道教における思想性の補強をしていたために）、玄宗にとっては異相の異邦人の教えよりも自国の道教だけで十分だという心理的理由もあった。要するに不空のその懸命の努力にもかかわらず、玄宗の朝廷では密教はふるわなかった。不空の法孫である空海は、その事情や機微を、自分の問題のようにしてよく知っているのである。

ところで、玄宗が七十を越えてから、安禄山ノ乱がおこった。

胡人出身の節度使安禄山が玄宗とその寵姫楊貴妃にとり入り、やがて反乱をおこしてついに長安を陥落させ、一時的ながら大燕という国をたてて皇帝になる。玄宗は楊貴妃とともに長安をのがれ、兵士たちにせまられて貴妃に死をあたえる事件は、白居易の叙事詩「長恨歌」によってひろく知られていた。

不空は、この乱ではげしく動いた。

かれは安禄山の大軍が関内にせまりつつあるという危険な時期、以下はいかにも不空らしい強靭な筋肉質を感じさせる行動だが、いそぎ長安に駈けもどり、都内の大興善寺に入って、密教独特の壇をきずいた。その壇において、かれの密教的呪術のかぎりをつくして玄宗皇帝のために除災と逆賊調伏の大祈禱をおこなった。

その功験《くげん》は、安禄山の熾んな戦勢に対して苦戦している武官たちのあいだで熱狂的に信じられた。武官たちは安禄山とその軍隊に対して勝つ自信がなく、安禄山自身の生理的な衰弱をねがったかのような観があり、事実、安禄山は長安をおとし入れてほどなく眼病にかかり、さらに悪性の疽《そ》にもかかった上、そのなすことが狂暴になった。たとえば自分の長子慶緒を排除して寵妃の生んだ子を太子にしようとしたため、慶緒は不安におもい、長安を占領した翌年、父の安禄山を殺してしまった。そのころになって唐軍はようやく勢いを得、慶緒もまた自分の部将史思明に殺された。これらの安禄山とその周囲の自壊現象は玄宗の力でもなく唐軍によるものでもなかったために、そのいわば奇蹟は不空を信仰する武将たちによって不空の力に帰せられた。

不空は玄宗よりもむしろ、そのつぎの粛宗、さらにそのつぎの代宗にあつく信仰された。安禄山ノ乱は安禄山自身の死後も余波としてつづき、代宗の代になってようやく鎮まるほどにながい乱であったからである。この間《かん》、粛宗は不空を恃《たの》み、不空に対し、乱をしずめるための灌頂道場を設けよと命じたこともある。代宗の代になったとき、不空自身が代宗に献言し、「このように乱がつづくのはよろしくない。ぜひ国家鎮護のための常設の灌頂道場が必要である」といって、許可された。不空はこの乱をいわば奇貨とし、乱を利用することによって粛宗、代宗の宮廷に強大な密教勢力を張ったといっていい。ただし空海が入唐したころには宮廷における密教勢力が衰微していたが、それは奇貨とすべき乱がなくなっていたということでもあろう。

しかし一面、空海入唐のころの密教の衰弱は、不空のような天才をうしなったあと、恵果《えか》のようなおだやかな人物が教主になっていたせいもあったかもしれず、たとえ乱があったとしても恵果が教主ではかの不空のごとく乱そのものを手玉にとり、自分の密教者としての行動を劇的に演出するというようなことはとうていできなかったに相違ない。長安における密教勢力の衰弱の理由が、恵果の人柄がおだやかで不空のようにはげしく行動しなかったためであるということを、空海はおそらく長安にいたころから見ぬいていたかと思える。

いわゆる「薬子ノ乱」が鎮定されたのは、繰りかえすようだが、それに関する嵯峨の詔が発せられた弘仁元年九月十三日である。

空海の行動は、このときにはじまる。叔父の阿刀大足との雑談においても、叔父上、あの乱は則天武后の簒奪としてみるよりもむしろ安禄山ノ乱でございましたな、などとつぶやくように言ったかもしれない。薬子ノ乱が安禄山ノ乱であるとすれば役者として安禄山が不在であった。薬子の兄である酒乱の藤原仲成では小粒すぎるが、強いていえば太上皇である平城自身がその役まわりにあたる。ただし平城は勇猛な安禄山とはちがい、敵兵を見るなり戦意が沮喪し、そそくさと仮御所にひきかえして頭をまるめてしまうような男ではあったが、同時に平城は玄宗皇帝の役目を小粒ながらも兼ねているのである。玄宗が楊貴妃を寵して国を傾けたように、平城は薬子を寵したことですべてが蹉跌したかのようでもある。

ふりかえってみると、玄宗は楊貴妃をつれて長安から蒙塵した。平城もまた玄宗のように奈良を出た。ほんの数キロながら薬子と輿を同じくして移動した。玄宗の場合、馬嵬駅《ばかいえき》において楊貴妃の非命の死を見ざるをえなかったが、平城もまた奈良の仮御所に閉じこめられながら薬子が毒を仰いで命を断つのを見た。似ている、と空海はおもったであろう。ただ双方の男女の年齢の関係が、平城と薬子において劇的ではない。玄宗は六十を越えて二十代の貴妃を愛し、愛するのあまり政治への情熱をうしない、国を傾けた。玄宗のこの愛の主題があるがために白居易も「長恨歌」を書くことができたのであろうが、薬子の場合は彼女が四十半ばであり、しかも男性として平城を愛していたのかどうかは疑わしく、むしろ平城によって皇后になりたかったというだけであったかと思える。このとき平城はまだ三十代の壮齢だったが玄宗の場合、楊貴妃の非業を見ざるをえなかったときは七十を越えていた。白居易の詩心をうごかしたのは玄宗という老いた皇帝をとおして見た人間の業《ごう》の大きさということであったろう。年上の女の虚栄の材料にされての果てかにみえる日本国の奈良における情景は、どうにも卑小で、詩になることは困難であるようにおもえる。

「似ている」

と、空海が思ったにしても、空海は同時に、日本の矮《ちい》ささを思ったであろう。自分の住む国の環境の鄙《ひな》びを思って、詩にもならぬと肩をすくめるような思いを持ったかもしれない。

しかしながら空海はこれを安禄山ノ乱と見、不空とおなじことをした。

空海は、事件を始末する詔勅が出てからすぐ、

「沙門空海、言ス。……伏シテ望ムラクハ国家ノ為ニ」

修法をしたい、という上表文をたてまつっているのである。その修法がいかなるものである

かについては、日本の朝廷の認識を得させるべく唐の朝廷の例をひいている。唐においてはその宮廷の重要な建造物である長生殿を捨《も》って修法の道場にあてているほどに大がかりなものだ、という。自分は高雄山でそれをやるが本来それほど重要なものだということをよく認識せよ、ということを言外にこめている。

この修法の内容がいかなるものかということも、空海は上表文で説明している。

(自分が)将来スル所ノ経法ノ中ニ、仁王経、守護国界主経、仏母明王経等ノ念誦ノ法門アリ。仏《ぶつ》、国王ノ為ニ特ニ此ノ経ヲ説キタマフ

というが、じつは不空そのひとが、本来人間としての普遍原理であるべきはずの密教を中国にひろめるにあたり、この経(たとえば守護国界主経)を空海がいうように鎮護国家に効験があるかのようにわざと誤訳をしたというふしもあるらしい。もっともそのことは空海の知るところではない。

さらに、空海の上表文を引く。これらの経の効験について、空海は、

七難ヲ摧滅シ、四時ヲ調和シ、国ヲ護リ、家ヲ護リ、己《おのれ》ヲ安ンジ、他ヲ安ンズ。此ノ道ノ秘妙ノ典也。空海、師授ヲ得タリト雖モ未ダ練行スル能ハズ。伏シテ望ムラクハ、国

家ノ為ニ奉ジ、諸《もろもろ》ノ弟子等ヲ率キ、高雄ノ山門ニ於テ、来月一日従《よ》リ起首シテ、法力ノ成就ニ至ルマデ且ハ教へ、且ハ修セン

とのべ、もろもろの弟子をひきいて高雄山寺において修法する、修法は来月一日からはじめる、という。しかもその修法が成就するまでは、

ソノ中間ニ於テハ、住処ヲ出デズ。余妨《よぼう》ヲ被《かうむ》ラザランコトヲ

という。修法中は高雄山を出ない。だから要らざる妨《さまた》げがあってほしくない、つまり誰も邪魔をするな、と、天皇に対して上表したのである。

嵯峨天皇はこの空海の企画とそれについての上表文によほど感動したらしく、とりあえずの費用として綿一百屯の下賜があり、あわせて嵯峨が得意とするところの七言八句の詩一首を空海にあたえ、自分の感動をつたえた。

空海はこの修法についての宣言をするについて、

山門ヲ閉ヅルニ、六箇年ヲ限ル

とみずから誓った。六ヵ年高雄山から出ないという。このことは、空海が奉答した詩の中に同じ意味のことが書かれているから、嵯峨もよく知っていたであろう。それだけに嵯峨もいよいよ感動したにちがいないが、そのくせこの翌年には空海は嵯峨の命令により、山城国の乙訓《おとくに》寺《でら》の別当になってしまうのである。そのため高雄山を出て乙訓に移った。誓いは一年で無になった。しかしながら、このことに空海の自責がさほど見られないのは、一般的に漢文的表現というのはあくまでも表現世界にとどまり、かならずしもそれを守るに厳密である必要はないという習慣を、空海も嵯峨も教養の前提として身につけていたからであろうか。

このことは余談ながら、日本において誓いや約束が厳密になるのは、平安の漢文的教養期が衰弱して農民の出が武士や郎党として政権の基礎を構成する鎌倉幕府期になってからといっていい。

空海は多分に芸術とされる文章的世界と、そして現実とのあいだの境界が、ゆらゆらと立ちのぼる陽炎のように駘蕩とした時代人でもあった。その意味においてはいかがわしさのなかにものどかさがあるようでもあり、しかしながら同じ時代の人である最澄がそうでもないことを思うとき、空海の形相《ぎょうそう》のしたたかさを思い、この男はやはり西域人不空の再来であるのか、とややぼう然とする感じで思わざるをえない。

二十三

この間《かん》、わずか三年のあいだの空海の履歴はめまぐるしい。

ごく年表ふうにのべると、ほぼつぎのようである。

大同四年　歳三十六　七月、和泉から京にのぼり、京の郊外の高雄山寺《たかおさんじ》に住する。このとし四月、やがてかれの友人になる嵯峨天皇が即位。

弘仁元年　歳三十七　九月、薬子《くすこ》ノ乱おこる。十月、空海、薬子ノ乱を、あるいは奇貨としたか、国家を鎮めるためとのことばをかかげ、門人をひきい祈禱をはじめる。この間、祈禱は六ヵ年の予定とし、終了するまで高雄山を出ない、とする。空海自身のことばでは「山門ヲ閉ヅルニ、六箇年ヲ限ル」が、翌年には、乙訓寺《おとくにでら》に移る。

弘仁二年　歳三十八　十一月、高雄の山門を出、降りて乙訓寺に転ずる。

じつに、多忙である。

このほか省略したなかに、空海にとって重要な履歴がある。

「勅アッテ、東大寺ニ移ル。弘仁元年任」

とあることがそれであり、右の記事は『東大寺別当次第』による。この年の何月に任ぜられたのか、月日はよくわからない。おそらく辞令だけが出たのであろう。さらにいえば身を高雄山寺から移すことなく、別当としての責任だけはひきうけたに相違ない。

筆者は、この稿のこのくだりでは、書きはじめるにあたって、乙訓寺へ移った空海のことのみ考えようとした。辞令については（つまりその前年に出ている「東大寺別当」という履歴についてはり、わざと考慮の外におこうと考えていた。しかしこのように書きはじめてみると、かれが東大寺別当に任ぜられたことは、かれの政治勢力の増大ということで、やはり触れておかねばならない。

奈良の東大寺は華厳学においてはあるいはその建物の規模において唐にまさるかもしれないとおもえるほどの巨刹であり、華厳世界を具象化した毘盧遮那仏《びるしゃなぶつ》——大仏——が鎮まっている。寺というよりも大学とよぶにふさわしいであろう。華厳を専攻する学生《がくしょう》らがここで四時研学していているが、一面からいえば役所といえるかもしれない。ここに僧綱所《そうごうしょ》の長老たちがつどい、奈良仏教の政治的中心をなしている。

空海は、わずか三十七歳で、その別当になった。高雄山寺に入った翌年のことであり、高雄山寺以前は、空海は無名の帰朝者であった。それが一躍、東大寺の別当になるなど、これがふつうの時代のことなら夢のように現実感がない。しかし、東大寺——というより奈良勢力——のほうから、朝廷と空海にはたらきかけてのことに相違ない。空海自身はこのことばかりは、迷惑だったであろう。奈良から下相談があったとき、

「それはちょっとこまります」

と、おそらく空海はことわったにちがいない。この時期、高雄山寺に入ったばかりの空海は、教学の体系づけや門人のとりたて、かれらへの教授などのために、多忙だったに相違なく、とても東大寺別当などの職につける状態ではなかったはずである。

「名目だけでいいのだ」

と、交渉者はいったにちがいない。

交渉者は、空海の若いころの師匠である勤操《ごんぞう》であろうか。勤操は奈良勢力の頂点にあり、しかも空海に対し、旧師として押しのきく立場にある。

奈良勢力が、新帰朝の最澄によって打撃をうけたことは、この稿で繰りかえし触れてきた。

「奈良六宗などは、仏教の本質ではない」

と、最澄は渡唐する前にそう思い、帰朝後は最澄の保護者だった桓武天皇に説き、他にも説き、奈良の諸僧にも説き、ついには奈良仏教から独立して叡山に天台宗を新設することを国家

に認めさせた。奈良仏教は論である、あくまでも論であって、釈迦の言葉が書かれている経を中心としていない、さらには人間が成仏できるということについての体系も方法も奈良は持っていない、と最澄ははげしく言いつづけているのである。最澄はこの奈良という旧仏教との対決で、生涯、疲労と困惑と憂悶のうちにあけくれてしまうのだが、おなじく新仏教の導入者である空海は奈良仏教についてほぼ最澄と同意見とはいえ、最澄のように言いきってはしまわない。

空海の場合は、多少の価値をみとめた。かれは後年の著書である『十住心論』において、多少の価値という価値の軽重論を展開し、六宗といわれる諸思想をしてそれぞれに所を得しめた。とくに東大寺が根本経典とする華厳経については、大きく価値をみとめ、もう一歩すすめればなんとか密教になりうる、とした。そういう空海の奈良仏教に対する考えと態度ほど、奈良の長老たちにとって大きな救いはなかった。

――ぜひ、東大寺別当になって奈良を救ってもらいたい。

というのが、奈良側の交渉目的のすべてだった。この時期、奈良が困《こう》じきっていたことは、すでに幾度もふれた。奈良にとって最澄の天台学がおそろしいのではなく、仏教は本来、中国をへた外来のものであるということが、問題であった。奈良仏教は古い時期に渡来した。しかしながら最澄がもたらしたものは時間的な鮮度がもっともあたらしく、また体系としても断新であった。旧も新もいずれもが外来の体系である以上、新しいものが古いものを駆逐するというこの国の文化現象の法則が、この時期、史上最初の実例として奈良勢力を動揺させているといえる。ところで、このことは思想の問題よりも多分に経済の問題だといっていい。仏教は新旧ともに、隋・唐が国家仏教を建前としていることはいうまでもない。日本もそれを模倣し、国営もしくは大官の保護に拠った。もし国家が新をよろこび、大挙して旧をすてるとなれば、奈良仏教にとって、財政の上からもまた国家仏教として必要な権威の上からも、立つ瀬をうしなうことになる。奈良勢力はその救済方を、高雄山にいる空海にすがったのである。

ここまで書いてからふと思い立ち、奈良の東大寺に電話をかけてみた。

東大寺はいまもなお華厳学の本山である。その長老のひとりに、清水公照という学僧がおられる。余技にけたのはずれた南画、というよりご当人が独自にひらかれた描写法の絵をかかれる方で、画材は小学校の図画教室でつかう程度の絵具をつかわれるだけであるのに、色が美しい。

清水氏の塔頭《たっちゅう》に電話をかけると、いまは他行中だが一時間ほどすればもどる、ということだった。

清水氏が戻られるまでのあいだ、東大寺におけるこの時代の、とくに空海に関する資料をながめてみた。

『東大寺縁起』には、

「弘仁元年、当寺別当ニ補ス。勅ニ依ッテ西室第一僧坊ヲ賜フ。寺務、四箇年」

と、ある。

四ヵ年ものあいだ別当という長官の職にあったとある。

ただし、この間、空海は高雄山寺を根拠地とすることにかわりがなく、さらに乙訓寺別当も命ぜられているために、東大寺に住むということはなかったらしく、あくまでも兼務のかたちだったであろう。もっとも兼務という用語は適当でない。私寺の高雄山寺程度の住持が、国家仏教最大の官寺である東大寺の別当を片手間のようにして兼務するのは通常の場合、ありうることではない。このように異例の形式がとられたという一事をみても、最澄の攻撃による奈良の動揺がいかにはげしいものだったかがわかる。空海が別当の任についたことは、最澄と最澄に影響されるであろう勢力——天皇や官僚を中心として——に対する魔除けの効果を期待するところがもっとも大きかったと思える。

さらに、奈良側にはもう一つの期待がある。

『十住心論』にみられるように以下は空海の持論だが、

——華厳はなんとかなる。

ということを、かれは奈良の長老たちに繰りかえし言ってはげましていたにちがいない。なんとかなる、というのは、空海の思考世界でいえば旧仏教であることから密教のレベルへもう一跳びでたどりつけるということである。華厳経は宇宙の運動法則とその本質を説明する世界で、あくまでも説明であり、あるいは純粋に哲学といえるかもしれない。その哲学を、密教の目標である即身成仏という世界へ宗教として変質させるということが可能だというのが空海のなんとかなるという意味であった。その言葉により、奈良の長老たちは願望をもった。「東大寺を密教化してもらえないか」ということであった。そのことは、長老たちの思想家としての本心から出たのか。それとも、

――ざっとした鍍金《メッキ》でいい。

ということだったのか。

後者であろう。華厳は哲学にすぎないとはいえ、華厳をふかくおさめて、華厳的世界のもつ独特の清浄さに――清浄が宗教になるのかならぬのかはべつとして――えもいえぬ境地を見出しているひとびとが、いまも東大寺にいる。当時も当然奈良に多くそういうひとびとがいたであろう。かれらにすれば、すでに充足しているその世界にことさら極彩色の彩色にも似た密教的なものを加味する必要などないと信じていたにちがいない。

しかし、政治は別ものというべきであった。密教で鍍金することによって東大寺はきらきらしく新仏教であると称することができるのである。奈良勢力が空海に期待したのは、そういう作業だった。

空海も多少はばかばかしかったかもしれないが、旧恩のひとびとが懇請することをむげにし

りぞけるわけにもゆかず、そのことをうけあった。

筆者は、その後——空海以後——東大寺はその古代的権威もあって、空海が添加した密教的要素という鍍金をとりのぞいたであろうと思っていた。南大門を入る気分といい、春日山からのぞむ大仏殿の重量感といい、あるいは塔頭のたたずまいといい、東大寺には華厳的な清浄感こそあれ、密教のどろどろとした呪術臭はないと思っていた。ただ、以前のべたことながら、大仏の前で毎日あげられるお経は、空海が唐からもちかえった密教経典の一つの『理趣経』であるということをたまたま同寺の上司海雲氏に電話をしたときにうかがい、おどろきとともに、わずかながら裏切られたような実感をもった。何に裏切られたということではなく、筆者自身の思いこみの中で勝手に華厳の清浄世界をえがいていただけに、案に相違したということであったかもしれない。

『御遺告《ごゆいごう》』に、

勅ニ依リ、東大寺ニ渡リ、南院（真言院《しんごん》）ヲ建立ス

と、ある。空海は、かれが樹てた密教のことをとくに真言密教とよんだ。その名にちなんだ塔頭を東大寺の域内にたてたというのである。

もう一度、清水公照氏に電話をかけた。

じつのところ、筆者は清水氏にはお会いしたことがなく、つねづね児童文学者の花岡大学氏を介して、交渉があり、このため御昵懇を受けているような錯覚をもっている。電話番号をまわしているとき、ふとこの錯覚に気づいて気遅れしたが、幸い、気さくに応答してくださった。

「お大師さんの痕跡ですか」

と、清水氏は、空海という名でよばずに、尊称でよばれた。

痕跡といえば『理趣経』ぐらいのものでしょうか、という私の問いに対し、しばらく考えておられたが、やがて、

「いや、ずいぶんあるようです」

と、いわれた。

「私ども、小僧のときにですね、四度加行《しどけぎょう》をやらされます」

四度加行というのは単に「四度」ともいい、空海が創作した。創作とは、このことは証拠もなく勘でいうのだが、中国のシステムではなく、空海が創った行《ぎょう》のようにおもえる。密教の阿《あ》闍梨《じゃり》になるために、四つの修法（十八道、金剛界、胎蔵界、護摩）を、空海がさだめたとおりの日数だけ練行《れんぎょう》する。そのことを言う。この四度加行を大過なく仕上げると、もっとも重い洗

礼である伝法灌頂《でんぽうかんじょう》の壇にのぼる資格が得られることになっているため、密教僧はたれもがこれをやらねばならない。清水氏は東大寺の、つまりは華厳宗の僧でありながら、僧としての初等課程での必須の行として、空海がさだめたとおりの行をやらされる、というのである。

四度加行は、いうまでもないことだが、真言宗の宗派はいまでもこれを僧になる場合にやらせる。ただ宗派によっては簡略になってきて、練行の日数もよほどすくなくなっている。

しかし清水氏は、

「東大寺では昔の規定どおりの日数を忠実にやらされるのです。日数ですか。たしか百二十日だったと思います。――それに第一」

と、いわれた。

「二月堂のお水取りがそうです。お水取りそのものはむろんお大師さん以前からやってきたものですけれども、ごく形式的な部分に、密教が入っています」

ごく形式的な部分、と清水氏がいわれたことは、空海がどのように東大寺に接触したかを知る上で、重要といっていい。東大寺および華厳経学というすでに出来あがった世界に対し、それを密教化するといっても、やはり根底から変えることができず、帽子をかぶせた程度で済ませたようであるという想像が、なんとなくつくような気がする。

「たとえば」

と、清水氏は例をあげられた。お水取りでは、練行僧のなかで頭《かしら》だつ職分の者が四人いる。

そのうちの一人に、咒師《しゆし》という職名の者がいる。咒は呪と同じ意味で、文字の意味は「仏の秘密のことば」ということである。多分に呪術宗教である密教にあっては象徴的な文字だが、空海がおそらくこの職名をわざわざつくったに相違ない。

「そうだろうと思います」

清水氏はいわれた。

「空海がつくった真言院は、いまでもありますか」

「あります」

と、清水氏はいう。

東大寺にはいま十六の塔頭寺院が付属している。真言院はそのなかの一つとして存在しているのだが、清水氏は、門なども他の塔頭より重々しいようです、という。以下は想像だが、別当職だった空海の威権の重さをその結構は象徴しているのか、それとも東大寺が空海をうけ入れるにあたってことさらにゆゆしくしつらえたのか、いずれともわからない。ただ断定できることは、この当時の奈良勢力の動揺がいかに大きかったかということと、空海が別当職になることが、危機をきりぬける上でどれほど大きな政治的意味があったかということである。

このころの東大寺に大きな蜂が出て、僧を刺し殺すなどあって、大いに難渋した、という伝説がある。ところが空海が東大寺別当になると、蜂が出なくなったという。伝説だから信ずるわけにはいかないが、その伝説を書きとめた『大師御行状集記』の文章に、多少興味がある。

蜂が出なくなったことでひとびとが大いによろこんだというくだりが、

仍《よつ》テ、寺ノ大衆、大イニ欣悦シ、入唐和尚ノ威徳ノ貴キヲ讃嘆ス

と、なっている。入唐和尚うんぬんとあるのは大文明圏から帰ってきた和尚には威徳がある、ということであり、ひるがえせば東大寺に入った空海が、東大寺の大衆からどういう面で期待されたかということを、この文章は気分として伝えてくれるようでもある。

以上、東大寺のことは、この時期の空海にとって挿話程度の履歴でしかない。

以下、空海が山城の乙訓寺へ入ることに触れる。

山城の国は、平安京がおかれた山城盆地が大きく、それより南にさがった乙訓の地というのは、弟国《おとくに》という謂でその地形が察せられるように、野は、西に山がせまり、東は桂川でさえぎられているために、狭く小さい。先々帝の桓武が一時期ここに長岡京を造営した。しかしながらすぐ廃都にした。乙訓寺はこの土地に長岡京ができるより以前から叢林の中にあった官寺である。空海の時代から二百年も前の推古朝のころに建立されたという。

——乙訓寺へゆけ。

という命令は、太政官の官符（弘仁二年十一月九日付）で出た。前後の諸事情から察して、

空海にとって寝耳に水とまではゆかずとも、下相談などはなかったのではないか。
　この太政官の官符の文面が、記録としてのこされている。

　　太政官符　　治部省
　　　僧空海
　　右検㆓案内㆒、太政官去十月廿七日下㆓彼省符㆒偁、件僧住㆓山城国高雄山寺㆒、而其処不便、
　　省宜㆔承知令㆑住㆓同国乙訓寺㆒者……

とある。「件《くだん》の僧は山城国高雄山寺に住んでいるが、その処は不便である。だから同国乙訓寺に任せしめる」というのがこの人事異動の理由だが、高雄山という土地のなにがどのように不便なのか。空海自身はべつに不便がってはおらず、この前年（弘仁元年）に、山門ヲ閉ヅルニ、六箇年ヲ限ル、と宣言して高雄山寺において薬子ノ乱のあとの大修法をおこなっているのである。さらには嵯峨天皇に対し、空海は上表して、ソノ中間ニ於テハ、住処（高雄山寺）ヲ出デズ。余妨《よばう》ヲ被《かうむ》ラザランコトヲ――邪魔をするな――とまでいっている。嵯峨はこの上表文に感動して綿一百屯などを空海に贈りながらも、その翌年、嵯峨は空海の――余妨ヲ被ラザランコトヲ――といった願いを無視し、官符をもって「高雄は不便だろうから乙訓寺に移れ」と命じてきているのである。

不便、というのは、嵯峨にとって不便だったにちがいない。
というのは、この間《かん》、嵯峨は空海において、友人を見出してしまっているのである。このことについては、のちのち触れる。

いずれにしても、空海は嵯峨に密着しすぎた。それも、にわかに、つまりは短時間に、さらにいえば激烈に密着した。嵯峨は、詩文と琴棋書画のサロン的ふんいきがかくべつ好きな人物であり、かれは自分の教養と嗜好に見合う相手を、長安がえりの僧に見出してしまい、渇く者が水をもとめるような思いを空海に対して持つようになってしまったのである。

空海も、天皇のその気分に応じていた。この乙訓寺転住の辞令はこの年（弘仁二年）の十一月九日である。この年の六月二十七日に、空海の全集である『性霊集《しょうりょうしゅう》』によれば、自分の書を奉っているのである。「勅ニ依リテ」とあるから、嵯峨が望んだことはまちがいなく、空海は望みに応じ、『劉希夷集』四巻を筆写し、そのほか、『王昌齢詩格』一巻、『貞元英傑六言詩』三巻の筆写をつけて、弟子の実慧にもたせてやっているのである。このなかに、「飛白書一巻ヲ付シ」ともある。飛白《ひはく》という、箒《ほうき》で掃いたように墨を白くかすれさせて筆勢を躍動させる書体は、空海以前には日本にあまり入らず、空海が導入して、一種のモダニズムとして人をおどろかせた。空海はのちこの書法に鳥や獣の絵まで入れるという独特の造形をつくるのだが、この献上の「飛白書一巻」は、その境にまで入っていたかどうかわからない。しかし嵯峨がこれに接して狂喜したであろうことは、嵯峨の教養と性格から察して想像できる。

嵯峨と空海には、すでにこういう文雅の友としての交渉がかさなってしまっている。その上、嵯峨にとって空海は詩文という軟質なものの存在だけでなく、国家鎮護のためのエネルギーという硬質なものをもつ存在であった。そのことは薬子ノ乱のあとの大修法の宣言において嵯峨は十分に理解させられた。嵯峨は、そのふたつの面から空海を必要としはじめたのである。この間の両人の風景は、唐の玄宗皇帝を籠絡してゆく西域僧不空に似ていたが、ただ不空の場合と異るのは、玄宗が道教に心酔しているために不空の超人的な籠絡の力をもってしても容易にとらえがたかったのに対し、島夷の王国の嵯峨は大唐文化へのあこがれのつよさのために地のくぼみに木ノ実がころげこむような容易さで空海の世界に入って行ったともいえるかもしれない。

東寺の宝物についての伝承を書いたものに、『東宝記』というのがある。伝承であって史実性に富んでいるというものではないが、しかしながら空海ののちのちの弟子たちがそう信じたという上では、むげにできない。そのなかに、

「嵯峨ノ聖代ニ至ツテ、平城天皇ノ御事（薬子ノ乱）ノ時、大師ト御密談アリ」

と、ある。一室にこもって天皇と空海が反乱者への対策のために密談している、という記述は、見様によっては凄味がある。この事件前後から深まった両人の交誼を見れば、こういう文

章の書き方はたとえ事実を言いあてていないにせよ、そのふんいきを強く表現しているといえなくもない。たしかに、のち、嵯峨と空海が一室で詩や書を話題に歓語するという仲になる。しかしながらこの時期、両人の仲が一室で密語をするまでに熟していたかどうか。微妙なことだけに、その点、わかりにくい。

ただ空海は、半世紀前に、空海の母方（阿刀《あと》氏）の家系から出た僧玄昉《げんぼう》の真似、もしくは二の舞はしたくはないであろう。この時、すでに歴史的人物である玄昉は妖僧としての印象を、世間にあたえている。玄昉も、空海をおもわせるような才質があり、入唐僧でもあった。帰朝後、聖武天皇に寵せられ、諸国に国分寺、国分尼寺を置くことを献言して採用されるなど、俗世での権勢がつよくなり、藤原氏に忌《い》まれ、ついに失脚した。暗殺されたともいわれる。玄昉のつよい志望はこの国の粗野な宮廷を華麗な唐朝風にするというところにあったようだが、空海にはその気はなかった。空海はそれ以前の僧とはちがい、国家を超越した世界を築いてその法の王になろうという志望をひとすじに持っており、志望は宮廷になかった。ただ、宮廷のもつ権力と財力を追い使わねば、巨大な経費を要する真言密教の伽藍や、空海以前の仏像とは思想を異にする密教仏の制作、あるいはおびただしい量の金属を必要とする法具類の調製ができなかった。空海には、不空がそれをやろうとしたように、その国の王の心を摂《と》ってしまう必要があり、さらに露骨にいえば、王をその必要の対象としてしか見ていなかったかもしれない。しかしながらそれにしても、空海は嵯峨とのあいだを濃密にし、密語する仲といったような印象を後世の法弟に与えるほどの関係になりつつあった。

その時期に官符が出て、乙訓寺へ移住させられることになった。

理由は、不便だからという。京と高雄では離れすぎていて使者の往来に不便であるということ以外に、この言葉の意味は考えられない。それよりも、京の南郊といえる場所に乙訓寺がある。嵯峨としては空海をよぶにも便利だし、使いを走らせるにもみじかい時間で済むということであったであろう。

空海は、この前年に、奈良の東大寺別当を命ぜられている。

いままた乙訓寺の別当を兼務するというあたり、それを空海がさほどによろこばなかった様子ではあるにせよ、嵯峨の空海に対する恩寵が、雨のように集中しはじめている様子を感じさせる。

もっとも空海にすれば、乙訓寺へ行かされるについては、

――貴人の情《じょう》というのは、そういうものだ。

と、嵯峨の身勝手な好意に、肩をすくめる思いでいたかどうか。嵯峨は、空海を乙訓寺に住まわせようと思いたてば、どうやら矢もたてもたまらなくなって、太政官符を出させた様子のようである。

空海は、高雄山を降りた。

かれがめざしている乙訓寺について、かれはわずかながら吉《きつ》ならざる印象をもっていたかと思える。

空海の少年のころ、当時皇太子だった早良《さわら》親王が延暦四年九月二十八日、兄の桓武天皇の命令で山城の乙訓寺に押しこめられ、十日間食を絶ち――もしくは与えられず――、そのあと出され、淡路へ流される途中、死んだ。のち早良親王の怨霊が桓武天皇の身辺を祟るというので、桓武は一代これに悩んだ。

空海は、この悲惨な事件を、ごく身近なものとしてきいていたはずである。なぜならば空海の讃岐佐伯氏が形式上の宗家としている中央の佐伯氏が、この事件にまきこまれている。つまりは桓武天皇の能吏であった佐伯今毛人《さえきのいまえみし》に、関係がある。今毛人は六十四になってやっと従三位に叙せられ、参議にのぼった。今毛人の長年の功績や徳望からいえば当然のようにもみえるが、しかしながら藤原貴族ではない官人の身でこのような高位にのぼった例はない。当時、藤原種継がこれに反対した、といわれる。『水鏡』に書かれた伝承ではそうなっている。ところが、今毛人を推挙したのは、皇太子の早良親王であり、親王は種継と仲がわるく、種継をおさえるために今毛人の位を大いにのぼらせたらしい。ところが種継は桓武に上奏したため、桓武は今毛人を従三位だけにとどめ、参議に昇任することは取り消した。早良親王は怒り、種継を殺したい、かれの身柄を賜わりたい、とさらに桓武にねがった。

この強訴がたたって、早良親王は政務から遠ざけられた。親王はそれをうらみにおもった。ところが、造営中の長岡京の普請現場で種継が何者かに殺されるという事件がおこり、この暗殺は親王のさしがねであるといううわさが立った。この事件はどうやら藤原氏の陰謀であったらしく、早良親王はむじつだったようである。しかしながら桓武は早良を乙訓寺に押しこめ、結局は死亡させた。

その乙訓寺へ、空海は別当としてゆくのである。ひとたびは牢として使われ、さらには桓武以後の宮廷が異変のあるたびに、「早良親王の祟りではないか」とおびえているような不吉な寺へゆくというのは、祟りなど空海の思想からみて歯牙にかけるべき現象ではないとはいえ、しかしこの当時の一般の感覚からすればめでたい寺の名前とは言いがたい。しかも空海は、讃岐佐伯氏の出である。かつて空海が大学に入ったとき、この事件を佐伯氏の族人として見たかもしれないのである。佐伯氏のかがやかしい代表である佐伯今毛人が、あれほどの学才をもち、あれほどに桓武から重宝されながら、六十四歳でやっと従三位になった。その従三位にさえ、藤原氏は苦情を言いたてた。当時の空海がこの一件を耳にしたとき、自分などが大学を出て官吏になったところで仕方がないという、地上のこの不合理な約束事におぞましさを感じなかったとはいえない。

ついでながら筆者は、当時の空海が、にわかに大学をとびだし、山野を放浪したといういわばおだやかでない行動の動機がそれであったとは、どうも思いにくい。しかしたとえ、それのみを動機として考えても、当時の空海の動機や心境について一応の解釈がつくほどに、この事件は佐伯氏にとって深刻であったであろう。とすれば嵯峨が空海を、過去のそういう事件にかかわった乙訓寺へやるなどむごすぎるようでもあり、しかしながらそうでもなさそうでもある。嵯峨がその身分から考えてそのようなことまで神経のゆきとどくわけはなかったし、第一、嵯峨は空海と佐伯氏の関係についての知識など持っていなかったであろう。たとえもっていても、その知識や神経が、乙訓寺と結びつくまでには至らないであろうし、そのことはどうでもよい。ただ当の本人の空海にしてみれば、乙訓寺ときいて、その点にまったく無感覚であったとは、どうも思えないような気がする。要するに空海は、政治が多分に詐略と陰謀でできあがっているような時代を歩いているのである。

乙訓寺は、いまもある。

京都府長岡京市今里にあり、まわりは住宅にかこまれて、往年、明星野《みょうじょうの》といわれた宵の明星のうつくしい雑木林は、わずかに寺の裏に残っている程度である。境内は三、四千坪になり、本堂その他の建物があるにすぎず、往年の乙訓寺をしのぶことは、ややむりかと思える。それでも現住職の川俣海延氏が昭和九年にこの寺に入られたときは、あたりは一面の藪で、「藪の中に寺がうずもれているという感じでした」といわれる。

このあたりの孟宗竹の藪は徳川期に入ってからのものだから、空海のころにはそれはない。

雑木林が多かったといわれる。当時、このあたりに点在していた農家が、山が遠いため、燃料の粗朶《そだ》を採るには雑木林しかなく、そのために林は多かったかと思える。

寺は空海のころにすでに荒れていた。

そのことは、空海が、奈良の僧綱所の長老である永忠あて、ぜひ修理をしてもらいたい、という旨の手紙を書き、その手紙の文章がのこっていることで十分想像がつく。

「彼《か》ノ寺、多年人ノ修理スル無ク、堂ハ漏《みづも》レテ尊容ヲ汚湿シ、牆《かき》ハ倒レテ人畜ヲ遮ラズ」

修理費は銭一百縄《じょう》ほどかかるだろう。「伏シテ乞フ、特ニ処分ヲ垂ルルコトヲ恕《じょ》セバ、幸々甚々」とある。あて名は、ない。が、文中に僧都和尚とあり、僧綱所の僧都なら、永忠に相違ない。永忠は俗務を好まないたちであった。であるのに、僧綱所の仕事を押しつけられていることは酷であり、どうかその職を勘弁してもらいたいという旨の天皇への上奏文を空海が代筆してやったことがある。ともかくもこの文章によって永忠の存在の息づかいがたしかな感じとしてこんにちのわれわれに伝わってくる。

永忠については、この稿で幾度かふれた。かれも入唐留学《にっとうるがく》の経験者であり、しかも三十年も在唐し、主として仏教音楽を専攻した。空海の居室は、永忠が三十年そこにいた部屋であった。空海自身、その『御請来目録』に、「永忠和尚ノ故院ニ住ス」と書いている。帰国後も、永忠とはよほど親しかったらしいことは、この手紙の文章がいかにも気安い調子であることでもわかる。

ともかくも乙訓寺は荒れていた。

しかし、空海の目をよろこばせるに足るものが、境内にあった。濃い緑の葉をもつ柑子《こうじ》の樹がふんだんに植えられており、かれが入山したときに、こがね色の実を多くつけていた。長安の寺の境内には実のなる樹が多かったが、日本の乙訓寺でそれを見ようとは思わなかったかもしれない。

もっとも日本の貴族は、奈良朝時代からその屋敷に橘を植えることをよろこんだが、乙訓寺の境内のそれは、そういう風習とつながったものかもしれない。ただ橘の実は酸っぱくてとても食べられないが、似たような植物でも柑子の実は後世のみかんに似て、多少の甘味があり、十分賞味することができる。

空海はさっそくこの実を採らせ、嵯峨に送った。自分の住む寺の境内に実った果実を天皇に贈るなどは、両者の関係がよほど親密になっていた証拠ともいえるであろう。

翌年の初冬も、空海はそれを採って嵯峨に送った。

送るについて、空海は文章と詩を添えた。『性霊集』にある「柑子ヲ献ズルノ表」が、それである。その文章のなかに、「例ニ依ツテ、交《まじ》ヘ摘ンデ取リ来レリ」とあるために、この前年、入山した早々にも送ったことがわかる。

沙門空海、言ス。乙訓寺ニ数株ノ柑橘ノ樹アリ。例ニ依ッテ、交ヘ摘ンデ取リ来レリ。数ヲ問ヘバ、千ニ足レリ。色ヲ看レバ金ノ如シ。金ハ不変ノ物ナリ。千ハ是レ一聖ノ期ナリ。又此ノ菓、本《もと》西域ヨリ出タリ。……

空海は、数を千個にして、王者の天寿を祝っている。唐の玄宗皇帝の宮廷が玄宗の誕生日を祝うにあたってその日を千秋節と名づけたのだが、そのことをふまえているらしい。さらに黄金が不変であることにかけて嵯峨の健康の不変を祝っている。たかがみかんを贈るのに歯の浮くようなお世辞をのべているようだが、しかし洗練されたお世辞こそ中国における重要な文化意識であることを思えば、このことはなんでもないといえるかもしれない。

もっともそういうことよりも、空海にとって、せっかくの嵯峨の好意ながら乙訓寺に住むことは迷惑であったらしい。嵯峨にこの柑子を送るとすぐ辞表を書き、十月二十九日、衣をひるがえし乙訓寺を去り、高雄山寺にもどっている。乙訓寺での在住は、ほぼ一年であった。

なお、東大寺別当は依然としてこれを兼ねている。

空海は奈良を得たうえにさらに宮廷を得た。この間《かん》最澄が、影のように足音を消しているのとほとんど対比的であるといっていい。

二十四

最澄のことである。

この時期の最澄には、重くるしい屈託があった。奈良仏教を相手どっての教学上のあらそいがそのひとつであり、いま一つは、かれが越州からもちかえって、ひとたびは宮廷を狂喜させたことのあるかれの密教についてである。繰りかえすようだが、最澄の宮廷におけるもてはやされようは、一時期、尋常でなかった。ふりかえってみれば、

真言の秘教等、いまだこの土《くに》に伝ふることを得ず。然るに、最澄、幸にこの道を得、まことに国師たり

と、桓武天皇をしていわしめた最澄の密教は、いまは話題にする者もない。空海の帰朝とともに、その粗漏さが露れた。この事態は最澄ぎらいの奈良勢力をよろこばせたが、ただ、この後始末をするうえでの最澄の態度は率直というほかない。かれはたれよりもまず自分自身がそ

の粗漏さをみとめた。このことについては最澄みずから、

最澄、海外ニ進ムト雖モ、然レドモ真言ノ道ヲ闕《か》ク

と、弘仁三年十一月十九日付で、自分の保護者である藤原冬嗣に手紙を書いていることでもわかる。この手紙は、以下のようにつづく。「留学生海阿闍梨《かいあじやり》（空海）ハ幸ニ長安ニ達シ、具《つぶさ》ニ此ノ道ヲ得タリ」。であるがゆえに新帰朝の空海に学びたいのだ、というのである。痛ましいほどの謙虚さといっていい。最澄はおそらく空海自身へも手紙を送っていたであろう。『仁和寺記録』には弘仁二年二月十四日に空海に書状を送り、教えを乞いたいと言い、自分のほうから日を指定し、

和尚、モシ無限ノ恩ヲ垂レナバ、明日、必ズ参奉セン。伏シテ乞フ、指南ヲ垂レ、進止セヨ

といったという。ただこのことは『仁和寺記録』にのみあって、真偽はよくわからない。ただし空海自身のほうの事情は、この時期、薬子ノ乱のあとの修法のために山門を閉じると宣言していたときだけに、最澄の申し出を断わったふうの景色が想像できる。もっともこの最澄の

手紙がたとえ偽書であるにせよ、この種の手紙を最澄が書くということは、この時期の最澄の心境においてありうべきことであった。最澄の場合、かれは空海が持っている密教に焦《く》がれ、その教えをうけるためには、ほとんどなりふりをかまわぬような様子を示しつづけている。その心境は両人のあいだで往来する手紙で想像がつく。

やがて空海が、太政官が命ずるままに山城の乙訓寺《おとくにでら》に移った。このことについては、すでにふれた。乙訓寺移住については空海が不満げであったことも、すでにふれた。

「ここでは、何もできない。はやく高雄山寺にもどりたい」

と、僧の人事をつかさどる奈良の僧綱所あたりに、しきりにこぼし、内々の運動もしていたであろう。事実、空海は乙訓寺在住を一年できりあげ、高雄山寺にもどる。辞表を書き送った日に乙訓寺を去るのだが、去った日が、弘仁三年十月二十九日である。

その前々日の二十七日に、空海が予期したことかどうか、最澄が乙訓寺を訪ねてきたのである。最澄を目の前にむかえたときの空海の表情については、後段において想像したい。ともかくも、空海は最澄を寺に一泊させるという事態がおこった。

信じがたいことだが、両人が地上で相会ったのは、これが最初であった。すくなくとも記録の上ではじめてで、実際にもそうだったにちがいない。両人が乗船こそ違え、おなじ遣唐使節団の一員として故国を離れたのは八年前であった。そのときも、出会って交驩したという証拠がない。かの地ではそれぞれ別の岸に上陸し、以後、別行動をとった。帰国ということについても、互いに時間関係がちがったし、また帰国後の条件も状態もたがいに異にした。新仏教を請来したということで両人はこれほど濃厚な歴史的機縁をもちながら、たがいに相会うことがなかった。それが、最澄のほうからの訪問によって実現した。

最澄はこの年の九月に奈良へゆき、興福寺の維摩会《ゆいまえ》に参加していた。それがおわり、道を北にとった。木津川に沿って北上し、乙訓の野に出、桂川をわたって、乙訓寺をたずねたのである。弟子の光定《こうじょう》という者ひとりをともなっていた。空海に予告していたかどうか。

なんとなく突如の訪問のように感じられる。

山門を入ると、境内に柑橘の濃い緑の林があり、果実が、空海の文章にあるように黄金のように光っていたであろう。

空海にとって最澄は法臘《ほうろう》が長《た》けている。先輩に対する礼として、庫裡《くり》のそとまで出て、これを迎えたかもしれない。しかしながら最澄の態度は、先輩というようなものではなかった。それまでしばしば空海に送った書簡でも見られるように、最澄の態度は、門弟のようであった。

最澄は礼に篤く、逆に空海のほうはかならずしもそうではなかったかのようにも想像できる。

最澄が後日、他の者にやった手紙のなかに、

去月二十七日……、乙訓寺ニ宿シ、空海阿闍梨ニ頂謁ス。教誨慇懃、具《つぶさ》ニ其ノ二部ノ尊像ヲ示サレ、曼陀羅ヲ見セシム

とある。これによれば初対面での空海の最澄に対する態度は、教えさとすことがねんごろであったという。空海はやがてしたたかな態度にかわってゆくのだが、この初対面のときは、のちの空海からみれば意外なほどである。

この日、両人のあいだで雑談がどの程度にかわされたか。

空海は、その文章やかれ自身が弟子に語ったことを内容とする『御遺告《ごゆいごう》』などからみると、かれの日常は、多分に文学的なたたずまいがあったようにおもえる。この初対面のとき、空海は回顧談などもし、趣味的な述懐をすることが多かったようにおもえるが、しかし最澄はその性格から考えて目的に対して律義《りちぎ》であったであろう。かれは常住、仏法をのみ考え、自分の教義の整頓と他宗との対決その他、かれが使命としている世界以外に自分をはみ出させるということがほとんどなかったといっていい。そのことは八年前、かれが明州の港に上陸したときによくあらわれている。入唐しつつも長安にゆこうともせず、明州から直線をえがくようにして目的地の天台山に行った。そこで天台宗の体系を承受すると、折りかえし明州の港にかえっている。もっとも船待ちをせねばならなかった。その船待ちの時間もむだにすることなく、越州

へ行って順暁から密教の相承をうけ、ふたたびまっすぐに明州にかえり、船に乗っている。こういう最澄の性格から推して、この乙訓寺の一夜では、最澄から雑談をしかけるということは、ほとんどなかったにちがいない。

入唐のとき、空海は第一船に乗り、最澄は第二船に乗った。肥前の島を出たあと、すぐ暴風にまきこまれ、四隻の船はちりぢりになり、以後の各船の航海そのものが運命的に数奇であったが、最澄はそういう回顧談もおそらくしなかったにちがいない。かれの簡潔で要領を得た書簡文がそうであるように、すぐさま密教についての質疑を空海に対しておこなったかとおもえる。

「私の密教は、はなはだ闕《か》けている。それを充《み》たせていただくわけには参らぬでしょうか」

と、最澄はいきなり言ったかとおもえる。

のちに最澄がしばしば書き、またその弟子の円澄なども最澄のことばとして書いている文章がある。

　最澄、大唐ニ渡ルト雖モ、イマダ真言法ヲ学バズ。今、望ムラクハ、大《だい》毗《び》盧《る》遮《しや》那《な》胎蔵《たいぞう》オ
　ヨビ金剛頂法ヲ受学セン

空海も、初対面早々最澄がイマダ真言法ヲ学バズといったことにおどろいたであろう。最澄

は決してイマダ学バズではない。かれは越州で順暁から密教を学び、相承もし、相承の証拠ともいうべき経疏も法具も持ちかえった。である以上、

「——多少は学んだ」

といっても、十分に妥当であった。げんに桓武は最澄がもち帰った密教をよろこび、最澄を灌頂の師とした。そういう事実を最澄はすべてすてて、まったく学ばなかったとして空海の前にまかり出ている。といって最澄は自負心のとぼしい男ではなかった。それどころか、かれは経典を中心とする自分の教学に渾身の自信をもち、論を中心とする奈良仏教を否定して、わずかな妥協もすることなく悽惨なほどに戦闘的であったことをみても、最澄の性格の一面が想像しうるであろう。しかし最澄は一方で、空海の帰朝により自分の密教のもろさを知った。となると、かつて越州で拾った密教の細片などは惜しげもなくすててしまい、自分は入唐しても密教をすこしも学ばなかった、という態度をとったのである。このことは、後学の空海を感動させたに相違ない。

(自分が考えていた最澄と、目の前の最澄はずいぶんちがう)

と、空海はおもったであろう。空海が帰朝したとき、最澄はかれの天台宗よりもかれの越州の密教がもてはやされ、国家の命で日本最初の灌頂の壇をきずき、天皇以下百官に灌頂をさずけた。帰朝早々の空海はこの意外な状況に接して最澄を詐欺漢のようにおもったにちがいなく、帰朝以来、空海が宮廷を避け、最澄を避けてきたかのような行動をとったのは、このことの不

快さによる。不快さというより、対応の仕方によっては、最澄の越州密教が日本国の密教の正統になるというような危険性が十分にあった。その間《かん》、最澄の保護者である桓武が死に、ついで平城が没落した。かわって嵯峨天皇が立った。空海が嵯峨に接近したのは、ひとつには、最澄の越州密教を正統の座から追いはらうつもりもあったかとおもえる。

ついでながら正統、非正統でいえば、最澄の越州密教は、なおこの時期、国家的には正統でありつづけているともいえる。僧は、国家がその資格をあたえる。そのために一定の試験をする。国家が公認している仏教は、奈良六宗であったが、最澄は帰朝するとともに桓武に乞い、天台宗をあらたにそれに加えさせた。これによって、天台宗のコースは、年に二人官僧を出すという定員を得た。その定員二人のうちの一人は最澄がみずから専門とする天台学を専攻（止《し》観業《かんごう》）し、他の一人は最澄がたまたま越州から得てきた密教を専攻（遮那業《しゃなごう》）することになった。密教を正規のコースに入れたのは、最澄が桓武の好みに迎合したといえなくもないが、ともかくもこの意味においては最澄の密教は日本において正統ということがいえるであろう。一方、空海のそれは、国家がまだその真言宗を「宗」として採用していない以上、法的には傍流の位置におかれている。

そういう背景からいえば、空海はここで最澄をつめたくあしらってもかまわなかった。

たとえば、

「あなたの密教は、すでに国家が公認しているのです。私の密教はそうではありません。ともかくもあなたのお思いどおりになされればよいではありませんか」

と、いうこともできた。

しかし、自分の密教を捨ててかかっている最澄の態度が、空海にそれをいう気持をうしなわせたともいえる。

この最澄の態度は、うまれつきの徳者ともいえるかれの性格によるものともいえるが、ひとつには、最澄はそれほどまでせっぱつまっていたともいえる状況があった。最澄は遮那業という密教コースを国家にみとめさせながら、それは不完全な密教でしかなく、第一、最澄自身、密教に通じなかった。もし空海が帰朝しなければ最澄の立場は、一応はそれなりに通るはずであったが、空海の帰朝は、最澄が砂を掻きあげてつくったような密教の楼閣を、空海という波で洗いくずしてしまったような結果になった。この意味での最澄密教のあやしさは奈良勢力がことごとく知るところであり、最澄を嘲弄するたねにもしていたはずであった。最澄は、自分の半身をすててかかっても、空海の救いを乞わねばならない立場にあった。

そういう最澄の側の事情からいえば、乙訓寺で空海が示した「教誨慇懃」という態度は、最澄にとってよほどのうれしさであったであろうことは、想像できる。

最澄はさらに空海から灌頂《かんじょう》をうけることも乞うた。

「灌頂ですか」

空海は、内心おどろいたに相違ない。最澄自身が国家から命ぜられて宮廷の大官や奈良の長老たちに灌頂をおこなったのは、わずか六年前ではないか。その最澄が、師である壇からおりて空海を師とし、灌頂を乞うているのである。

この最澄の態度は、空海を満足させたにちがいない。

「いいでしょう」

空海の表情が、目にみえるようでもある。

ただ、空海はこの乙訓寺を去ろうとしている。二日後に去る。そのことも言ったであろう。

「ですから、高雄山寺においてとりおこないましょう」

最澄はよろこび、それではどういうものを準備すればよろしいか、ときいたにちがいない。

「準備ですか」

空海は、あるいは皮肉をいったかもしれない。最澄は延暦二十四年九月、場所もおなじ高雄山寺において国家の命令による灌頂をおこなった。そのとき桓武は役人に対し、「法会の所用は、多少を論ぜず、最澄の言にしたがい、皆悉く奉送せよ」と勅命をくだした。最澄は、準備すべき品々を役人に伝えた。絵画の名手二十人をえらんで大日如来の画像、大曼陀羅をそれぞれ一幅ずつ描かせ、縫いとりの仏、菩薩、諸天の像や旗などを調製させた。

「あの延暦二十四年九月のときは、どのようになされましたか」

そういう空海の質問に対し、最澄はおそらく素直に自分がやったときの準備をこまかく述べたであろう。空海は複雑なおもいでそれをきいていたに相違ない。空海からいわせればその茶番のような灌頂を、勅命とはいいながら、空海の若いころの師匠の勤操《ごんぞう》までひきだされて、最澄から神妙にうけたのである。師の屈辱をおもい、最澄のまやかしを思っての空海の腹立ちはおそらくその一事にあったかとおもえる。空海は最澄にそのときのことを十分に語らせてから、

「率直に申しあげて、そういうものは、灌頂ではありませぬ」

といったかと思えるが、想像のゆきすぎであろうか。空海がのちに最澄に対して寛大でなくなることから思いあわせて、その程度の皮肉をいったであろうという想像は、あるいは許されていいかもしれない。

ほかに、空海はこの乙訓寺での対面で、ちょっと異様に感じられることをいっている。

空海、生年四十、期命尽クベシ

空海はこのとし、数えて三十九歳である。しかし空海は四十である、という。寿命もそろそろ尽きようとしています、と最澄にいうのである。最澄は、よほどおどろいたらしい。年齢は最澄のほうが七、八歳うえであった。その年長の最澄に空海は、私もそろそろ年ですからいつ死ぬかわかりません、といっているのである。だから、

東西、欲セズ

どこへもゆきたくない。空海は言う。そういうわけであるから私が身につけている真言の法はすべてあなたにおゆずりいたしましょう、という重大なことをいったのである。

宜シク、所持スル真言ノ法ハ、最澄闍梨《じゃり》ニ付嘱スベシ

最澄がよろこんだのもこのことだったし、さらに最澄が、空海のいう余命いくばくもない、ということで無邪気なほどにあわて、早く伝法してほしいとあせったのも、最澄の人柄からみて当然であった。しかしながら空海はどういうつもりでこういうことを言ったのであろう。

まず、年齢のことである。

空海はあたかも最澄より年長のような言い方でこんなことをいったが、しかし結果としては五十代半ばで死ぬ最澄より十三年ながく生き、かぞえて六十二歳で死ぬ。そのことはともかく、空海は最澄と異り、あれこれと思案にふけることを楽しむ低徊趣味があった。年齢のこともそうであった。最澄は自分の年齢についての感想などは書きのこさなかったが、空海はこの翌年四十になったとき、もう四十かというおどろきをこめた文章を『性霊集』にのこしている。

「中寿ノ感興ノ詩」という詩の序が、それである。

八十ヲ以テ寿量ト為ス。故ニ四十ヲ以テ中寿ト為ス。物ニ感ジテ興アリ、志ノオモムク所ヲ述ブ。故ニ感興ノ詩ト曰フ

空海はどの経典を読んだ記憶なのか、「聖教ノ説ニ拠ルニ」という。劫初、人間の寿命は無量であったが、しだいに定命がさだまってきて八十年が限度である。であるから四十は中寿というべきで、いつまでも若いとおもっていた自分がもはや中寿になってしまったことにおどろきを感じたのであろう。空海は最澄と対面したときまだ三十九歳であったが、そのとき、すでに来年は四十だということが気がかりになっていた。そういう空海自身の年齢についての切迫した想いが、つい、すべてを最澄にゆずりたいという言葉になってあらわれたにちがいない。このときはこのときなりに、空海は本心だったに相違なく、ただそれがのちに、空海が約束したようにはならなかっただけである。

灌頂の準備は、受者のほうがうけもつ。

空海も長安において、一介の留学生《るがくしょう》ながら、かれ自身が、その多額の経費をうけもった。最澄がやった延暦二十四年の灌頂は、国家も最澄も事情がよくわからなかったため、国費でお

こなわれた。

「灌頂というものは、そういうものではありませぬ」

と、おそらく空海は言い、あなたご自身が費用を工面なさるべきです、といったかと思える。ところが、最澄は一宗の長者でありながら、ほとんど私財というものがなく、さらには桓武が崩じて以来、よき保護者をもたなかった。しかしながら空海がいうように、なんとか費用を調達しなければならない。

空海が高雄山寺にもどると、最澄はあとを追うように高雄山寺にゆき、前後数ヵ月、山内の一室を借りて住んだ。この間、最澄は、灌頂の準備のために多忙だった。弟子の泰範に手紙を送って、まず食糧を調達させるところからはじめている。その手紙に「高雄山寺ノ食料、都《すべ》テ無シ」という文章があるところからみても、よほど不自由な状態であったらしい。金品については、藤原冬嗣のような権力者にも手紙を送って合力を乞うた。自分にはまったく金がない、という表現として、「貧道、其ノ具《ぐ》、備《そな》へガタシ」とある。高雄山寺のもちぬしである和気氏にも尽力を乞うた。灌頂を最澄ひとりが受けるよりも、おおぜいで受けるほうが、一人ずつの負担がやすく済む。このことを空海が教えたのか、最澄がいいだしたのか、ともかくも、そのように段取りをはこんだ。

このようにして、最澄は、このとし(弘仁三年)も寒くなった十一月十五日、空海からまず金剛界灌頂をうけた。ともにうけたのは、俗人の和気真綱ら三人であった。

つづいて、胎蔵界灌頂をうけねばならない。

この準備に、最澄は一ヵ月を要した。ふたたび食糧をあつめたり、法具を金工に作らせるなどのことのためにかけまわったりした。さらにその間、受者を募った。百数十人もあつまった。最澄自身の弟子も、そのなかに入っていたが、ともかくもこれだけの人数をあつめたので、経費の点では楽になった。これをおもうと、空海が長安でただひとり受者としてすべての種類の灌頂をうけたことの経費が、いかに負担の大きいものであったかが想像できる。


最澄は十二月十四日、胎蔵界灌頂をうけた。

「灌頂というのは、仏の位につく即位式のことなのです」

と、空海は、当然、最澄に教えたであろう。インドでおこなわれる国王の即位式を模したものだけに、式を盛りたてるための人数も多く、また式に必要な装飾もことごとしいものであった。空海はおそらく長安で自分が受けた様式とおなじものをこの高雄山寺で再現したに相違ない。この弘仁三年十二月十四日の高雄山寺で灌頂した人名は、空海が自筆でことごとく書きあげており、こんにちもそれがのこっている。そのなかに童子が四十五人もふくまれている。童子の名を見てゆくと、この時代のこどもの名前がどういうものだったかがわかる。弟男《おとお》、兄人《えびと》、茅丸《かやまる》、黒丸、縄手丸、十師丸、河内丸、津倉丸、浄丸といったふうである。

同時に、この名簿は、重大なことも、物語っている。

最澄は、あれだけ準備にかけまわりつつ、いざ灌頂をうけたときは、こどもと一緒だったということである。こどもと一緒だということで、最澄はおどろいたであろう。

灌頂には、三つの区別がある。

結縁《けちえん》灌頂、受明《じゆみよう》灌頂、そして伝法灌頂である。

結縁灌頂というのは文字どおり縁をむすぶだけの灌頂で、寺院が在家のひとびとにいわばサーヴィスとしておこなうものといっていい。やることは他の灌頂とよく似ている。師たる者が壇上で香水を入れた瓶子をもち、受者を壇にのぼらせ、頂《あたま》に水を灌ぎ、そこで一種類だけの印《いん》の結び方を秘かにおしえるのだが、相手はたれでもよかった。子供でもよく、受者が密教の教養をすこしも持っていなくてもいい。最澄があれだけ奔走してようやくおおぜいと一緒にうけたのは、どうやらこの結縁灌頂のようであった。

もっともこのことは古来論議あって、受明灌頂だろうともいわれる。最澄の弟子の円澄らがのちに空海に教えをうけたいと懇請した書簡に、「我ガ師最澄ハ高雄山ニテ百余ノ弟子ト持明《じみよう》（受明）灌頂ノ誓水ニ沐《もく》シ」とあることからみてそうであろうというのだが、受明灌頂であったとしても、さほどのことはない。受明灌頂は、在家や子供に対してでなく、行者にほどこす。ただしほんの一部の秘密の法を伝授するという灌頂で、法のすべてをつたえる儀式ではない。

すべての法をつたえるのが、伝法灌頂である。最澄ほどの大家に対しておこなうのは、当然この伝法灌頂でなければならず、最澄もそれを期待したであろう。が、実際には、そうではなかった。

最澄は、なげかざるをえなかったにちがいない。

最澄がなにか、途方に暮れているという感じで、空海に問うた。

――私は伝法灌頂を受けられないのか。

と、このように直接の言い方ではないが、それに似ている。

最澄の弟子の円澄が、天長八年十月二十四日付の空海への手紙のなかで、灌頂がおわったときに最澄が空海に質問したという、その質問と空海の答えが書かれている。

（最澄が）即チ和尚（空海）ニ問フテ云ク、大法儀軌ヲ受ケンコト、幾月ニカ合得《がふとく》セン、ト

真言のすべてを伝授されるのは――伝法灌頂を受けるのは――幾月かかるか、と最澄は問うたのである。幾月、というその程度の時間でしか最澄は考えていなかった。げんに空海は長安において恵果《えか》から二ヵ月ですべての段階の灌頂をうけた。最澄はそのことも、おおよそ、知っていたかとおもえる。

空海は、答えた。

三年ニ、功ヲ畢《をは》ラン

三年かかります、と空海はいうのである。

最澄は、おどろいたであろう。かれは十月から高雄山寺に泊まりこみで食糧や道具をあつめることをしたり、密教の経典をよんだり、あるいは金剛・胎蔵両部の灌頂をうけたりしてきた。終ってなお高雄山寺を離れずにいた。高雄山寺にいれば空海が法を授けてくれるとおもい、そのことを心待ちに待っていたのである。ところが空海にそのそぶりがないため、たまりかねてきいた。最澄にすればむりはなかった。空海が、もう自分の寿命はいくばくもない、自分がもっている真言の法はあなたにみな譲りましょう、といったのは二ヵ月前の十月のことではなかったか。であればこそ最澄は高雄山にのぼり、辛苦をかさねた。

が、空海にいわせれば、最澄がそうらくらくと法をゆずられることを期待しているのはあつかましいというものだ、という気持があったにちがいない。空海の場合はなるほど恵果からすぐゆずられた。さらには伝法についてのすべての儀式も二ヵ月で済んだ。しかし最澄と自分とはまったくちがうのだ、ということが、空海の肚の中にあったはずであった。空海は大学の教課を途中ですてて山野を放浪して以来、密教を志し、雑密の破片をかきあつめて正密を想像し、さらには大日経その他の密教教典を独習し、我流ながらも長安に行って恵果に会ったとき、自分の我流が正密に合することを知った。恵果も、それをみとめた。であればこそ、すぐさま恵果から一切のものを伝授された。

恵果はその生涯で千人の門人をそだてた。金剛・胎蔵ともにゆずられたのは他に早世した弟子と空海ひとりだといわれている。恵果から金剛・胎蔵のいずれか一つを伝法された弟子は六人いた。要するに恵果千人の門人のうち、人によっては何十年もこの法を学びつつも、そのなかから伝法灌頂をうけたのはわずかに六人であることをおもえば、最澄がいかに天台宗という顕教にあかるくとも、卒然と密教の伝法灌頂をうけることはむりであった。あなたは私とはちがうのだ、ということを空海は露骨にいうべきだったかもしれないが、さすがにそれはいわず、三年ニ、功ヲ畢ラン、とのみいった。

最澄には、意外だったらしい。

かれにも心づもりがあっただけに、空海のその一言で、それが崩れた。

本《もと》ヨリ一夏《いつか》ヲ期ス

もともと一夏（三ヵ月）ほどで終るのかと思っていました、と正直にいっている。

若シ数年ヲ経ベクンバ、若《し》カズ、暫ク本居（叡山）ニ帰リテ、後日来リ学バン

最澄が、しおれてしまっている姿が見えるようである。

かれは本来、多忙であった。奈良とのこともあるが、かれは自分が請来した天台宗というぼう大な体系を整理せねばならず、さらには天台における修養法である止観の行法も積まねばならず、自分が元来思いもしていなかった密教などに三年も時間をとられているゆとりがなかった。最澄は、天台という顕教をすてて真言という密教に転身する気はなかった。ただかれは国家が正規に採用したかれの天台宗において、採用試験の部門に国家の要請で（おそらく）「遮那業」という密教科を入れたため、責任上、自分自身がそれを学ばねばならぬとしているだけのことなのである。できれば資格だけほしかった。自分の立場に免じ、形だけでも伝法灌頂をさずけてくれてもよいではないか。

空海はおそらく最澄のそういう意図を見抜いていたにちがいない。

（この男は、世渡りの便宜として密教を身につけようとしている）

そうおもったに相違なかった。最澄に悪意などはすこしもなかったが、空海の立場からみればそうともとれるであろう。

空海は、たしかに最澄に密教のすべてをゆずってもいいといった。空海は真言第七祖の恵果から法統をうけて、第八祖の位に即き、この宇宙における真言密教の法王になった。恵果から

譲られたがごとくそれを最澄にゆずって最澄を第九祖にしてもよいという意味であったが、それを最澄のいうように、「本ヨリ一夏ヲ期ス」とあしらわれては、この一道にすべてを集中してきた空海としては立つ瀬がない。空海は、食言していないつもりだったであろう。最澄が、その顕教をすててひとすじに密教に入り、自分の法弟になるならゆずってもよい、という意味だったにちがいない。しかし最澄はどうやら別の意味に理解したようだった。空海がお裾分けしてくれる、というほどの意味にとっていたようである。

空海は最澄の人柄のよさなどは、おそらく理解していなかったにちがいない。空海の文章をみても、ごく一般に、その人間が好人物であるかどうかということをもって価値の一基準とするような習慣を、かれはもっていなかったようにおもえる。空海にとって重要なことはかれが宇宙で唯一の真理であると思っている密教体系に相手が心身をあげて服するか服さないかということであり、そういう意味からは、最澄は空海にとって複雑であり、あるいはごく単純に愉快とはおもいにくい存在になりつつあったといえる。

（あれほどの好意を示してやったのに、最澄は密教者にならないのか）

と、空海は空海で、腹にすえかねるようなおもいで、そう思ったであろう。

最澄は、やむなく便法を考えた。

空海の手もとに、自分のもっとも聡明な弟子を残しておき、かれらに密教を学ばせることである。そのように空海に申し出ると、空海は了承した。空海に、ことわる理由がなかった。最澄は大いによろこび、泰範らを選んで、空海につけた。

ただしこのとき空海は以下のことをいっておくべきだったかもしれない。

「もし泰範らがものになれば、あなたの天台宗に帰らないかもしれませんよ」

密教の本質とはそういうものです、ということをである。密教は知的にこれを掌握するだけでは足りず、目的は肉身のままに宇宙の原理そのものになる法であるため、あずかった弟子がそのようになった場合、最澄が天台宗に帰れといっても、その者の心身が帰ることを欲しないだろうということを、空海は入念にいっておくべきであった。

(最澄はただ、かれの教団の一部門である遮那業の指導者もしくは試験官を養成するために、自分の手もとに弟子をあずけようとしている)

と、空海はおもったか。密教については最澄の認識はその程度だということを、空海はくりかえし腹立たしかったにちがいない。言わなかったために、そのことが空海の腹のなかに鬱積した。のちに、かれは——それを読めば空海の人間に興醒めするような——罵倒の文章を、最澄に対してたたきつけてしまう結果になる。

最澄は、密教は知的に把握できるものと、いわばすずやかとさえいえるほどの心組みでそう信じていた。最澄はのちに、

「筆授」
ということばをつかった。師匠から心身を接してたたきこまれるという、いわゆる師承の伝授でなく、書物による伝授法を、最澄はそのように言った。在来、日本の仏教も儒学も、書物を通じほとんどが筆授でもって理解され、受容されてきた。最澄の天台教学もその入唐は書物をもたらすことが目的であり、そのあとそれを受容することは筆授の努力によった。最澄は密教もまた当然ながら筆授でもって身につけ得るものと信じきっていたのである。

このため、最澄はしきりに空海に手紙を出し、経典などの借用方を乞うた。これに対し、空海は密教において筆授はありえないという立場をとっている。

事実、インドにおいては密教は師承以外に相続させなかったし、不空も当然ながら筆授を否定した。恵果もむろんそうであった。後世、西蔵や蒙古で変質した密教が定着したが、変質しながらも師承であることだけは変らず、たとえば弟子たちは自分が法を承けた師匠そのものを、それを人間とみず、仏とみて終生拝むというまでの極端なかたちをとるにいたっている。

ともかくも空海は最澄にそのいわば秘事に類する重大なことを入念には言わなかった。

ひとつには、先輩の僧としての最澄に、憚りがあったのかもしれない。またひとつには、最澄が聡明ならみずから気づくべきだという気分もあったであろう。さらにはそれに気づかぬような最澄なら密教をやる資格がないとまでの気分もあったかもしれない。その気分のなかに、微妙ながらも、空海の最澄に対する感情がこもっていた。最澄は天台という顕教の法主であることを捨てず、片足をうごかして密教を自分の側に渡世の必要としてひきよせようとしている、という空海の最澄観が、この感情を醞醸《うんじよう》させる酵母になっているようにおもえる。

最澄が、灌頂を了えて高雄山寺を去ってからほどなく借経をねがい出た。使いの者に手紙をもたせて空海のもとにやった。そのことが、たびかさなった。

最澄が借経のために空海に書き送った手紙の一例をあげる。

……最澄、住持ノ念、寝食忘レズ、惟、形迹セズ、但、最澄意趣、御書等ヲ写スベシ。目録ニ依ツテ皆悉ク写シ取リ了《をは》ンヌ。即チ持シテ彼ノ院ニ向ヒ、一度聴学セン。此ノ院ニテ写シ取ルコト穏便アリ。彼ノ院ニテ上食センコト、太《はなは》ダ難シ。写シ取ルニ由《よし》ナシ。伏シテ乞フ、吾ガ大師、奸心ヲ用ヒ盗ンデ御書ヲ写シ取リ慢心ヲ心スト疑フナカレ。……

空海はそのつど経を貸した。

弘仁四年十一月までほぼ一年間、空海は貸しつづける。おそらく貸すたびに最澄に対する鬱積がつのったであろう。

二十五

ここに、泰範という僧がいる。

この僧は近江の高島郷に、自坊をもっていた。高島郷というのは、北国から押しよせる山なみが琵琶湖にせまるあたり、ちょうど、安曇《あど》川が湖に流れこむ下流の田野をさすらしい。泰範の住寺が高島郷のどこにあったかはわからないが、山にちかい田中という里に郡司が駐在する郡家《ぐうけ》の建物があり、そこがこの郷の中心だったろうから、この時代の寺院のすくなさからみて、あるいはそのあたりであったろうか。

泰範の生地は、わからない。最澄とおなじく近江のひとだったといわれている。

泰範の年齢だけは、わかる。

かれは晩年、東寺が真言宗になって最初の定額僧（国家がきめたその寺の官僧の定員）のひとりだった。その名簿（承和四年）がのこっていて、そこに、「泰範、年六十。﨟三十六」とある。承和四年（八三七）から逆算すると、宝亀八年のうまれである。空海より四つ年下であり、最澄よりは、十一年少である。

泰範ははじめ最澄の高弟だった。のち、空海の門に転じた。

泰範は若いころ、奈良の元興寺にいたことがあるという。元興寺は、空海がわかいころに縁の深かった大安寺に隣接していた。入唐前の最澄もまた、大安寺に縁があった。あるいは最澄が泰範とはじめて出会ったのは、この元興寺かとなりの大安寺においてであったかもしれない。当時泰範は若いながらも官僧としての資格を取得しおえていた時期で、最澄とのあいだははじめ師弟ではなく、先輩と後輩という関係であった。泰範は当時わかくはあったが、その学識、志操は、最澄にとってよほど魅力のある人物だったかとおもえる。

おそらく、既存の仏教についての不満と志は、最澄のそれと似たものだったのであろう。最澄が、日本の既存の仏教が論を主としていることに不満をもち、仏教は釈迦のことばである経が中心でなければならないとし、さらには法華経を中心とする体系が唐の天台山にあることなどを、主としてこの泰範を相手に語ったかとおもえる。そのころの最澄は、若くして宮廷の供奉僧にえらばれたほどにきらびやかな存在であった。泰範は、そういう最澄に憧憬するところもあったであろうし、さらには憧憬と敬愛が昂じて、僧門によくあるように、男女の愛に似た感情が双方にあったかもしれず、あったところで最澄という存在の風韻をそこなうものではない。

最澄は渡唐し、泰範もそれを待ち望んでいたであろう天台学を請来した。

泰範は最澄から天台学を最初にまなび、弘仁元年正月、叡山の学頭になった。もっともこの間《かん》のことは、最澄が手をとって天台学を泰範に教えたということは、情景としてはなかったに相違ない。さきに入唐した最澄は、国家からあたえられた任務が請益僧であるということもあって、唐の現地で学ぶことをせず、請益の字義どおりただ経典その他のいっさいをもたらすことだけをして帰国した。最澄はそれらの経典類を叡山の上に据え、それらをみずからあらためて読みはじめた。こういう伝来の仕方を最澄は他の場合においても「筆授」といったが、いずれにせよ、書かれたものを読むことによって、叡山の天台学は成立した。読むについては、最澄も読み、同時に泰範も読んだ。双方、請来されたぼう大な文字の量を読みつつ、弟子や後進に教えるというかたちが、すくなくとも数年つづいたであろう。その意味では、泰範は厳密な意味では最澄の弟子ではなく、同学の人だったともいえる。

最澄は、天台の経典その他をもたらしたというだけで、日本の天台宗の第一祖である。

——それだけのことではないか。

と、泰範はおもったかどうか。

どうやら前後のことから察して、泰範というのはそのような性分の男であったかもしれない。

帰国後、最澄は国政面における天台宗を奈良六宗と同格の存在にするためなどで奔走し、叡山にいる時間がすくなかった。最澄が請来した経典その他は、最澄より泰範のほうが読む時間が多かったかもしれず、そういう事情からいえば、もし泰範にある種の性格を想定するかぎりにおいて右のように泰範がおもうのは、あるいは奇妙でもないかと思える。

弘仁二年八月といえば、最澄が帰国して六年目である。

この八月一日、叡山においてもっとも重要な法華の講会《こうえ》があった。泰範はその主役たるべき存在だった。しかし近江高島郷の自坊に帰ったまま出て来ず、辞任書だけを最澄に送りつけてきた。このころには、泰範の態度は——理由はいまとなればわからないにせよ——尋常でなくなっている。

しかし、最澄のほうの態度は変らなかった。

いよいよ泰範に対して手厚さを加えているようであり、その証拠に、最澄は、その翌三年五月八日付で遺書を公表し、泰範をして叡山の総別当たらしめ、文書司を兼ねさせようとしている。ということは、最澄が泰範を自分の後継者に擬することを、内外にあきらかにしたことになる。

ところが泰範はよろこばぬ風にうけとれる。なぜならば最澄の右の処置の翌月である六月二十八日付で泰範は手紙をよこし、

「謹ンデ暇ヲ請フ」

と、最澄に対していわば絶縁の希望をあきらかにしてきたのである。

この手紙は同日付で最澄にとどいたらしく、

「書ヲ見テ、驚痛ス」

という書きだしの手紙をすぐさま送って、慰留した。

泰範はその手紙で、叡山を去りたいという理由として「泰範、常ニ破戒意行、徒ラニ清浄ノ衆ヲ穢ス」とのべている。

自分はつねに戒をやぶって清浄なひとびとをけがしている、というのは、事実なのかどうか。おそらくこの当時の文飾の型としての誇張であろう。ただ、べつな事情は想像できる。泰範が、自分は最澄と天台学においていわば同学であり他の弟子たちとはその点がちがうと思っていれば、そしてそれが態度に匂えば、一山の衆僧は当然ながら厭う。おそらく事情はそれにちかく、泰範は自分の不人気にいやけがさしたのかもしれない。さらにいえば、泰範は、最澄という存在が、それでもなお自分を叡山に居つづけさせるほどには、魅力的でなくなっていたのかもしれない。泰範はどうやら気むずかしそうな男であった。最澄が、かれにつぎの天台座主を約束しているのである。それでもなお去るというのは権勢欲がすくないともいえるし、可愛気がないともいえる。最澄に対して可愛気のない自分を、泰範はむろん気づいていたであろう。気づいていてなお可愛気のなさへ自分を追いやるというのは、ごく単純に、最澄に対する愛情の問題にすぎないのかとも思えてきたりする。

しかし最澄はいう。慰留する手紙のなかで、

「何ンゾ、忽然、断金ノ契ヲ忘レ、更ニ不意ノ暇ヲ請フヤ」

人の口など気にするな、とその手紙に書いている。


その時期から数ヵ月後の初冬、最澄は、すでに触れたように空海を乙訓寺にたずね、高雄山で空海から灌頂をうけることにした。最澄はこのことをすぐ泰範あて、光仁を使者として報らせ、ともに灌頂をうけようではないか、と勧誘した。泰範はことわったらしく、その二日後も、最澄はかさねて勧誘状を出している。泰範はこのとき近江高島郷の自坊に帰っていた。かれはことわったようであった。やむなく最澄は泰範不参のまま他の門人をひきいて、高雄山寺における十一月十五日の金剛界灌頂をうけている。

そのあと最澄はなおあきらめずに、

——このあと、胎蔵界の灌頂がある。そのときに来会せよ。

という勧誘状を出した気配がある。


こういう最澄の執拗さは、はじめて体系を開創しようとする者にしばしば見られる属性であるかもしれず、最澄の場合、とくにそうであろう。かれにおいては、唐から請来した経典類の整理だけでも遅々として進んでいない。さらにかれはこの時期、唐の天台宗をそのまま移植せず、天台教学を中心に、密教と禅と律という四大要素を——融合させぬまでも——一つの場に

置きたいというあらたな体系を志向していた。それほどぼう大な事業をやるには、最澄の余命は短かすぎた。それを思うだけでもいらだつのに、かれがすぐれた自分の協力者であると信じている――それほどの男であったかどうかは疑問だが――泰範に逃げられることは、最澄にすればそれによって自分の生涯の志望も事業も煙のようにはかなくなると思うほど、つらいことであったにちがいない。

ところで、泰範は出てきた。

最澄があれほど勧誘した十一月十五日の金剛界灌頂には出てこなかったが、翌十二月十四日の胎蔵界灌頂のとき、はじめて高雄山寺にのぼり、ともに灌頂をうける最澄にあいさつし、同じく灌頂をうける同門の僧たち――百余人――に立ちまじった。最澄のよろこびは、想像できる。

泰範はこのとき、はじめて灌頂の師である空海を見た。

――これが、世上でやかましい空海か。

とおもったはずだが、それ以外に空海にどんな印象をもち、なにをおもったか、想像の手がかりがない。

このときの灌頂が法を伝えるための伝法灌頂でなかったことが、最澄を気落ちさせた。最澄が空海にすべての秘法をうけるのに幾月を要するか、と問うたのに対し、空海が「三年ニ、功ヲ畢《をは》ラン」といい、最澄をいよいよあわてさせ、最澄が、自分は「本《もと》ヨリ一夏《いっか》ヲ期ス」数ヵ月かとおもっていた、数年というならしばらく本居《ほんきょ》にもどって後日来って学びたい、といって弟子たちをひきい、いったん空海の高雄山をひきあげたということは、すでに前章でふれた。翌月、自分のかわりに弟子を学ばせてほしい、として、泰範や円澄らを空海にあずけた、ということもすでに触れたが、微細にいうと、あずけた弟子たちのうち、泰範の場合だけは事情がちがっている。

泰範は、自発的に空海のもとにのこった。近江の自坊にも帰らず、最澄らとともに叡山にも帰らなかった。

――泰範が、高雄山に残っているのか。

ということが、最澄の何とはない不安だったのであろう。胎蔵界灌頂がおわって九日経った日付（十二月二十三日）に、最澄が、高雄山寺の南院に居ついている泰範に手紙を送っているのである。

「辞シテ後、甚ダ寒シ」

ではじまるその手紙に、最澄は、法華儀軌（最澄の宗旨）のことは深くあなたの力に期待している、伏して乞う、この道（同上）を学び、ながく後世に伝えんことを、と書いている。後世への義務をわすれてくれるな、と最澄は泰範にたのんでいるのである。

その手紙の日付から一月もたたない弘仁四年正月十八日に、最澄は、前記のように円澄を空海に付した。同時に「泰範もたのむ」と依頼しているから、泰範は自発的に空海のもとに居つきつつも、最澄が依頼したかたちになったのである。最澄の人柄のよさとみてもよく、執拗さといってもよく、あるいはそこに悲痛さを感じてもよい。最澄は円澄と泰範を空海にたのむにあたって、とくに泰範のために、二つの便宜をはかろうとしている。

ついでながら、高雄山寺は和気氏の私寺で、もともと最澄が和気氏からたのまれて住持を兼務していた。そのころに、最澄は和気氏から贈られた厨子（置き戸棚）を愛用していたが、その厨子がまだ高雄山寺に置きっぱなしになっている。最澄が高雄山寺の三綱（事務所）あて手紙をかき、「あれは私が故但馬守（和気氏の一人）からもらったもので、そのことについては証人もある。これをぜひ泰範に使わせてやってほしい」というのである。

さらにその手紙のなかで、自分は泰範のために高雄山寺に書斎を建ててやりたい、とも書いている。最澄にすれば、叡山の経費で高雄山寺に泰範の住居を建てることによって、泰範の気持を自分につないでおこうとしただけでなく、空海やその三綱に対し、泰範については間違ってはいけない、かれは自分の弟子である、それもただの弟子でなく、自分がいっさいを相続させようとしている人物である、ということを明確にしておきたかったのである。

空海は、それを無視したかのようであった。

あるいは空海よりも泰範自身がそれを無視し、空海は一種、最澄への悪意――思想的な――

に似た気持をもってそれをながめていただけであるかもしれない。思想は、それ以外の物の考え方を拒絶するところから成立するものだが、空海の最澄への悪意に似たもの、そしてやがては痛烈な悪意に変ってゆくものは、かれが日本の歴史のなかではめずらしく思想家であったことを示している。

たとえばこの時期、最澄の借経がつづいている。そしてしきりに叡山で筆写している。筆写しおわると、人を使いにして高雄山寺にかえしにくるのである。借経は、泰範か円澄をとおしてやった。

——なんだ、あの男は。

と、空海は、自分の思想からみて、鬱懐がつのったはずである。経を読んで知識として教義を知ることは真言密教では第二のことであった。真言密教は宇宙の気息の中に自分を同一化する法である以上、まず宇宙の気息そのものの中にいる師につかねばならない。師のもとで一定の修行法則をあたえられ、それに心身を没入することによってのみなま身の自分を仏《ぶつ》という宇宙に近づけうるのである。空海は、三密という。三密とは、動作と言葉と思惟のことである。仏とよばれる宇宙は、その本質と本音《ほんね》を三密であらわしている。宇宙は自分の全存在、宇宙としてのあらゆる言語、そして宇宙としてのすべての活動という「三密」をとどまることなく旋回しているが、真言密教の行者もまた、その宇宙の三密に通じる自分の三密——印《いん》をむすび、真言（宇宙のことば）をとなえ、そして本尊を念じる——という形の上での三密を行《ぎょう》じて行じぬくこと以外に、宇宙に近づくことができない。それを最澄は筆授で得ようとするか、と空海は思いつづけている。

空海はたしかに、乙訓寺での対面においては、最澄に重大な発言をした。「期命尽クベシ」自分の寿命もおわりが近いだろう、といったのは、かつてかれ自身大唐の青竜寺において恵果から「報命、竭《つ》キント欲ス。付法スルニ人無シ」といわれたのと似ている。空海が、「所持スル真言ノ法ハ、最澄闍梨《じゃり》ニ付嘱スベシ」といったのも、恵果の口まねをしているのではないかとおもえるほどに似ている。空海は恵果が自分にいったことばを型にしている以上、これは単に思いつきで口外したのではなく、この段階では最澄にすべてをゆずるつもりだったのであろう。最澄も、大いによろこんだ。

しかし空海においてその決意が、変化しつつある。最澄が、借経と筆写ばかりをして、三密を行《ぎょう》じようとしないのである。空海の場合、恵果が、かれを見た瞬間、付法を決意し、短時間に法のいっさいをゆずった。

しかしながら空海はそれまで日本において独習しながらも経典のなかから三密の重大さを知り、知るだけでなく山野に起臥して三密を行じてきた。恵果は空海をひと目見てそのことがわかったのであろう。空海が最澄を見た場合は最澄のなかに卓越した資質を見ただけであったかとおもえる。資質は、三密を行ずることによってひらかれねばならなかったが、しかし最澄そのひとは、空海から灌頂をうけただけで、あとは書物によって密教を知ろうとした。最澄は多忙であった。最澄自身、日本天台宗という巨大な体系をひらくことに熱中しており、密教はその一部として導入するにすぎず、密教そのものの行者になるつもりはなかった。空海は最澄をそのふろしきに包んだつもりでも、解いてみると最澄はいなかった。最澄は、自分の顕教に固執していた。顕教は空海によれば天台だけでなく奈良六宗もまたそうである。かれにすれば価値のきわめてうすいものであり、であればこそ空海は青春のころになやみ、密教にたどりつき、ついに渡唐してそれを請来した。そういう最澄の態度は、最澄自身、誠実そのものであっても、空海の思想的立場からみればふざけきった反密教的態度であるだけでなく、空海そのものを侮辱しつづけているとみたであろう。思想は、その結純度が高くなればなるほど、その思想に無理解か、もしくは相反するものに対して物理的なまでに拒絶的反応を示さざるをえない。とはいえ、それだけでは解《げ》せない。

空海は、おなじ顕教である奈良六宗に対しては寛容であった。奈良六宗の代表である華厳経の学場東大寺が密教化したいといえば、安易なほどの態度でそれに応じ、ほとんど鍍金をほどこす程度の細工を加えて華厳経学に密教を加味し、それでよしとした。いわば、政治的に加工した。空海が奈良六宗に対して政治的態度を示したのに対し、最澄に対してのみ思想的態度でのぞんだのは、思想家であるべきはずの空海において矛盾している。

この矛盾は、空海の人格論にまで帰納できるか。

古来、この間の空海の最澄に対する態度を不愉快とする感情の系列がつづいてきている。真言宗の学匠でさえ、最澄との関係における空海の態度を十分に語ることにひるみを覚えつづけてきたような気味があり、両人をもし舞台にあげる場合、観客席のおおかたの感情は最澄を善玉とし空海を悪玉とする気分からまぬがれることはできない。げんに、そういう戯曲もある。

しかしひるがえってみれば、空海はあくまでもその思想の論理に忠実であったともいえる。すでに触れたことだが、奈良六宗に対して空海はそのすべてを密教的に鍍金したのではなかった。東大寺の華厳宗のみにそれをほどこした。他は捨てておいた。それについての理由としてかれがのちに書いた『十住心論』において自分の思想からみた六宗を明確に定義しているのである。密教を最高唯一のものとし、他の宗旨はそれへいたる途上のものでありえても至上のものではないとするもので、華厳のみを近似値であるとする。他はよほど遠いとし、また天台宗にもふれ、これも華厳よりも下であるとした。空海の生存中は天台宗をふくめてこれに異論をとなえる者がひとりもいなかったのは、各宗に不服がなかったということではないであろう。空海の『十住心論』の思想的精緻さに圧倒され、沈黙をせざるをえなかったことが理由とおもわれる。

空海の死後、ようやく天台宗第五世の座主円珍（智証大師）が『十住心論』の理論における五つの欠点を指摘し、天台と真言に優劣深浅はない、と反駁した。円珍は、讃岐のひとで、ひどく奇異な印象ながら空海の血縁である。かれはどういうわけか、空海のひらいた真言へゆかず、天台の叡山に入った。のち入唐し、前後六年在唐し、最澄に欠けていた密教を学び、兄弟子の円仁とともに天台宗における密教部門を確立した。最澄が唐でも得られず、空海において得られなかったものを、空海の血縁が、両人の没後、あらためて唐から導入してそれを塡めたということは、多少劇的なものを感じさせる。

ともかくも、空海は奈良の東大寺に密教的鍍金をほどこしはしたが、しかし東大寺の僧に付法して真言密教のすべてを譲ろうとはしなかった。それを、最澄に待った。すくなくとも乙訓寺の段階では、空海は恵果からゆずられたがごとく最澄にことごとくゆずろうとした。しかしながら最澄は天台に固執し（最澄にすれば当然だが）、密教を受容するにおいても片手間――というより天台を柱とするところの教学・修法の一部門とする――態度をすてず、たえず「お庭を箒で掃きにゆかなくて申しわけない」と弟子らしい仕え方をしないことを恐縮しつつも空海から筆授で学びとろうとする自分を変えなかった。ひとつには、本来、顕教的性格ともいえそうな最澄には、密教そのものの気分が理解しにくく、これでいいのだとあたまからおもっていたのかもしれない。

そのつど、借経のなかだちをする泰範が、空海と最澄のあいだにはさまって、こまったにちがいない。

——あの叡山の人は、わかっていないのではないか。

空海は、泰範に最澄に対する苦情をきびしくいったはずであった。泰範もまた空海のそのことばを最澄に告げたはずであった。でなければ、前章で触れた最澄の空海への手紙における弁明のことばが、ああもあらわな——決して写して盗みとろうとするつもりではない——などという表現で書かれるはずがない。最澄はその手紙の末尾に、「具《つぶさ》ニ泰範仏子ニ知ラシム」自分のわるい意図を持っていないことはくわしく泰範に話しておいた、泰範からきいてほしい、と空海にいっている。こういう極端な表現で手紙が書かれねばならないほど、空海の態度は硬化しはじめていたのであろう。

——私はあのひとに伝法をおこなう約束をした。しかしいまはそのつもりはない。

とまで、空海は泰範に洩らしたかとおもえる。

「あのひとには、縁がないのだ」

と、空海がいったかどうか。

というのは、さきに空海が、高雄山寺で最澄に対し持明灌頂をほどこしたとき、灌頂の重要な行法のひとつである投花の儀式もおこなった。最澄は目かくしをしてすすみ出た。指に花をはさんでいる。それを、地に展べられた多くの仏たちの画像の上に投じ、生涯の念持仏をきめるのである。空海は長安の青竜寺で恵果のみちびきでこれをやったとき、各種の灌頂においてつねに大日如来の上に落ちた。恵果は「不可思議々々々」とよろこんで言ったというが、いうまでもなく大日如来は真言密教の中心の座にすわっている。むかし不空の投花も大日如来の上に落ちたという。空海もそうであり、伝法をうける受法者は大日如来の加護にこのようにきらきらとつつまれているのかというのが、恵果の感動であったにちがいない。しかし高雄山寺では、最澄の投花は、はしのほうの仏の上に落ちた。十一月の金剛界灌頂では金剛因菩薩のうえに落ち、十二月の胎蔵界灌頂のときは宝幢《ほうどう》如来のうえに落ちた。最澄はなにか、へまな感じのするひとであった。空海は、伝法の法機が最澄において熟していないと見たであろうことは、この点でもほぼ想像できる。

しかしながら最澄においては、そういうことは頓着がなさそうであった。空海のもとにしきりに使いを出し、経を借り出しつづけた。

弘仁四年になり、やがて夏も近づくころ、最澄は使いを送り、時候見舞のために絹一疋などを贈ってきた。このときも、多くの経論の借用を乞うている。最澄は空海の請来目録をもっているために、高雄山寺の経蔵にどういう経や論があるかを知っているのである。そのなかに、最澄の専門の天台関係のものまであった。最澄は自分がもっているものと校合したい、というので、それをのぞんだ。空海は、乞われるままに貸し出した。その書目は、天台大師の文句十七巻、湛然の文句記十七巻、貞元目録十巻などである。

そのときの手紙に、

――なにとぞ伝法灌頂を授けていただきたい。

と、最澄のほうから要求するところがあった。手紙の日付は、弘仁四年四月十三日である。

「孟夏、漸ク熟ス。伏シテ惟《おもんみ》レバ、遍照闍梨瑜伽、道体安和ナリヤ。……」

からはじまって、

去年、期スルノ所ノ悉地之月ハ、来月ニ当レリ

と、催促している。去年、高雄山寺において空海が最澄に授けた灌頂は、最澄の期待に対し、持明灌頂の段階しかなかった。そのとき最澄は伝法灌頂はいつ授けていただけましょうか、ときいたのであろう。空海はつい、来年の五月にでも授けてあげましょう、といったのかもしれない。悉地之月とは、法をことごとく授けてもらえる月、という意味らしく、「それがもう来月ということになります。お忘れではないと思いますが」という意味のことを、最澄はみじかい文章に託し催促している。これに対し空海がどんな応答をしたか、かれの返事が残っていないために――織田信長の叡山焼打のとき、古文書のほとんどが灰になったといわれているが

——よくわからない。

想像はできる。空海が否でも応でもない返事をしたに相違なく、げんに伝法灌頂を授けず、あとほどなく断交にちかい状態に入る。

最澄においては、空海と断交するなどという気持はまったくない。

もっとも最澄の感情は、泰範に集中している。この時期の泰範の様子をみるに、高雄山灌頂以来空海のもとにゆきっきりになって、もはや最澄のもとに帰って来そうにないことが、たれの目にもあきらかになっていた。泰範が空海とその法流に魅せられていることはどうやらたしかなようだが、それにしても最澄とその法流をそこまで好まないというのも、異常なばかりである。たとえば泰範にして密教が好きというなら、天台にも遮那業《しゃなごう》という密教部門がある。げんに泰範はそれを学ぶために空海のもとに委託生として留学しているのである。叡山にかえっても遮那業に専一できるはずであるのに、そこまで帰ることを拒むというのは、最澄に対する感情であるかともおもえる。それだけに、最澄も、感情的になっていた。

弘仁四年の六月十九日付の泰範あての手紙では、最澄の自署は、

「被棄老同法最澄状上」

とある。棄てられた老人である同法の最澄、と最澄自身がいう。被棄老というのもあわれであるが、泰範よ、あなたと同法であるはずの最澄、とことさらにいうこの人物に、一大体系を開創する雄々しさの半面の性格が、ひどく文学的でありすぎることを、そぞろににおわせる。

この手紙の用件は、最澄が泰範にあずけてある『止観弘決《しかんぐけつ》』という書物を返却してほしい、というものであった。止観というのは天台の行法のなかでももっとも重要なもので、高雄山寺に居っきりの泰範には不要のものであろう。

公ニ於テハ用無シ。我ガ宗ニ於テハ深要ノ者ナリ

と、最澄はいわでもの厭味を、泰範にのべている。元来、最澄の書簡文はその人柄に似て清朗なひびきを感じさせるが、こういう表現はめずらしいといってよく、このことは前後の両人の関係事項から察し、怒りというよりも拗ねているといったほうがあたっており、むしろ最澄の泰範への想いの濃さのあらわれといっていい。しかしながらひとたび気持の冷めてしまった泰範にすれば、最澄のこのような情の深さがやりきれなかったかもしれない。

この間《かん》、空海は高雄山寺の居室に常住いることはない。空海の文雅を愛する嵯峨天皇がかれをよぶこともあり、またこの時期もなお東大寺別当を兼ねているために奈良へゆくことも多い。

奈良といえば、この年の正月に、興福寺の境内に南円堂を建てている。この南円堂をたてるについては、空海は入念であった。かれ自身が建物を設計し、奈良への往還のたびに工事を監

督し、またみずからのみをとって仏像を彫《きざ》むなど、建立についてのいっさいを自分でやった最初のものであり、さらには、小規模ながらも当初から密教式につくられた堂祠の最初のものであった。本尊は不空羂索観世音だが、正面の左側に、密教の祖たちの画像をかかげた。善無畏、玄奘、不空、金剛智、おなじく右側に、一行、恵果などの像をそれぞれかかげた。空海にとって高雄山寺は和気氏からの借りものであり、東大寺は任地であるにすぎないが、小規模ながらもかれは南円堂において自分の思想の具象化を、建物とその内部においてはじめて表現した。

奈良の興福寺は、藤原氏の氏寺である。

藤原北家に、藤原内麻呂という老人がいた。空海が帰朝したときの右大臣であり、性格がおだやかで、ひとびとは長岡大臣《おとど》とよび、物事に消極的ながらも誤りをおかすことのない人物だとされたが、空海の評判をきき、高雄山寺にきて、藤原氏の官界における衰微をなげいた。藤原氏にして官にある者は三、四人にすぎぬ、と言い、御坊の新宗旨は現世においても秘法をもつという、どうか家運を旧のように盛んならしめることはできないものか、といった。

「不空羂索観世音を供養し給え」

と、空海は、医師が患者に投薬するようにいった。これが仏教であるとすれば釈迦自身がおどろくであろうが、密教はインドにおいて発生した早々から、その思想のなかに濃厚に現世利益があり、この現世利益の功験《くげん》をもって唐の宮廷でも道教と競い、その評判が日本の宮廷につたわって、帰朝早々の最澄が、顕教家であるにもかかわらず、密教の行者であることを期待され、強制されたのである。そのことが、最澄の後半生の思わぬ不幸になったが、最澄自身、この不幸に気づかず、むしろ密教に憧憬したことが、かれの苦渋をいっそう深くした。

いずれにせよ、空海は藤原内麻呂に不空羂索観世音を供養することをすすめた。内麻呂はよろこび、それを本尊とする南円堂の設計を空海にたのんだ。もっとも内麻呂自身、空海が最澄に高雄山で灌頂した年に老死しているから、両者の交渉は、時期としてはきわめてみじかい。ところが、内麻呂の子の冬嗣が、すでに官界で活躍していた。冬嗣は亡父の遺志によって空海に近づき、あらためて南円堂の建立方を懇望した。

空海はその母系から出た玄昉の失敗が脳裏にあるのか、政治家とのあいだにはかならず溝は設けていた。かれらから恩をうけることを避け、恩を売ることのみを心掛けたようであった。南円堂は、このようにしてできた。藤原北家の家運はこのころからめざましいほどに隆盛になった。そのことは冬嗣の手腕のしたたかさによるが、しかし世上は、南円堂が建立された功験によるものであるとし、藤原北家は空海に対し、格別な敬意をもってのぞむようになった。

南円堂の建立は、このとし（弘仁四年）の正月で、内部のすべてができあがったのは、おそらく夏ごろであったであろう。この建立や空海をめぐって、京でも奈良でも、にぎやかな評判がさざめいていた。しかし最澄のまわりは、その手紙類を見ただけでも、暗く冷えている。最澄が、泰範にあてて「被棄老」などといい、涙まじりの拗ねた手紙を書いたのも、このころであった。最澄にとって、陰鬱な時間がつづいているように思える。

二十六

最澄はくらやみの中で手さぐりするようにして、密教を模索している。かれは空海に対し高雄山寺にゆかないことをつねに詫びつつ、しきりに空海から経を借り出し、文字によって密教を知ろうとしていた。密教は、宇宙の原理そのものが大日如来であるとし、その原理による億兆の自然的存在、およびその機能と運動の本性をすべて菩薩とみている。さらにはすべての自然――人間をふくめて――は、その本性において清浄であるとし、人間も修法によってまたその本性の清浄に立ちかえり、さらに修法によって宇宙の原理に合一しうるならばすなわちたちどころに仏たりうる、という思想を根本としている。このため文字のみによる密教理解を「越《おっ》三昧耶《さんまや》」として甚だ憎む。

最澄は「筆授」を専一としていることにおいて、越三昧耶を犯しているかのようである。

最澄という聡明な器は、そのことを十分理解していたであろう。しかしながら最澄の肝要としているところは密教についての知識的理解であり、密教によって仏になろうなどということとは、すこしも考えていなかったことである。かれはすでに天台教学を得ていた。空海が一概に顕教として卑《ひ》く見ているこのぼう大な体系は、行の面でいえば現象に接してその本質を見ぬく——止観——によってみずからを透明にしてゆくという法であった。最澄は入唐以前からこの天台宗こそ釈迦没後の仏教教学の飛躍発展した最上のものと信じていたし、それを最澄なりに整備することに自分のすべてを賭けていた。

最澄は空海に対し、みずから弟子と称して接してはいるが、しかし空海に接してその法によって即身成仏しようという気などさらになく、この点、最澄という人物には、その柔和な外貌とはうらはらにいかにも天台宗の確立という大事業を志すだけのしたたかさがあった。最澄は、かれ自身の成仏のためでなくかれの事業のために空海に接していた。かれは唐からもたらした天台の体系のなかに、あらたに禅の部門を入れ、また律の部門を入れようとしている。それとおなじ思考の水位で真言密教の部門を入れようとしているわけであり、この体系を完成することによって、天竺にも唐にもない大乗仏教の道場を叡山に確立しようとしていた。こういうかれにとっては、文字で密教を理解しよう——筆授——という姿勢は当然なことであったかと思える。

その最澄に、

——真言密教の神髄は理趣経にある。

ということを、たれが教えたのか。理趣経という経の名については空海の『御請来目録』にも出ている。最澄はその目録を筆写して手もとにもっている。最澄がその経典の名を知っていて当然であったが、しかしその重要さについては教えられずに知るわけはなかった。最澄はそれを越州で教えられたか、あるいは高雄山寺の空海のもとに留学のかたちであずけてある弟子たちから耳打ちされたか、いずれにしても、借経される側の空海にすれば、これを自分の教義の秘奥の経典としているだけに、最澄が不空訳の『理趣釈経』を名指しで借りだしにくることをひそかにおそれていたにちがいない。

しばらく、事の進行から、筆を外らせたい。

密教が、その源流の地であるインドにおいて空海のこの時期にはすでに衰弱し、かわって猥雑な民間信仰と習合したバラモン思想――インド教――がさかんになりつつある。それにつれてインドにおける密教は変容し、インド教に似て性欲崇拝の濃厚なものになり、やがてチベットへ伝わり、ラマ教になるのだが、ラマ教は密教という点では空海が遺した真言密教とのちがいは無いといっていいいであろう。しかしながら両者は神秘性の表現においてははなはだ異っている。ラマ教は、インドで衰弱段階に入ったあとの左道密教といわれるものに相似し、性交をもって宇宙的な原理を表現することに於て強烈であるが、空海がもたらした密教はそういう思想を内蔵しつつも教義全体の論理的筋肉がまだわかわかしく、活動がなお旺盛で、性欲崇拝へ傾斜するような傾向は外容からはうかがいにくい。

しかし空海の没後、数百年を出ずしてかれの密教も左道化した。「真言立川流」とよばれる密教解釈が、平安末期から室町期にかけて密教界に瀰漫し、とくに南北朝時代にはその宗の指導者である文観《もんかん》が後醍醐天皇の崇敬をうけ、立川流が密教の正統であるかのような座を占めたことなどを見ても、空海の体系には、性欲崇拝を顕在化させる危険が十分内在したというべきであろう。

中世末期に性的宗教化した空海の末流の説くところは、一例としてあげれば、たとえば男女が交会したときの姿が、すなわち五鈷杵《ごこしょ》であるという。ついでながら五鈷杵とは金剛杵《こんごうしょ》の一種で、古代インドの武器であったものを、密教では煩悩をくだいて菩提心をおこさしめる密具として用いた。三種類あり、独鈷杵《どっこしょ》、三鈷杵、それに五鈷杵である。空海は長安の青竜寺で恵果から法統を受けたとき、法具いっさいも恵果のさしずによって調製され、それらを経典、絵図などとともにもち帰って高雄山寺に置いた。その写しがひろがり、かつ伝えられたもののひとつが、五鈷杵である。中世末期の密教僧はこの五鈷杵の形から空想して男女交会のかたちをあらわすとし、とくに愛染明王がもっている五鈷杵を「人ノ形ナリ。人ヲ二人合シタル形ナリ。中ハ頭ナリ。二ハ左右ノ手ナリ。又下ニアルハ二足ナリ」とし、「合スレバ二根交会シテ大仏事ヲ成《じやう》ズト理趣釈ニアルハ是レナリ」（『宝鏡鈔』）などと説かれるにいたる。

例をあげる。

問フ、何故ニ当段ノ、淫欲即チ是道ノ法門ト説クヤ、ト。答ヘテ云フ、其ノ意甚深ナリ、所謂観自在菩薩ノ右手ノ蓮花ハ是レ一切衆生ノ胸中ノ八弁ノ心蓮也。然ルヲ彼ノ蓮ハ、最初入胎之時、二水和合シテ妄情其ノ中ニ託ス。然シテ後ニ漸々暦五位ヲ経、人体ヲ成ス（『加古衣面授記』）

などという思想は、密教の妙諦は男女の交会以外にこれをもとむべきではないというところへ発展し、交会についてのさまざまな行法まで流布されるにいたる。

それらの思想の典拠は、空海がもたらした『理趣経』および『瑜祇《ゆぎ》経』『菩提心論』にもとめられているが、空海自身、これらの性欲の肯定――さらには性欲および性交こそ菩薩の位であるとする経文――について、どのように説いていたのか、かれの文章がのこっていないためによくわからない。おそらくかれは、後世、立川流に反論する密教家のように単にそれを比喩であるとはいわなかったであろう。しかし立川流が説くようにそれそのものが成仏の行法であるともいわず、論理家である空海はこれらを単に論理の構成材として用い、それそのものが直ちに単独に原理として活用できるようには述べなかったかと思える。

『理趣経』は、正称は『大楽金剛不空真実三摩耶経』もしくは『般若波羅蜜多理趣品』という。歴史的には、『大日経』よりも遅く成立し、それゆえに即身成仏と大楽《だいらく》を究極の目的とする密教経典のなかでは高い価値をもつとされ、すくなくともチベット仏教においては『大日経』よりも高い位置をもつかのようである。理趣とは条理という意味であろう。般若という真実の智恵をたよりにして解脱に到着する条理というのが、この経典の題名の意味である。空海はおそらくチベットの密教僧とは異る意味でこの経典を重んじ、高雄山寺においても、のちの東寺においても、さらには高野山においても、日夜読むべき常用の経典とした。

常用の経典である以上、最澄にすれば、これを借り出すのに、当初、さほどには困難を予想しなかったにちがいない。

最澄が空海に手紙を送って『理趣釈経』の借覧をもとめたのは、弘仁四年十一月二十五日のことである。

といえばかれが空海から借経しはじめてから——最澄が筆授で密教を学びはじめてから——五年を経ている。最澄の筆授的知識は相当すすんだであろう。進んでついに奥儀に入り『理趣釈経』を借りるに至ったかとも思えるが、しかしそうでもないかもしれない。最澄は借りる書目について『新撰文殊讃法身礼方円図』ならびにその義注というのをさきにあげ、そのついでともとれるように、『理趣釈経』を書き添えているのである。何気なかったのであろうか。

もっともその手紙の余白に、追伸として、意味重くとってもいい文章が書かれている。

「あなたの弟子である私に異心がないのは諸仏の知るところです。お見すてのないよう願いあげます」

という意味のみじかい文章だが、これはいつもながらの最澄の鄭重すぎる文飾であるかもしれない。かといって異心などという重い言葉をわざわざ使って自分の涼やかさを示すというのは、尋常ではないと思えたりする。

もっとも、一般的にいえばこの当時の漢文の文飾は、まことに過剰である。

たとえば空海のこれに対する返事の文章の冒頭もそうで、

書信、至ツテ深ク下情ヲ慰ム。雪寒シ。伏シテ惟《おもんみ》レバ、止観ノ座主、法友常ニ勝レタリト。貧道量リ易シ。貧道、闍梨ト契レルコト、積ンデ年歳有リ。常ニ思ヘラク、膠漆之芳《かをり》、松柏トトモニ凋マズ、乳水之馥《かをり》、将《まさ》ニ芝蘭トイヨイヨ香シ……此ノ心、此ノ契、誰カ忘レン、誰カ忍ビン。……

と。まことにきらびやかであるが、この毛彫りのような過剰装飾こそ六朝から唐朝につらぬいて流行している四六駢儷体の文化意識そのものともいえるであろう。最澄の異心うんぬんもまた、この文化意識のなかのものかもしれない。

しかしながら空海の文章においては、この文飾がほどなく終る。文飾の裘《かわごろも》がはねあげられたあと、匕首がにぎられているのである。

空海は、最澄の使命を指摘する。

顕教一乗ハ、公ニ非ザレバ伝ハラズ

最澄を公とよぶ。顕教——天台宗——はあなたを措いてこの国に伝わらない。あなたの使命はそこにある。ひるがえっていえば、秘密仏蔵（真言密教）をこの国に根付かせるのは自分の誓うところである、ともいう。

秘密仏蔵ハ、唯我ガ誓フ所ナリ

あなたと私は、たがいにこの本分、領域、使命を守ってゆく以外手がないではないか——彼《ひ》此《し》、法ヲ守ツテ談話ニ遑《いとま》アラズ——と空海はいってしまっている。かつて空海は四十歳になるとき、乙訓《おとくに》寺で最澄に対し、自分の寿命も永くはない、「所持スル真言ノ法ハ、最澄闍梨《じゃり》ニ付嘱スベシ」——ぜんぶ譲ると明言し、最澄をよろこばせた。しかし今ここで空海は決定的に前言をひるがえしている。このことは、空海の理屈でいえば罪は自分にない、罪はお前さんにある、という。真言秘密の仏蔵の伝授は筆授になく行法——三昧耶——にあると空海は何度もいってきたが最澄はそれに従わず、強いて筆授を強行してきた。まことに越三昧耶の罪ではないか。最澄は罪をかさね、ついに『理趣釈経』の借経を願うにまでおよんだ。空海は当惑せざるをえないであろう。空海にすれば、三昧耶を行ずることなく『理趣釈経』を文章だけで読まれてしまえば真言宗というのは要するに男女の合歓をもって大日如来の原理の象徴とするのかとそのままに受けとられてしまうおそれがある。そこで空海は返事の文章において、あなたは顕教でゆくがよい、いたずらに私の領域に踏み入るようなことはあきらめたほうがよい、といわざるをえなかったかと思える。

さて、空海は、返事に言う。

忽チニ封緘ヲ開キテ、具サニ理趣釈経ヲ覓《もと》ムルコトヲ覚《かく》ス。然リト雖モ、理趣ハ端多シ。疑フラク、求ムル所ノ理趣ハ、何レノ名相ヲ指スヤ

あなたは理趣経々々々といっているが、理趣経も多々ある、理趣経のなかのどういう章をあなたはもとめているのか、と空海は最澄の無知をあざけるというには重すぎる調子でいう。そもそも理趣経の大きさというのは、と空海は、「天モ覆フ能ハザル所、地モ載ス能ハザル所」と言い、であるためにその中の一句や一偈だけをとりあげてそのすべてを尽くすというのは

何人も可能でない、あなたはどういうつもりなのか、とも空海はいう。

「自分は不敏であるが、自分の大師が訓えたところをいまから示す。だからよく聴け」

と、いう。

よく聴け、というのに、「汝ガ智心ヲ正シクシ、汝ガ戯論ヲ浄メ、理趣ノ句義、密教ノ逗留ヲ聴ケ」というように空海は書いている。先刻まで空海は最澄を「公」という尊称でよんでいた。いま一転して汝という、非敬語にかわっているところ、文章感情の溢出した勢いで、やむを得ないかもしれない。

理趣の妙句をことさらに掻いつまんで言うに――と空海はいう。


且《しばら》ク、三種有リ。一ニハ、聞ク可キノ理趣、二ニハ見ル可キノ理趣、三ニハ念ズ可キノ理趣ナリ。モシ、可聞ノ理趣ヲ求ムレバ、聞ク可キ者《は》則チ汝ガ声密《せいみつ》是レナリ。汝ガ口中ノ言説即チ是レナリ

聞くということはお前の声から聴け、これが声密というものである。また可見の理趣については、

見ル可キ者《は》色《しき》ナリ。汝ガ四大等、即チ是レナリ

と、いう。可視的な理趣とは、要するに目に映ずる万物の現象である。もっと端的にいえばお前さん自身の肉体を見ればよい。他人の肉体にもとめてはいけない。

さらに、

「念ズ可キ――可念的な――理趣トハ」

と、空海はいう。

汝ガ一念ノ心中ニ、本来、具サニ有リ。更ニ他ノ心中ニ索《もと》ムルヲ須《もち》ヒザレ

要するに理趣とは、お前の声に密があり、お前の目に密があり、お前の心に密があるということである、お前自身を離れて他に密があるとおもうな、理趣とはそういうことである、という。

また理趣には、心の理趣と仏の理趣と衆生の理趣の三種がある、ともいう。

モシ心ノ理趣ヲ覓ムレバ、汝ガ心ノ中ニ有リ。別人ノ心ノ中ニ覓ムルヲ用ヒザレ。モシ仏ノ理趣ヲ求ムレバ、汝ガ心ノ中ニ能ク覚者アリ、即チ是レナリ。……モシ衆生ノ理趣ヲ覓ムレバ、汝ガ心ノ中ニ無量ノ衆生有リ。其レニ随ツテ覓ム可シ

理趣はすべてお前自身の心の中にあるのだ、と言い、しかしながらそれをもとめるには行法をせねばならぬ、お前がやっている筆授ではどうにもならぬ、ということを空海は言外にいっている。

空海は、三密という。三密という言葉と思想は、空海がもたらした。人間の活動機能を身と口《く》と意の三業《さんごう》にわけているが、宇宙の原理にも身と口と意——三密——というはたらきがある。人間の三業は本来宇宙の三密と本質として同じであり、さらには行者の行法しだいでは自分自身の三業を宇宙の三密にまざまざと一体化することができる、という。このことは、行法としても思想としても、密教の真髄を端的にあらわしているといっていい。

「お前は理趣釈経などというが、お前の三密がすなわち理趣ではないか。おなじ意味で、私の三密も釈経なのである。私がお前のからだを得ることができないように、お前も私の体を得ることができない。繰りかえすが、お前は理趣釈経という。お前は誰にそれを求めるのか、求めようがあるまい。また私も誰にそれを与えるのか、与えようもないことだ」

と、空海は、措辞、簡潔にいう。

しかしその叙述法はくどいほどである。

「又、二種有リ」

と、いう。

汝ガ理趣ト我ガ理趣、即チ是レナリ。モシ、汝ノ理趣ヲ（汝自身が）求メントセバ則チ汝ガ辺ニ即チ有リ。（汝は）我ガ辺ニ求ムルヲ須《もち》ヒザレ

最澄はこれをよんで、このあたりにくればもうわかったと頭をかかえこんだかもしれない。さらに、空海はいう。

「私が理趣を求めようとする場合、その私（我）とは何か。我に二種類ある。一つは五蘊《ごうん》（人間の心身）という我である。ただしこれは仮りの我にすぎない。もう一つの我は、無我の大我である。もしそれ、五蘊の仮りの我に理趣を求めれば、本来仮りの我であるから実体がない。実体がなければ何によってこれを得ることを覓められるであろう。無意味である。しかしいま一種類の我――無我の大我――にこれを求めれば、すなわちそれこそ遮那（毘盧遮那仏《びるしゃな》――大日如来）の三密である。遮那の三密はいずれの処にあるか。それはすなわちお前自身の三密がそれではないか。決して外に求めるべきではない」

空海は右のことを、さらに表現を変え、繰りかえして初学者に説くように説いている。この文章は単に最澄への返書というよりは、おのずから空海の密教論をなしているといっていい。

空海は、最澄が、経典を読むのみで法にさだめられた修法をしていないことを責めつつも、

夫レ、秘蔵ノ興廃ハ、唯汝ト我トナリ

密教の興廃をになっているのはお前と私だけではないか、と声をはげましていっているのである。空海はなお最澄があらためるのを待つというつもりだったのであろう。ただちに最澄をすてるつもりでこの手紙を書いたのではないように思われる。

必ズ三昧耶ヲ慎ムベシ。三昧耶ヲ越スレバ、則チ伝者モ受者モ倶《とも》ニ益ナシ

このことを繰りかえして、

我モシ非法ニシテ伝ヘバ、則チ将来求法《ぐはふ》之人、何ニ由ツテカ求道之意ヲ知ルヲ得ン。非法ノ伝受、コレヲ盗法ト名《なづ》ク。則チ是レ、仏ヲ誑《あざむ》ク。又秘蔵ノ奥旨ハ文ヲ得ルコトヲ貴シトセズ。唯、以心伝心ニ在リ

さらに繰りかえして、

文ハ是レ糟粕。文ハ是レ瓦礫ナリ。糟粕瓦礫ヲ受クレバ、則チ粋実至実ヲ失フ

またさらに最澄の態度を暗喩して、「古ノ人ハ道ノタメニ道ヲ求ム。今ノ人ハ名利ノタメニ求ム」といい、「名ノタメニ求ムルハ求道ノ志ニアラズ。求道ノ志ハ己《おのれ》ヲ道法ニ忘ル」と匕首を傷口に揉みこむようにして繰りかえしている。仏法においては最澄の法臘がまさり、空海はいうまでもなく後輩である。ただ密教についてのみ空海は最澄にまさる。密教に関するかぎり最澄の越三昧耶の不心得をさとすのは当然であるとしても、わざわざ俗世の倫理である儒教のことばをかりてまでして最澄をさとすのは、やや礼を欠くといわねばならない。

しかしべつに見方をとれば、空海の論理家としての執拗さのあらわれといえるかもしれない。かれはこの返書において、さらになお表現をあらためて最澄に説くのである。

「お前のように、途《みち》に聞いて途に説くのは、孔子もこれを聴《ゆる》さなかった」

と、いう。このことは『論語』にある。道できいた他人の言説をすぐ道でうけ売りするという意味であろうが、『論語』においてはこれは道聴塗説と書かれている。この場での空海は途聞途説と書いている。空海は論を組みあげ論を述べるに急で、典拠するところにいちいちあたる余裕もなく、それだけに行間に空海の切迫した荒い息づかいがきこえるようでもある。

——お前がやっているように。

と、怒りを言外にひびかせつつ、

「百年、八万の法蔵を談論しても、三毒の賊を調伏することはできない」

と言い、まず信ぜよ、という。

信ずるということについては、

「学ブモ信修無クンバ、益ナシ」

と空海はこの手紙で言っている。

この手紙が空海の最澄に対する絶縁状でないことは、末尾に、最澄にしてもし教えのごとく修観するならば、自分のもっているところのものを教えるのに、「誰カ秘シ、惜シマン」と言っていることでもうかがえるし、さらに最後に、

努力自愛セヨ

と結んでいることでも察せられる。

最澄がこの借経の拒絶と激越な誨論――というよりもときに攻撃にちかい文章――を送りつけられてきたとき、どういう反応を示したかは、最澄自身のこれに関する手紙がのこっていないためにわかりにくい。ただ『依憑天台宗序』に、最澄自身のみじかい感想が書かれている。

……新来ノ真言家、則チ筆受之相承ヲ泯《ほろぼ》ス

と、いう。

空海のことを、最澄が手紙で書くときのようにここでは師とはいわず、単に「新来ノ真言家」というだけの客観的表現で突きはなしているところが最澄の感情のあらわれが窺えるようでおもしろい。新来という。真言密教は空海によってもたらされたから新来というのはおかしいが、しかし最澄がまず越州の密教をもたらしたことを思えば新来といえなくはない。さらに最澄は筆授の相承が日本文化の伝統のような気分でここでその言葉を使っている。たしかに、奈良朝以来、唐文化全般を受容すべくつとめてきた日本としては儒仏道あるいは書画その他ほとんどの分野にわたって書物によって――筆授で――それをうけ容れた。その日本文化の伝統を新来の真言家はほろぼしてしまった、と最澄は長歎息するようにいうのだが、ひるがえってみればこの長歎息に最澄の我のつよさを思わざるをえない。

最澄は、空海が雄大とさえいえる密教論を展開し、くどいばかりに密教はその本質として筆授ではなく如法修行によって伝えられるべきものだと説きに説いたことをまったく無視し、

「あいつは、筆授で外来文化をうけ入れるという日本の伝統をほろぼしてしまった」

と、一言で片づけた。

最澄はその後も空海と文通があり、信交を絶った形跡がない。ただ最澄は、空海が教示した

がごとくに以後態度をあらためるなどとは言っておらず、事実、最澄は最澄としてつらぬいている。最澄もまた苛烈であった。


もっとも、この手紙以後の最澄の変化は、空海を仰いで密教の師とする態度をすてたことであろう。空海が右の手紙の冒頭に公《あなた》は顕教一乗を伝えることに専念せよ、という陰翳を持たせて書いた文章のとおり、最澄は、

「あなたがそういうなら、私は以後、あなたに密教を学ぶことはひかえる」

ということを、荒立てて口外こそしないが、外貌はごく柔和をつとめつつも、態度でそう決したにちがいない。

ただ、それが交友の断絶にまで至らなかった。断交になるのは、二年半のちのことである。

二十七

愛などとは、いかにも唐突だが、仏教においてはかならずしも高貴な感情とはされない。覚者の境地としては、むしろ愛から止揚されて純化した慈悲という普遍的な精神とはたらきが尊ばれ、なまの愛はほぼ否定される。ときに、極端に否定される。貪欲、妄執、とおなじ内容としてとらえられ、さらには、男女が相擁して離れがたく思うという性愛としてとらえられる。

しかし、愛が、人間の精神がもつうまれついての感情である以上、最澄ほどの旺盛な感情のもちぬしは、当然ながら尋常よりも多量にそれをもっていたにちがいない。ただ最澄は、以下のことはあたりまえではあるが、かれの本能の対象になる特定の異性はいなかったし、居るも居ないも、僧としての最澄の生涯の目的のひとつはそういう本能を浄化することにあった。しかしながら、本来、豊富な感情をもつ最澄が、自分の胎内の大自然である愛の始末を、棚に物でもほうりあげるようにごく簡便につけていたとは思えず、自分でもそれが愛とは気づくことなしにその対象を見出していたということも、十分ありえたのではないか。

最澄の場合、弟子泰範への感情と執着が、あるいはそれに似ている。これは性愛に隣《ちか》いものなのか、それとも天台宗を樹立するための使命意識から泰範をやみくもに必要と感じつづけたのか。

ともかくも泰範は、この時期、最澄のもとにもどらずにいる。空海に近侍し、高雄山寺の泰範自身の部屋に起居しているのである。

泰範は、どういう容貌をもった、たとえばどれほどの背丈の、どんな性格の人物だったたか、よくわからない。出自についても、不明である。

年齢だけが、かろうじてわかる。のちに京の東寺が空海の所管になり、真言密教の道場になるのだが、その東寺の承和四年の定額僧交名に、かれは「年六十、臈三十六」と記録されているのである。逆算すれば宝亀八年のうまれになる。最澄より十一歳下であった。

その得度の年齢は右の「臈三十六」から逆算して、延暦二十一年、二十五歳のときである。得度は、どうやら奈良の元興寺《がんごうじ》でおこなったらしく思える。

元興寺は南都七大寺の一つにかぞえられ、境内が四町四方あったほどの大寺だったが、その後、溶けるようにほろびた。泰範の得度したころは元興寺の盛んな時代であった。寺は池をはさんで興福寺の南にあり、両寺の輪奐が池に映えて美しかったであろう。この寺は法相の学問がさかんであったために、若いころの最澄もその分野を学ぶためにしばしばここに錫をとどめた。最澄が泰範をはじめて見たのは、この寺においてだったにちがいない。

とすれば、両人がはじめて出会ったのは、泰範の二十五歳、得度したばかりの延暦二十一年であらねばならない。なぜなら、最澄は——当時、三十六歳——この延暦二十一年の九月七日に入唐が許されるのである。そしてその翌年三月に難波を船出する。最澄の生涯で、もっとも希望にみちた時期であった。

「いま、日本国に定着している仏法は、論であるにすぎない」

と、若い最澄は昂揚していったであろう。また、こうも言ったかもしれない。

「仏法は経が基礎になっていなければならず、要するに解脱のための大いなる体系が日本国には存在しないのである。それは、唐の天台山にある。私は波濤をこえてそれを日本国に導き入れたいという大志をもっている。あなたは、どう思うか」

泰範は、最澄ほどの人物が見込むだけに、得度早々ながらも、よほどの英才であったとおもわれるし、それに、はやくも既成仏教に疑問をもっていたのではないか。疑問をもっていなければ最澄の志に触れて何事かを誘起するはずがなく、得度早々の若さでそれほどの知的活動力をもっていたとすれば、おそらく早熟のきらきらしいばかりの印象を最澄にもたせた若者だったのであろう。

最澄は、この泰範に会って早々に渡唐してしまう。出発前に、最澄は泰範を相手に、ともに新仏教を興そうと誓いあったというのである。当時、最澄は桓武天皇の侍僧（内供奉十禅師）

であり、叡山を建設中で、いわば仏教界を圧していた名士であった。それほどの立場の最澄が、得度早々の若僧を新仏教の同志として相契ったというのは、若い泰範への尊敬のほかに、多少は愛の感情があったのではないか。

つぎに、最澄の消息に泰範が登場するのは、大同五年（弘仁元年）である。その正月十九日付の文書をもって最澄は、叡山の秩序のために「応住持仏法」と名づける三章を定め、あらたな人事秩序を確立した。

つまり、泰範と経珍のふたりを学堂の学頭にした。経珍よりも泰範の名をさきに書いているところからみても、つぎの叡山座主が泰範であることが暗黙のうちにきめられたといっていい。泰範三十二歳である。得度してわずか七年目に叡山学堂の学頭に抜ん出られるというのは、目をみはるべきことかもしれない。

最澄は、ほとんど癖のように、この種の公式の文章においてさえ自分の体の調子の弱々しさを訴える。右の「応住持仏法」でも「最澄、知命ニ及ビ、起居不便ナリ」あるいは「最澄、心神未ダ調ハズ」などと書いている。最澄は自分の病身を理由に、一切のことは泰範と経珍のふたりにまず申し出よ、しかるのち最澄は両人からそれをきく、というのである。この処遇は、泰範が、経珍とともにすでに学頭であり、同時に行政面で最澄の申次《もうしつぎ》になったことをあらわす。

ところが、そのことは長くはつづかなかった。泰範がその翌弘仁二年には叡山を下山してしまっているのである。かれは琵琶湖西岸の高島郷の自坊に退去して出て来ず、弘仁二年八月一日付の手紙で泰範は最澄に、あなたのおそばにゆくことができない、と申しのべているのである。さらに、私の代りに雑用として使っていただきたい、といって、近士紀磨《ごんしきまろ》という俗人を最澄に貢した。雑役のための人間を貢物にするというのは中国の風で、あるいはそれが伝わったのか、この時代にはわりあいおこなわれていた。紀磨というのは、泰範がわざわざ貢ぎものとしただけに若く美しい男だったのであろう。かつ泰範はこの手紙で、「法華の講会《こうえ》に参会できない」という旨を書いている。法華の講会は、天台教学の学問上の最高の会合で、それへ出席しないというのは、天台の学徒としてよほどの事態といっていい。さらにいえばこの講会は学堂の学頭職である泰範が元来とりしきって催すべきものであることを思うと、最澄にとって泰範の態度は、これを怒るか、これを情けなく思うか、どちらかであったにちがいない。

この翌弘仁三年の五月、最澄はまだ四十半ばというのに、遺言を書いた。かれはこの国に天台宗をもたらして七年目であったが、雑事が多く、奔走に日をとられ、その教学の樹立は遅々として進まなかった。とくに最澄は、唐の天台宗の直輸入というのみではあきたらず、これに禅と律と密の三部門を加えようとしているだけに、その整備のためには体がいくつあっても足りないという状況であった。このいらだちが、かれから健康まで奪っているらしく、ともかくも自分が中途でたおれても弟子がそれを受け継ぐことができるように、その必要もあって遺言を書いたのである。
最澄はその遺言の中で、あらたな人事を公表している。空席の泰範をして叡山の惣別当たらしめるとした。最澄に次ぐ重職であったが、しかしながら泰範はよろこばず、その翌月の六月二十八日に最澄に書を送り、「謹ンデ暇ヲ請フ」と、訣別を申し出た。その理由として泰範は、その手紙の中で、「自分は破戒ばかりをして清浄の衆をけがしている。自分などが山にいることは、魚の目玉が清玉のなかにまじっているようなものである」ということを理由としてあげている。破戒とか魚の目玉などというのはこの当時の通例である文飾上の誇張だが、これに対して最澄が、「書ヲ見テ、驚痛ス」となだめの返事を書き送った文章を見ると、どうやら、叡山には泰範をきらう者が多かったのではないか。そういう事情が、ほのかながらうかがえる。
最澄の返事というのは、この稿のかつてのくだりにすこし触れた。しかし重複をおそれずにかかげる。

……何ンゾ、忽然、断金ノ契ヲ忘レ、更ニ不意ノ暇ヲ請フヤ、若シ懺悔ノ罪事有ラバ、且《しばら》ク弊僧ニ告ゲヨ。……

さらに、丈夫というものは衆口の煩を厭うものだ、しかしかといって乗りかかった法船を捨てるということはあるまい、となだめている。衆口の煩とわざわざ最澄がいったのは、他の弟子たちが、泰範のことをとやかくいうという状況が存在したのかもしれない。もっとも泰範の暇請いがそれだけではなく、最澄そのひとのそばにいることがわずらわしくなったという事情があるかのように思われるが、しかし手紙は修辞に富むのみで推測の手がかりはない。

最澄は手紙の末尾に、ともかくも会ってからのことだ――委曲ノ志ハ対面シテ具陳セン――と書き添え、泰範がやってくることを期待したが、しかし空しかった。

この年の秋に、最澄は泰範のもとに書を送り、高雄山寺で空海が灌頂を授けてくれる、ともに灌頂を受けようとさそったのである。が、泰範は来なかった。しかし二度目の灌頂（胎蔵界灌頂）のときに泰範は高雄山にきて最澄とともに受けた。最澄はよろこんだが、しかし意外なことに、灌頂がおわっても泰範は最澄とともに叡山にかえることをせず、空海のもとにとどまってしまったのである。

最澄は、泰範の心境について不安におもったであろう。

しかしすぐそれを正当化した。泰範を空海のもとに留学させているのだとした。翌弘仁四年の正月十八日、最澄は自分の弟子の円澄をも空海に貢して、密教をまなばせた。

が、泰範の気持は、冷えている。そのことは天台宗に対してなのか、叡山の仲間に対してか、あるいは最澄その人に対してか――おそらくそうであろうが――泰範自身の文字が残されていないために、それを推察しがたい。ただし最澄が、泰範に対して送った手紙は、比較的多く残されている。その手紙については、さきに触れた。たとえば泰範が、最澄が大切にしている『止観弘決《しかんぐけつ》』という天台必須の書物をもっている。「それを返してほしい。その書物は公《あなた》にはもう用が無いだろうが、わが宗門にとっては深要のものなのです」と、これは拗ねているのか皮肉っているのか、ともかくもこじれた感情をそのまま文章にして書いた末尾に、被棄老最澄、と署名しているあたり、最澄の人間風景が、目にみえるようである。

最澄が泰範に書き送った手紙のなかで、年月不詳のものが数通ある。

そのうちの一通を眺めてみると、最澄は泰範を叡山にひきもどすべく衷情をのべているが、なお師匠として卑《ひく》からぬ調子だけは残している。

「自分は、同法のあなたとともに、火に入るならば倶《とも》に入り、水に没するならば倶に没しようという気持をもちつづけてきました。しかしながら」

と言い、

「あなたは忽ちに本意にそむき、一介の同法の徒であるこの最澄を捨てられました。いかなるご事情がおありなのか、私はいまだこれを知りません。しかし以前のあなたは、八風が猛吹しようともこの最澄を助けてこられたという人です。であればこそ私はこのような思いを持つのです。もしこの最澄を憐れむ御心があるのなら、この叡山にとどまって、私と苦楽を倶にされることを、たがいに頼みあう気持をこめつつ、私の心底を申しのべる次第です」

と、書いている。


この最澄の調子は、弘仁七年五月一日付の手紙になると、模様を異にする。

弘仁七年といえば、泰範が叡山を去ってから五年、空海の高雄山寺に入って四年以上の歳月が経っている。この間、最澄は、西へ東へと旅した。最澄は自分の体系が旧仏教と異質であることを政治的にも明快にするために叡山に戒壇を設けることを国家に認めさせようとしていたが、このこともあり、かつ天台宗についての理解を地方の有力寺院に植えつけるべき目的もあって、かれの生涯での最大の国内旅行をおこなった。弘仁五年春には九州に法旗をかかげ、筑紫の観世音寺を中心に活動し、ひきつづき関東へゆき、下野の薬師寺を中心に、自分の思想についての協力者をふやすべくつとめた。

この手紙は、それらの大旅行を終えて叡山にもどってきてから書いたものである。

この手紙には、前文がある。誤写や文字の脱落などがあって、読みにくい。この前文はどうやら最澄が泰範に対するなにかの礼を述べたもののようだが、しばらく措く。その辞儀がおわってからのくだりをかかげる。

「老僧最澄、生年五十、生涯久シカラズ」

という文章からはじまる。最澄はこの年、数えて五十になった。六年後に生涯を了えるかれは、もはや久しからざるを予感していたのかもしれず、さらにはかれにとって天台宗の整備は道遠く、それやこれやで日々焦燥していたかれの心事を思うと、以下の文章は悲壮の色を帯びる。しかしながら愚痴といえば愚痴といえるかもしれない。

老僧最澄、生年五十、生涯久シカラズ。住持未ダ定マラズ。同法ハ見《けん》ヲ各《それぞれ》ニシテ、六和都《すべ》テ無シ

この時期の叡山は、卓越した学僧がおらず、たがいに見解を異にし、たがいに睦みあうことをしない、という最澄の愚痴は、これ以前の手紙にものべられている。たしかに最澄は自分の留守をまかせるべき弟子を得てはいなかった。のちに最澄のあとを継いで天台を興すことになる下野うまれの円仁はこの年、まだ二十三歳で具足戒をうけたばかりのおさなさであり、また円珍は讃岐の生家においてやっと三歳になったばかりである。空海は独力をもって自分の教学を樹立したが、最澄は協助者を必要とした。空海の場合、かれが志向したのは、唯一の原理の上に精密な論理世界をつくりあげることであり、この作業はきわめて空海の資質に適していた。最澄の場合は、空海のようにはうまく行っていない。かれは天台宗のほかにそれと一原理をなすとは決して言いがたい既成の諸要素を併立させ、あるいは総合させることによって一大壮観

をつくろうと志していたが、あくまでも志であり、それを――総合しうるかどうかさえ疑念ながら――ともかくも総合への作業をせねばならぬと思っていた。しかしそれには協力者が必要であった。が、最澄のいまの段階は、唐からもちかえった風呂敷を叡山の上で解いたばかりというを多くは出ていない。最澄が、自分を見限った泰範をとりもどしたいというのは、ひとつにはこの焦燥に根ざしている。

右の文章につづいて、最澄は孤独な自分のあわれさを、

「独リ一乗ヲ荷ヒテ俗間ニ流連ス」

と、表現している。唐から持ちかえった法華一乗（天台宗）を物売りのように背負って、世間をうろつきまわっている、という。

「但《ただ》、恨ムラクハ、闍梨《じやり》ト別居スルコトノミ」

それでもよいが、あなたと別居していることのみが残念である、というのである。

以下、直訳。

往年、あなたと約束したのは、互いに法のために身をわすれ、発心して法を資《たす》けようということでした。いま幸い、天台宗は国家に公認され、年分度者の制もでき、また後進を養成するための法華の長講もはじまっております。これらは、あなたの功績であり、私は片時も忘れません。またかつて、高雄山における灌頂のときなども、志を同じくし

て道をもとめ、ともに仏果を得ようとしたものでした。そのころ、いまのように、あなたが素志にそむき、久しく別処に住もうなどということを、どうして予見できたでしょう。まことに、はからざることというべきです

「蓋シ、劣ヲ捨テテ勝《しょう》ヲ取ルハ、世上ノ常ノ理ナリ」

と最澄はいう。最澄は、自分の天台体系（法華一乗）と空海の真言体系とをくらべ、決して優劣はないぞ——「法華一乗ト真言一乗ト、何ゾ優劣有ラン」というのである。

以下、

同法同恋是謂善友

と、最澄はいう。同法ニシテ同ジク恋フ、是レ善友ト謂フ——と訓むのだろうか。同法同恋のすえにやがては「弥勒ニ見《まみ》エンコトヲ待ツ」というのが最良の友というべきであろう。さらに最澄はつづけていう、もしあなたと私とが深いえにしで結ばれているとすれば、ともに一つの生死に住し、おなじく大衆をすくいたい、私は来年の春になるとまた東西南北を廻遊しますが、そのあと、永く叡山に住んで、生涯がおわるのを待ちます。……よい便がありましたので、書状を奉りました。不宣。謹んで右、状ずる次第です。

最澄は、この書状に茶十斤を添えて泰範に贈った。茶はなお金粉のように高価な時代である。この書状のあと、年月日は不詳ながら、どうやらひきつづき送ったらしい泰範あての書状がある。

「努力努力《ゆめゆめ》、老僧ヲ棄ツル莫《なか》レ」

と末尾にあるもので、右の同趣旨ながら、衷情のたちまさる観がある。以下、最澄はこのようにいう。別離したあなたのことをおもうと、夜来審《つまびら》カニセズ――夜も眠れない――。自分は出家の世界において友というのはあなた以外にないのです。であるのに隣院（高雄山寺）に居を移されたこと、いまだにあなたの深意をはかりかねます。私はすでに余命はいかほどもないまでに老いております。……伏して乞う、もともとの大きな志を思い出してくだされよ、ぜひ私のもとにお帰り下され、ともにともに仏果を期したい。今より以後、苦楽をわかちあい、天台宗を維持してゆきましょう。もし、すぐにでもお帰りなさらねば、あなたにとって大切なことが失われることになりましょう。切に、帰られることを望みつつ。……

とあって、手紙の余白に、にわかに追伸の形式で、

「急用があるのだ」

と、ひどくそっけなく、さしせまった短い文章がしるされている。原文は、

極メテ、要事アリ。今日、早ク帰レ。寄ルコトナク、左右スルコトナカレ

と、いかにもはげしい。

泰範は、空海に魅せられていたことは、たしかである。

魅惑されたのは、空海の人格によるのか、空海の教学によるのか、泰範にいわせればそれは不二だというにちがいない。密教の形而上学は、さきに空海が理趣経問題のときに最澄に説いたごとく、いっさいが行者の肉体そのものにあり、行者の経験そのものにある。さらには、密教の師弟の関係は、他とは異り、師そのものが法である以上、弟子である側にとっては師は大日如来であらねばならない。すくなくとも弟子がそのように信じこまねば、密教における師弟関係は成立しないのである。いま日本国の密教世界においては、法を体現している者は空海以外になく、そういう状況からいえば空海は、有縁の万人から拝まるべき存在であった。まして泰範は熱心な密教行者である以上、そういう姿勢をとりつづけていたであろう。空海に対し、心から踴みこむ姿勢をとって四年という歳月を経れば、泰範は空海と不離である心情をもつに至るのではないか。あるいは空海に対して愛をおぼえることも、ありえたであろう。愛は、釈迦の仏法とは異り、密教においては自然そのものであるとして、菩薩の位であるとされている。空海もまた泰範に愛情をおぼえていたとしても、そのことは——それを宇宙的機能の一表現と感ずるかぎりにおいては——空海の教理にすこしもさからわない。

ひるがえって泰範の器量を思うに、最澄があれほど執着するところをみればおそらく英才であったであろう。しかし巨大な材幹のもちぬしだったとは言いがたく思えるのは、泰範が、その後、真言宗の世界で光彩を発揮したという記録をのこしていないことで想像をしたい。真言宗関係の記録では、泰範は、のちに空海が高野山をひらくときにその手助けをしたらしいことと、東寺が朝廷の命で真言宗に変えられたときにその定額僧に補せられていることだけで、ほとんど無名におわっているのである。あるいは泰範は最澄をすてたことで精神がおのずから萎縮したのか、それとも、最澄の思いこみが、すこし過剰だったのか、あるいは、理性の埒外である愛情の問題に帰せらるべきことなのか。

泰範は、本来の倫理感覚でいえば、最澄と自分の問題は、かれ一個のこととしてかれ自身が解決せねばならない。すくなくとも、空海に告げるべきではなかった。泰範はいちいちそれを空海に告げていたのか、あるいは空海が泰範の上にかぶさって告げることを強いていたのか、そのことはよくわからない。すくなくとも泰範が、前後の事情はどうであれ、最澄の最後の手紙——弘仁七年五月一日付——を空海に見せたことはたしかである。

これに対し、空海は、どう反応したであろう。

「最澄和尚というのは、馬鹿か」

と、空海がののしったと想像しても、あるいは過当でない情景を、空海はあとで展開するのである。さらに想像すれば、

「泰範よ、はっきりと絶縁し、その理由を言いきってしまうほうがよい。とすれば、旧恩のあるあなたには返事が書きにくいだろう。どうか」

とまでいったかと思える。なぜなら、あなたが返事を書きにくいなら、私が代筆してやる、といったはずであり、そういっただけでなく、空海はげんに代筆し、げんに泰範の名でもってこれを最澄に送りつけているのである。その空海作の代筆の文章が、空海の死後、弟子たちによって編まれた全集――『性霊集』――に入れられている。後世、空海の法系に属する真言家たちはこの空海の所業を、どちらかといえば苦にし、そのことに深くふれることを憚ってきた。空海のいわばえげつなさというものが、とくに江戸時代の倫理感覚では堪えがたいものとして感じられた――あるいは感じられつづけている――ためのことであるかもしれない。

『性霊集補闕抄』巻十におさめられているこの書簡文は、「叡山ノ澄和上啓ノ返報書」という題になっている。

「泰範言《まう》ス」

からはじまる。最初は辞令的な書きつらねがつづく。

泰範言ス。伏シテ今月一日ノ誨《くわい》ヲ奉《う》ケテ、一タビ悚《をのの》キ、一タビハ慰《やす》ミヌ。兼ネテ十茶ヲ貺《たまは》ルコトヲ蒙リ、喜荷スルニ地《ところ》ナシ。仲夏陰熱、伏シテ惟《おもん》ミレバ、和尚、法体如何

次いで、泰範は今月の九日、但馬から帰った、と書いている。但馬からの帰路、乙訓寺に立ち寄ったところ、そこに最澄が来ているときいたのにあいにく最澄は叡山へ帰ったあとだった。あとを追って拝謁しようかとも思ったが、疲れていて果たせなかった、と泰範――空海――はいう。

さらに、

頂戴したおさとしのなかに、「生死をともにして衆生を救済し、同じく四方に遊歴して天台宗を宣揚しよう」とありましたが、まことに慈悲ぶかいお約束のお言葉をうけたまわり、私は喜躍たとえようもありませぬ。私はまことにつまらない人間でございますが、和尚の竜尾に付することによって名をあげ、また和尚の鳳凰のごとき翼によりかかることによって業をあらわすことになれば、蚊のような私でも労せずに天の河までのぼることができ、みみずのような私でも功なくして清泉を飲むことができます。鄙陋の私にとって、望みはそのお心だけで十分でございまして、これ以上、望むことはございませぬ。

珍重々々

ここで、文旨が一転する。

以下は空海自身、泰範の筆を奪ってでも書きたい――げんに書いている――くだりである。つまり最澄がさきの手紙で、法華一乗と真言一乗とは何の優劣があろうか、といったくだりであった。

とんでもない、といった語気をこめて、

「優劣と申されても、この泰範は、大豆と麦との見分けがつかぬほどに愚かな者でございます。まして玉と石を見わける能力はございませぬ。しかしながら法華も真言も優劣はないなどという御高説に対し、だまっていることはできませぬ。以下、私の小さな見解を述べとうございます」

繰りかえしいうが、空海が、泰範の役を演じている。このあたり若年にして『三教指帰《さんごうしいき》』を創った天成の戯曲家といっていい。

「だいたい、法の優劣などはむずかしいものでございます。釈迦は、聴く人の素質を見ながら教えを説かれました。衆生というのはもともと性質や志望を異にしております。従って、医者が機に随って薬を投ずるように、衆生にあたえる教えも千差万別でございます。でありますから、仏法においては、大乗の教えと小乗の教えとが、ともに共存しております。また一乗の教えも三乗の教えも、ともに仏法という中で競いあっております。いずれが便法による権《かり》の教えであり、いずれが真の教えであるか、区別がしがたく、そういうことで言いますと、顕教と密教の区別も、ともすればみだれがちでございます。いずれが権《ごん》か実《じつ》か、それは仏法のすべてを知った者でなければ、容易に区別がつくものではありませぬ」

最澄和尚よ、あなたは仏法のすべてを知った上で顕密の区別論をいうのか、と空海は言外にいっている。さらに空海はいまひとつ言外に、自分はあるいは仏法のすべてに通じ、区別できる資格をもっているかもしれぬ、という自負を秘めている。すくなくとも、そう窺える。さらには、最澄よ、あなたに優劣を区別できるだけの能力があるか、という野太い反問が、受けとりようによっては、行間の虚空からひびいてくるようである。

さらに泰範は——というより空海は——いう。

しかしながらほんものの仏（法身仏）と、法身仏が条件に応じて影のようにくるくる変化する応身仏の区別というものは、厳然としてあり得ます。つまり密教は法身仏に拠っており、顕教——天台宗——は応身仏によっているのです。でありますから、顕密二教はその説を異にし、かつ、顕教は権《かり》の教え、密教は実の教えという区別があるのでございます。私はその実の教えである真言密教の醍醐味を楽しんでおりますので、いまだ、便法（権）の教えである天台宗の教薬を服用するいとまがないのでございます

つづいて、言う。

また和尚は私に、一緒に衆生を救済しようとおおせられますが、これは大変なことでございます。まず自ら修行するのに、規則がございます。また他――衆生――を教化するにも、それが可能になるための位階がございます。その規則をふみ、位階を得なければ、教化など及びもつかぬことでございます。この泰範は、まだまだ六根が清浄になっておりませんので、他を救うなどはとてものことでございます。他者を救済する――利他――のことは、すべて最澄大師におゆずりいたします

このあたり、文意はまことに激烈である。原文は、「利他ノ事ハ、悉ク大師ニ譲リタテマツル」。

やがて、空海は文趣をあらため、「伏シテ乞フ、寛恕ヲ垂レナバ弟子ガ深幸ナリ」として、結論に入る。結語は、最澄に対して言辞はゆるやかである。

和尚はさきに志を立てて天台宗を確立してその体系をあがめたてまつりたいと期せられました。ところがいま、和尚の志を諸仏が加護し、国主もまた天台宗を欽仰し、百官もこれを尊び、僧尼も在家の信者もこの教えにふけるがごとく喜悦しております。まことによろこばしく、まことにめでたく、躍踊《やくよう》々々、珍重々々。……

ところが、この泰範のことでございます。私は自分の修行がまだ達成しておりませず、そのため日夜、励んでおります

さらに、いう。以下、最後の文章は表現こそ物柔かだが、断交状としては、みごとなほどに余蘊を残さない。

もし和尚が私の真言密教についての狂執を責め給わねば、もうそれだけで私の望みは足ります。身は山林に避けておりますが、あなたに対する真心は、これを忘れることはありませぬ。この書状、某に託し、謹んで奉ります。不宣。弟子泰範和南

最澄と泰範のつながりは、この一文で切れた。

同時に、最澄はこれが空海その人の断交状と見たであろう。最澄がこの文章が誰の手になる

ものかわからなかったはずはない。

最澄はこれ以後、閉鎖的になった。自分の教団の壁を高くし、弟子の他宗に流れることをとどめる諸規則、諸制度をつくり、その意味で叡山そのものをいわば城郭化した。最澄や空海が学んだ中国の仏教も奈良仏教も、諸宗が存在するとはいえ宗とはあくまでも体系であり、互いに宗門の壁を設けることがほとんどなく、僧たちは自由に他宗と往来している。それに対し、日本の宗派が他宗派に対してそれぞれ門戸を鎖し、僧の流出をふせぐという制度をとるにいたるのは、この泰範の事件以後とされる。その意味では、泰範はついに無名の存在としておわるとはいえ、日本の教団社会史上の存在として、見のがしがたいといっていい。

二十八

この稿の題を、ことさら「風景」という漠然とした語感のものにしたのは、空海の時代が遠きに過ぎるとおもったからである。遠いがために空海という人物の声容をなま身の感覚で感じることはとうてい不可能で、せめてかれが存在した時代の――それもとくにかれにちなんだ風景をつぎつぎに想像してゆくことによって――あるいはその想像の風景の中に点景としてでも空海が現われはしまいかと思いつつ書いてきた。そのあげく、空海の肢骨の一部でも筆者の目に見えれば――錯覚であっても――そのときにこの稿をおわろうと思ってきたが、しかしなお想念の中の山河は茫々としている。主人公の声容は、いまだ聴視しがたいのである。

そろそろ、列車でいえば徐行に入るように、この稿をおえる支度をしなければならない。そう思っているやさき、かつてこの稿に登場してもらった東大寺の上司海雲氏が遷化された。以前、この稿の理趣経のくだりを書くときに、ふと思い立って奈良の東大寺では朝夕の看経にどういうお経がよまれているかが気になり、氏に電話をかけてみた。そのことはすでに書いたが、氏は電話口で理趣経です、といわれ、私をびっくりさせた。本来、華厳的世界の象徴である毘盧遮那仏（大仏）の前で理趣経がよまれるなどは、空海が、他宗の東大寺にのこしたまぎれもない痕跡のひとつであり、氏のさりげない返答のなかに、突如空海の息づかいを聴かされたような愕きを感じた。

二月の半ばの寒い日に、氏の本葬が、東大寺本坊で営まれた。

氏の遺影は大きな白梅の枝とわずかにひらいた花でかざられていた。会葬者が膝を詰めあって待つうち、やがて香煙のくゆるような音律でもってきこえてきたのは、理趣経が唱和される声だった。声が堂内に満ちきったとき、生前の氏の電話口での声がよみがえった。

帰路、松林の上の空は晴れていたが、一団の粉雪が奈良公園のほんのわずかな一角だけに舞っていた。冬の奈良によくある気象である。たまたま道連れになった書家の榊莫山氏が、空海の書は写真うつりがいい、といわれた。粉雪の中でのことだけに、その言葉がひどく印象的だった。

この前衛的な書家とは二十年来の交友だが、この日、出遇ったのは五年ぶりで、上司氏のひきあわせかもしれなかった。榊氏が言う。女のひとでも写真うつりのいい人があるでしょう、空海の書は実物よりも写真のほうがいい、とくに「風信帖」などそうではないでしょうか。

……

さらに、氏は言う。

「それに、空海というのは最澄とちがい、書くたびに書体も書風も変えていて、どこに不変の空海が在るのか、じつにわかりにくい」

このことは古来、言われていることとはいえ、実作者の言葉だけに、おもしろかった。私はふと、不変の空海など――以下はおぼろげな感想ながら――どこにも存在しないのではないか、と思ったりした。


日本の書道は、奈良朝以来、王羲之（三〇七?～三六五?）をもって、いわば流祖としてきている。

この南朝貴族はわかいころ晋朝の高官だったが、余生の大半を会稽の山水のなかで悠々自適した。いわば富貴にめぐまれて道教的な理想にちかい暮しを送ったという境涯も、その造形と風韻の成立に多少は影響しているであろう。その書風は典雅で巧緻ながらも微妙な変化があり、さらには端正で明朗ながらもほどよい陰翳をもつ。書として完璧といっていいが、しかしこれを芸術として過剰な欲求で観る場合、方正すぎるものへのねたみに似た物足りなさがつきまとうと言えなくもない。

書における王羲之の権威はすでにかれの在世中からのものであったが、その死後三世紀をへて唐の太宗（五九八～六四九）がこれを好んだために唐朝を通じて圧倒的なものとなった。太宗は六三九年（貞観十三年）に勅命をくだして羲之の作品をあつめ、三千点にもおよんだといわれる。太宗はかつての異民族の血と気風の混入した北朝の文化をよろこばず、南朝の洗練された文化こそ漢民族の正統であるとした。この皇帝の王羲之に対する傾倒は羲之の書が南朝文化の代表とも象徴とも感じとられたからにちがいない。

その太宗の好みが、直ちに日本の奈良朝に導入され、その時代の書の規範になったところに、中国文明の周辺世界における政治と文化の重要な性格を見ることができる。

空海は帰朝後、転々としてやがて高雄山寺に入ってからその存在が世間の注目をうけるようになるのだが、たれよりも空海の存在に注目したのは、即位早々の嵯峨天皇であった。嵯峨はこのときまだ二十代の若さだったが、なによりも詩書を好み、しかもその才質は唐における高度の文化を受容するに十分であり、渇く者が水をもとめるようにそれをもとめた。唐風ということがこの時代の価値の源泉であったが、嵯峨の渇きはあるいは極端にちかいものであったかもしれない。その手びき役としての空海に期待した。空海についてはそのインド源流の密教思想よりも、空海が身につけている中国源流の教養のほうが、嵯峨にとってより魅力的であった。とくに嵯峨がひかれたのは、空海の書芸と詩文である。

嵯峨は、帰朝早々の空海のうわさを、あるいは早くからきいていたのかもしれない。唐の皇帝の請いで、宮廷の壁に揮毫して五筆和尚という異名を授けられたという真偽ややあいまいな空海在世中の逸話も、嵯峨の耳に入っていたのかもしれなかった。

嵯峨は即位の翌年（弘仁二年）、使いを空海のもとにやって、以下の書を筆写してくれるよう依頼した。劉希夷集四巻、王昌齢詩格一巻、貞元英傑六言詩三巻、それに飛白書一巻である。

飛白書には、嵯峨も仰天するおもいであったであろう。

飛白という奇抜な書体は、こんにちでは空海の書風についての一特徴とされるにいたっているが、しかしむろん空海が創めたものではない。後漢の蔡邕《さいよう》がはじめたものとされる。漢・魏にはすでに宮門などの額にはこの書体が用いられ、前掲の王羲之もこれにたくみであったといわれる。しかし日本においては、空海以前には、この装飾過剰の――書というより絵にちかい――書体を筆墨で演じてみせる者がいなかったか（正倉院御物には遺っているが）まれであったのであろう。

嵯峨は、

「これが、物の本に見える飛白というものか」

と、ほとんど神秘の思いで眺めたにちがいない。神秘といえば嵯峨はのちに空海の書に傾倒してついには御筆《ごひつ》と尊称するにいたるのだが、この心理的事情は、かれと空海の書との最初の出会いにおいて飛白書が入っていたことによる衝撃も、多少あずかっているかもしれない。

この最初の接触において空海は上表文を添えた。その文章のなかで飛白書について触れている。

——飛白書一巻ハマタ是レ、在唐ノ日、一タビ此ノ体ヲ見テ試ミニ之ヲ書ス。

と、書いている。在唐中に、これをわざわざ学んだのではなく、飛白書の実景をどこかで眺めたことがあるという意味であろう。飛白《ひっかく》については、空海はのちに筆画のあいだに鳥や獣の略画を入れる（「十如是」）といったような奇抜なこともやったが、こういう例も、唐代の流行のなかにあったに相違ない。

翌弘仁三年六月七日、空海は嵯峨の請いによって、狸毛の筆を作って献上した。真書用のもの一本、行書用のもの一本、草書用のもの一本、写書（写経）用のもの一本、計四本である。このあと皇太子からも請われたので、おなじく調製して献じた。このときに添えた空海の文章（啓）に、

「良工ハ先ヅソノ刀ヲ利クシ、能書ハ必ズ好筆ヲ用フ」

とあり、さらに、文字によって筆を変えねばならぬ、文字には篆書、隷書、それに真、行、草、藁の筆を変えねばならぬ、として、書における筆の重要さを説いている。瑣末なことのようだが、このことは、空海の論じたり行《ぎょう》じたりすることが、つねに卒意に出ず、何事につけても体系をもっていることをよくあらわしている。

体系だけでなく、道具まで自分で製作するという徹底ぶりは、かれの思想者としての体質がどういうものかをよくあらわしているといえるであろう。この狸毛の筆の製作は、むろんかれ自身が手仕事をして毛をそろえ紙をまいたのではないが、筆生《ふでや》の坂名井清川という者に方法を

教え、製作を監督しつつつくらせた。そのことも、上表文に空海は明記している。皇太子に献じた筆のばあいは、おなじく筆生の槻本小泉に教えてつくらせた。このことも、啓に書いている。多芸といってしまえばそれまでだが、こういう作業もまた、かれの密教思想とどうやら無縁ではなさそうである。

ついでながら狸毛の筆というのは、空海によってはじめて導入されたものであろう。かつて明治期に黒板勝美博士が正倉院に所蔵されている多くの筆をしらべたところ、羊毛の筆と兎毛の筆の二種類しかなく、狸毛はなかったという。羊毛や兎毛の筆は穂先がやわらかくて南帖風――たとえば王羲之――の文字を書くばあいにいいが、いかめしい北魏風――たとえば顔真卿――の文字を書くには、毛のこわい狸毛のほうがよかったのかもしれない。

この狸毛の筆の献上は、ある想像を可能にする。空海は嵯峨に、

「書はかならずしも王右軍（羲之）のみとは限りません。ごく近代の人でありますが顔真卿という巨人が出現していることをお忘れなきように」

というようなことを、これより以前に言ったのではなかろうか。

王羲之が空海の時代にとってははるかな過去の人であるのに対し、顔真卿（七〇九～七八五）は空海が入唐する二十年前に生涯を終えたひとである。長安にうまれて官途につき、安禄山の

変のときに文官ながらも地方で義軍を組織して戦い、乱が鎮まって長安にもどったが、つねに中央の権臣から忌まれて官途に波瀾多く、最後には三年の監禁ののち縊り殺された。顔氏は数代にわたって能書家がつづいた家で、真卿にいたり、かれは書の姿態の美しさを追いがちな王羲之流に反撥してあたらしい書風をひらいた。その剛健な書風には北魏の影響がつよいところから、正統の王羲之流をわざわざ南帖流といい、べつに北方人でもない顔真卿の書風を北魏流とよぶほどに、両者は対蹠的である。

顔真卿の書法は、指掌をうごかすような小わざを用いず、ひじを張り、筆を垂直に立て、そのままひじでもって筆を垂直に圧しつつ筆画をつくるという肘腕法《ちゅうわん》を専一としている。楷書とくに大楷に特徴があり、その雄勁な造形については、「点は墜ちてくる石のごとく、画《かく》は夏の雲のごとく、鉤《こう》は屈金のごとく、戈《か》は発弩《はつど》のごとく」という古来の評がいかにもよくその書風を形容する。この顔真卿流の書風に倣おうとすれば、やわらかい羊毛筆や兎毛筆よりも、狸毛の筆が、筆としてもっとも適していたであろう。

空海以前に、日本にはどうやら顔真卿の書が入っていなかったように思える。空海は在唐時代に、顔真卿の書を多く見たであろう。たとえその真蹟を見る機会がすくなかったとしても、かれの在唐中、顔真卿の流風は——柳公権がまだ顔法の名家といわれるには時期的に早かったにせよ——それを学ぶ者が多かったために、空海は十分顔法を知ることができたはずであった。

この狸毛の筆の献上から察して、空海は嵯峨に対して顔法をすすめたかのようでもあり、とすれば、嵯峨にとっての接触早々の空海に対するおどろきは、空海が顔法を身につけていた、ということとも、一要素として考えられなくもない。

——必ずしも王羲之のみではありますまい。

と空海がいったかもしれないという想像は、弘仁七年八月十五日付の上奏文（これより前、嵯峨は空海に対し、呉綾の錦繍の屏風に揮毫するように命じた。空海はそれに応えて、その屏風に古今の詩人の秀句を書写したが、上奏文とはそれを献上するときに添えたもの）のなかで、

夫レ、右軍（王羲之）、功ヲ累《かさ》ネテ猶未ダ其ノ妙ヲ得ズ

という文章を書いている。この文章は解釈の仕方では王羲之は若いころ努力をかさねたがなかなか妙を得なかった、ともとれるが、しかし素直に読めば、「王羲之はあれほど書については骨を折った人であったが、しかしもう一つ妙を得ていない」という空海のやや痛烈な王羲之評とも受けとれる。空海は、日本が奈良朝以来、ほとんど絶対的な書聖として尊んできた王羲之流に対し、あらたな顔法をうち出すことによって時流のなにごとかを打ち破りたかったのかもしれず、この場合は、どうにもそのように受けとりたい衝動に——筆者は——駆られる。

が、かといって空海自身はとくに顔真卿に身も世もなく打ちこんでいるというふうでもなかった。このことはあるいは空海の真骨頂であるかと思える応変というものであったろうか。

空海はこの国に密教をひろめるためには、単に弘法《ぐほう》だけでなく前時代の精神文化の、ときにはその一切を改変してあらたな時勢が到来したという気分を日本国に盛りあげる必要を当然感じていたはずだが、あるいは書法においてもそうであったであろう。奈良朝以来、この国の書法は王羲之に準《なら》っている。空海にはそれを否定するつもりはなかったにせよ、あたらしい流風を混入させて新状況をつくることは、かれの新教宣布という大仕事には政略として必要であったにちがいない。嵯峨は若いながらもこの時代の貴族文化に圧倒的な影響力をもっていただけに、空海はまず嵯峨の書芸に顔法を混入させようとした——露骨な意識はなかったにせよ——と考えられなくはない。

尻とり話のようになるが、右の応変についていえば、空海の書は、相手によって変化したかのような観がある。たとえば、最澄に対する手紙は、多分に王羲之ふうであった。

かれが最澄にあてた手紙は数多かったであろうが、その三通だけが現存して、「風信帖」（東寺蔵）と名づけられている。この書風がどの流風に属するかは、見る人によって多少異る。顔真卿風であるとか、あるいは多分に王羲之風を帯びているとも見られたりするが、むしろ王羲之風であるとするほうが素直であろう。ついでながら、空海の真蹟として「灌頂記」（高雄山神護寺蔵）も現存している。「灌頂記」は、空海が弘仁三年と同四年に高雄山寺で灌頂をさずけた人名簿で、最澄の名も入っている。名簿だけに、空海がいわば自分の文庫におさめておくだけのためのものであり、その筆触も、卒意でもって気楽に書いている。その書風はあきらかに顔法である。卒意で書く場合は手なれた顔法を用い、最澄に手紙を出す場合はあらたまって王羲之風にするというのは、最澄が王羲之流のいわば端正そのものの書き手だったからであろう。最澄に対し、「自分は、あなたの書風である王羲之に準ってでもこれだけ書けるのである」というふうに、まさか衒ったということはないにせよ、すくなくとも相手を見、また書くべき場合によって、書風を変えたということは、「風信帖」によってもかすかながら想像できるのではないか。もしこの機微に最澄が気づいたとしても、最澄の人柄から察して、これによって空海の人格を論ずるような意地のわるさはなかったに相違ない。

こういう話がある。

最澄が唐にあったとき、おそらく天台山か越州、明州においてであろうが、懐素という書僧に出会った。懐素は永州零陵の人で、唐代きっての草書の名家である。懐素の「自叙帖」によれば大暦十二年（七七七）に洛陽へゆき、顔真卿にも会ったという。この懐素が最澄の筆力に感歎し、その筆法を問うた。

最澄ほど、自己の才質を心から卑下し、それを押し出すことを極度に憚った人物はめずらしいというべきであろう。このときも、最澄はいかにもかれらしくかぶりを振って、

「自分の書はただ字形にあやまりなからんことを思うのみ」

と、いった。最澄は、真底そうおもっていたはずであった。かれは自分一個にかぎっては書を芸術とは見ず、表現の一手段とみていたし、まして書をもって自己顕示の一手段にしようという意識はなく、ともかくもその言葉どおり、一点一画もゆるがせにせず、字画に誤りなからんように心くばりし、ちょっとした消息文を書くにも、一字々々によほど長い時間をかけていたような気配がある。最澄の書における清雅さは、ひとつにはそういう態度からもきているのであろう。

この話では、最澄は懐素に対し、こうも答えた。

「空海は能筆なり。今在唐す」

と。この話は、伝承だけにどこまで信じていいかわからない。入唐するまで空海という存在は無名だったし、最澄との縁も、無いにひとしかった。そういう最澄が空海の能筆を知っていたというのはうたがわしいが、もしこの懐素と最澄との対面が本当で、さらにはこの時期、最澄が空海をよく知っていたとすれば、最澄はその人柄からみて、当然、前掲のようにいったであろう。また字形にあやまりなからんのみ、という最澄のことばは、最澄自身、自分を律している書芸意識がよく出ていて、伝承ではあっても、かえって事実よりも真をうがっているといえるかもしれない。

最澄の書は、変化することがない。

かれの真蹟は、いくつか現存している。「入唐牒」「最澄将来越州録」「空海請来目録」「久隔帖」「羯磨金剛目録」「天台法華宗年分縁起」などだが、いずれも気品に満ち、ながめていて心が洗われるような思いがする。しかし書風はいかにも単純で、奈良朝以来の王羲之流からはずれることがなく、王羲之の模倣というよりも、ここまで堅牢に書風が確立すれば、これらの文字は最澄その人というよりほかない。かれは入唐して、顔真卿の流行を目撃したであろう。懐素に会っているとすれば、顔真卿の話も出たであろうし、狂草といわれる懐素自身の草書にも接したかもわからない。それでもなお染まることなく、一途に最澄は王羲之流であった。

そういう最澄に対しては、空海は王羲之流で書くのである。

「風信帖」——最澄にあてた手紙三通——をながめていると、一つの手紙のなかに剛勁な顔真卿流の文字があるかと思うと、にわかに流麗な王羲之流の文字がそれにつづいて、ぜんたいに光が乱反射しているような美しさをかもし出している。

これに対し、最澄の空海への手紙(「久隔帖」)は、まことに清らかというほかない。弘仁四年十一月二十五日付で、最澄が高雄山寺の空海にあてた手紙である。空海のそれに対する返書であった。空海はこの年、四十になったが、それをみずから祝う詩を叡山の最澄にあてて送ったのに対し、最澄は儀礼としてそれに和する詩を送ろうとした。ところが空海が書いた詩の序に、「一百廿礼仏幷方円図幷註義」という十二文字があり、その意味が最澄にわからなかった。

最澄はこの現存する手紙において、その意味をどうか教えていただきたい、という。その上であなたの詩に和する詩をつくってお送りしたい、といっているのである。その素直さが、いかにも最澄らしい。

久シク清音ヲ隔テ、馳恋極マリ無シ。安和ヲ伝承シ、且《しばら》ク下情ヲ慰ム。大阿闍梨示ス所ノ五八詩序ノ中ニ、一百廿礼仏并ビニ方円図并ビニ註義等ノ名有リ。今、和詩ヲ奉ランニ、未ダ其ノ礼仏図ナル者ヲ知ラズ。伏シテ乞フラクハ、阿闍梨ニ聞カ令《し》メンコトヲ。其ノ撰スル所ノ図義並ビニ其ノ大意等ヲ告施セヨ。其レ和詩ナル者ハ、忽チニ作リ難シ。著筆ノ文ハ後代ニ改メ難シ。惟《こ》レ其ノ委曲ヲ示サバ、必ズ和詩ヲ造リテ座下ニ奉上セン。謹ンデ貞聡（使者の名）仏子ニ附シテ、状ヲ奉ル。和南ス

この手紙の冒頭の「久隔清音」から、この肉筆は「久隔帖」（奈良国立博物館蔵）と名づけられ、伝承されてきている。措辞、文意ともに、いかにも最澄のきまじめさと謙虚とがよくあらわれているが、その書も、文章にはまことによく適合し、最澄がそこに生きてうずくまっているような感じさえする。

桓武の死後もなお最澄は宮廷から重んぜられはしたが、しかし最澄自身は宮廷に密着する余

裕などまったくなく、心身を労して自分の教学の樹立に努めていた。入唐までの前半生の最澄はまことに順風満帆といってよかったが、帰朝後の生涯は、旧仏教の攻撃の矢を一身にあびつつ、それと闘い、かつ弟子を育て、かつ教学を整備し、さらには地方を巡錫するなど、苦悩と艱難の連続であった。空海の生涯の概観は、これと逆だったといっていい。かれは前半生において無名のまま独学で密教をおさめるという苦しみを経た。しかしながら、入唐して大成し、帰朝後はそれを悠々と展開するだけでよかった。嵯峨のような保護者も得た。しかも空海においてはかれが嵯峨に阿諛するという姿勢はまったくなく、逆に嵯峨がそのようにした。嵯峨が空海を慕うことは可憐なほどであり、空海はつねに対等か、むしろこの王者を見おろすような態度で接した。両者の明暗は逆といっていい。

最澄の右の「久シク清音ヲ隔テ」という手紙の日付からいえば、以下はその翌年のことだが、その春、嵯峨は空海の住む高雄山の春はなお寒いであろうという詩を添え、内舎人布勢海《うどねりふせのあま》を使いとして綿一百屯を空海におくっている。綿といえばこの時代よほど貴重なものであったが、一百屯（屯は束とほぼ同義）とはどのくらいの量だったのであろう。淳仁天皇の天平宝字三年に渤海国の使節への引出物として、他の品目や数量とともに「綿三百屯」ということが書き出されている。それから類推しても、一百屯は大きく、一国の王としても、その友人におくる贈りものとしては、よほど気張ったものであったにちがいない。

嵯峨がその綿とともに贈った詩は、以下のようである。

問僧久シク住ス雲中ノ嶺
遥カニ想フ深山ノ春尚寒カランコトヲ
松柏料《はか》リ知リヌ甚ダ静黙ナラン
煙霞解セズ幾年カ湌《そん》スル
禅関近日消息断エタリ
京邑、如今、花柳寛ナリ
菩薩嫌フ莫レ此ノ軽贈ヲ
為ニ救ヘ施者世間ノ難

空海と嵯峨の交情がどういうものであったか、この詩はややそれをしのばせるであろう。さらに、嵯峨の空海への詩がある。以下の嵯峨の詩がいつ作られたのか、伝わっていないが、その交友の歳月がよほど老いてからのことかと思われる。

嵯峨はその詩に題して言う。「海公ト茶ヲ飲ミ、山ニ帰ルヲ送ル」

道俗相分レテ数年ヲ経タリ

今秋晤語亦良縁
香茶酌ミ罷ミテ日云《ここ》ニ暮ル
稽首シテ離ヲ傷ミ雲煙ヲ望ム

嵯峨の書は、空海の影響をつよくうけている。

とくに延暦寺蔵の「光定戒牒《こうじょうかいちょう》」は嵯峨の真蹟であるとされるが、王羲之流の端正さを脱し、空海の「風信帖」が一行のなかにも突如書風を変えた文字を挿入して変化を楽しましめるのに似て、優美でひろやかな境地をひろげているかと思うと、急転して木強の妙へ変化するなど、ほとんど音楽的とまでいえる印象をあたえる。

嵯峨は、サロンの気分のひとであった。かれはあるとき思いたち、宮城の諸門の額の文字をことごとく書きあらためようとした。宮城の建物は奠都以来、まだ二十四、五年しか経っておらず、額もまだ真新しく見え、文字も鮮かであったが、能書家のかれにはその文字が何とも粗末なように見えたのであろう。筆をとるのは、自分と空海と、それに空海の友人である橘 逸勢《たちばなのはやなり》に決めた。このあたり、いかにも嵯峨の仲間気分が出ている。

『寛平御記』によれば、嵯峨は東の三門と西の三門をうけもった。空海は南の三門と応天門をうけもち、橘逸勢は北の三門をうけもった。この三人がのちに三筆とよばれるようになったのは、この諸門の額の揮毫を三人でやったからであろう。

ついでながら橘逸勢は、その性格が佶屈聱牙《きつくつごうが》としていて容易にひとと調和しないせいもあり、また藤原氏が宮廷の要職をほとんど独占しているためもあって、帰朝後不遇であり、どの程度の官職についていたかもさだかでない。死の二年前にようやく従五位下・但馬権守という地方官に任ぜられた。在唐のころ、唐の文人が逸勢の文才をたたえて橘秀才とよんで囃したなどとは、後半生のかれからみれば、夢の中の情景のように思われる。空海と逸勢のその後の交情は、それを跡づける証拠がのこっていないが、右の宮門の額の揮毫からみてもすこしも冷えなかったであろう。逸勢は、放誕ニシテ細節ニ拘ラズ、といわれた。そういう人物が、宮廷における立場の卑《ひく》さとはべつに嵯峨の私的サロンの中でのみ有力な一員でありえたのは、逸勢の才華によるとはいえ、空海の庇護があずかって力があったと見ていいかもしれない。

この三人のうち、逸勢がもっとも長く生きた。

承和二年に空海が死に、承和七年に嵯峨が死ぬのだが、その二ヵ月後、嵯峨の死を待っていたように宮廷に陰謀がおこり、逸勢はそれに巻きこまれて伊豆へ流され、檻送の途中、遠江の板築で病死した。逸勢に一人の娘があった。逸勢の死骸をのせた檻のあとを離れず泣きながらつき従い、役人が叱ると、そばを去ったが、夜になるとあらわれて屍を守った。ついに髪をおろして尼になった、といわれる。嵯峨が生きていれば、むろんこの悲劇はなかったであろう。

空海の絢爛としかいいようのないその書芸について、これを概観することは、この稿の目的ではない。

空海の直弟子真済《しんぜい》は、出自は紀氏、在京の人で、すこぶる文才があった。空海の死後、その詩文を編集し、この国で最初の個人全集である『遍照発揮性霊集』(略『性霊集』)十巻を編んだが、その序に、

「天、吾ガ師ニ仮《か》スニ、技術多キヲモツテス」

とある。この真済のことばが、空海における稀有な多才をよく言いつくしている。

真済は、空海が諸芸のなかでもとくに書に秀で、書のなかでも草書が卓抜で、草聖といわれるべき人であったとし、その書風を狂逸という表現で礼讃している。

空海は、唐において韓方明から書を学んだという伝承があるが、空海の滞在のみじかさなどからしても、にわかに信じがたい。空海自身、韓方明の名を文章にしたことはなく、在唐時代の書法の師については、弘仁七年八月十五日付の上表文に、

「空海、儻《たまたま》解書先生ニ遇ヒ、粗《ほぼ》口訣《くけつ》ヲ聞ケリ」

とあるのみである。長安で、書にくわしい先生に会って口頭で書法のかなめをざっと聞いた、という空海のこの文章が正直なところであったであろう。

ともかくも、空海は、篆、隷、楷、行、草、飛白とすべての書体に自在であったという点だけでも、日本においては古今に比類がない。

ことにこの時代までの日本の書は小さな字ばかりで、大字がなかったにひとしいが、空海は

それについても妙を得ていた。かれ自身の書論としては、右の弘仁七年八月十五日付の上表文のなかに、大意以下のようなことが書かれている。

「古人の筆論にも、書は散《さん》である、とある。つまり書の極意は心を万物に散じて心情をほしいままにしつつ万物の形を書の勢いにこめるのである。ただ字画の正しいことのみをもってよしとしてはいけない。すべからく心を境物《きょうぶつ》（外界のもの）に集中させよ。思いを万物にこめよ。さらには書勢を四季の景物に象《かたど》り、形を万物にとることが肝要である」

といい、王羲之の例などをあげている。王羲之はかつて天台山に遊び、会稽山に還るとき、洞庭で柱に飛という文字をかいた。竜の爪を想うてそれを書いたために、いかにもそれを思わせる神韻を帯びた。また魯の唐綜は夢に蛇が自分の身にまといつくのを見て、目覚めるとすぐそれをかたどって蛇の書を作った。「いずれも人の心が外界の景物に感動しておのずから書をなしたのである」というのである。空海の書もまたそうであり、かれにとって万象に対する感動がその書に籠っていたといっていいかもしれない。

ともかくも空海の書は、型体にはまらないのである。

このことは、空海の生来の器質によるとはいえ、あるいは、自然そのものに無限の神性を見出すかれの密教と密接につながるものであるかもしれない。自然の本質と原理と機能が大日如来そのものであり、そのものは本来、数《すう》でいう零である。零とは宇宙のすべてが包含されているものだが、その零に自己を即身のまま同一化することが、空海のいう即身成仏ということであろう。空海において、すでに、かれ自身がいうように即身にして大日如来の境涯が成立しているとすれば、かれの書というのは、最澄のように律義な王羲之流を守りつづけているというのも、おかしいであろう。かれは、嵯峨にあたえるときには嵯峨にあわせ、最澄にあたえるときは最澄にあわせ、さらには額を書き、また碑文を書くときにはそれにあわせた。型体はときによってさまざまであり、多様なあまり、空海がどこにいるかも測り知れなくなる。

「……空海はいったいどこにいるのか」

と、榊氏がくびをひねられたが、しかし本来空海がどこにもいないというのが、空海の密教にとってもっともふさわしいのではないか。

空海の書は、霊気を宿すといわれる。

その書に空海がどこにもなく、機に臨んで応変していても、一すじの霊気が立ちのぼっているとすれば、密教者である空海にとってもっともその思想にふさわしいありかたであるかもしれない。逆にいえば――つまり空海のその変幻きわまりない書から、かれの器質を想像すると――かれは本来、かれが展開した密教の具現者になる以外にどう仕様もなかったというふうなほどに、その思想に適合していたかともおもえる。空海の書にもし霊気があるとすれば、それだけが空海の本体なのであろう。

二十九

私事になるが、太平洋戦争中の夏、学生のまま兵隊にとられるというので、似た運命になった友人二人と徒歩旅行をした。計画というのは吉野からまっすぐに熊野の大山塊を突きぬけて潮ノ岬へ出、熊野灘を見ようということで、吉野の下市の小さな駅舎にあつまり、やがて山へ入った。友人の一人が、熊を追うための脇差をもってきたのは、滑稽というべきだった。最初は昼歩いて夜は野宿した。そのうち昼の暑さがつらくなり、昼は山中のお堂や炭焼小屋などをみつけて睡眠をとり、夜、星あかりを頼りに歩くことにした。やってみると、体がくたびれず、都合がよかった。

当時、物が欠乏していて、参謀本部の地図なども売っていなかったように思うが、ともかくあらかたの方角さえ見当をつければ行けるだろうと思い、地図をもたずに歩いた。

吉野の黒滝村は、暗夜に通りすぎた。天川《てんかわ》村へ出、天ノ川の渓流をさかのぼれば十津川に出られるはずと思い、幾夜かかさねて大塔《おおとう》村にたどりつき、寺にとめてもらった。そのあと、やはり川筋をたよりにさかのぼったが、途中、川筋をとりちがえたのか、ゆくほどに流れが細くなり、道もけものみちのようで、空木《うつぎ》の木などがはびこり、歩くのに難渋した。それでも一晩中登りにのぼるうちに、不意に山上に都会が現出した。悪いものにたぶらかされているようでもあり、夢の中にいるようでもあった。深いひさしの下にある門燈に寄って行ってきくと、ここは高野山だという。いまふりかえってみると、このときの驚きが、私にこの稿を書かせているようでもある。

空海の当時、この紀伊半島の夏の樹海につつまれながらうずくまっている山の所在など、都にいるひとびとの知るところではなかったであろう。里の猟師でもまれにしか知らなかったに相違なく、ただ山中で丹生《にゅう》（水銀）を採掘している者たちぐらいが知っていたかと思える。この付近では、古くから水銀がとれた。硫化水銀は朱として使い、これより以前の古墳時代には棺に防腐剤として塡《つ》め、この時代には寺院の建物に塗ったり、あるいは漆器、絵具、印肉につかうなどして、用途が多かった。

「紀伊国の奥に、めずらしい山がある」

と、空海に教えたのは、丹生の地名を名乗ったりするそういうひとびとであったろうか。

空海が高野山を発見するにいたる伝説は、幾種類かある。『二十五箇条御遺告《ごゆいごう》』の第一条に、かれがある年、高野山に登ったとき、このあたりの地主神《じぬしがみ》である丹生都比売《にゅうつひめ》命が、土地の司祭者に憑《つ》いて、

——自分は、菩薩《あなた》を待つことが久しかった。

と言い、この山をあげて空海にあたえると神託したという。丹生都比売命とはおそらくこのあたりで水銀を採掘していたひとびとの氏神であろう。要するに山のそういうなりわいのひとたちが空海にこの山の所在を教え、かつ譲ったということかもしれない。

『金剛峯寺建立修行縁起』には、右の伝説に至るまでのいきさつが書かれている。空海が弘仁七年の夏ごろ、大和国の宇智郡を過ぎていたとき、一人の猟師に出遭った。猟師は顔が赤く、八尺ほどの大男で、青い着物を着、大きな弓をもち、黒と白の二頭の犬を従えていた。空海は相手の常人ならざるにおどろき、何人なりや、と問うと、

——我は南山の犬飼なり。領するところ山地万町ばかりにして、その中に一山あり、山上は平原にして幽邃なり。至つて霊瑞多し。

と、猟人は言い、掻き消えた。

空海はふしぎに思いつつその夜は吉野川のほとりの九度山のあたりにとまった。その家の当主は丹生姓を称していた。空海が右の話を語ると、当主は高野《たかの》こそそうであろう、といい、

——その山は山上が平坦で、しかも水が豊かであり、流れはことごとく東をめざしている。昼は常に奇雲そびえ、夜は霊光を現ずる。

といった。空海は翌日山にのぼり、その途中、右の丹生都比売命の神託を聞いた、ということになっている。いずれも『御遺告』や寺伝に記載された伝説に過ぎないが、空海の気持に即

していえば、かれにはかねてより或る構想があったのである。かれのその構想に適《あ》う地として、ひそかに山上が平らで広やかな山をさがしていたのではないかと思われる。

山上の平坦さは、奇異なほどである。

「実ニ其ノ地ヲ見ルニ、広大無辺、其ノ中ニ国郡ヲ建ツベシ」

ということばは、『御広伝』のなかにある。空海の弟子の信叡（伝不詳）が師から命ぜられてこの山を検分し、帰って報告したときのことばである。この山の山上のひろやかさをあらわすのに国郡ヲ建ツベシという表現ほど当を得たものはない。

（空海は、何を考えていたのか）

と、高野《こうや》の裏みちのいばらのなかから這いあがって――前記の私事についてだが――山上の都市にまぎれこんでしまったとき、気持の混乱がおさまったあと、そう思わざるをえなかった。そのころの私は空海の事歴について多くを知らず、想像の足をひっぱるこまごまとした事実群のわずらわしさからまぬがれることができた。狐につままれたような愉しさを持続しつつ街の灯影の下を歩き、空想が膨らんでくるのを、ふくらむままにさせた。

ここより山上がはじまるという西端の大門は、二層の楼を積みあげ、青味がかった硫化銀のようないらかが天空にそびえている。この楼門の柱の青丹がなおあざやかであったころ、長安の都城の門と、あるいはそっくりだったのではないかという空想はゆるされていいかもしれない。大門を入れば、長安でいえばすでに城内である。長安の特徴であるひろやかな街路がひとすじにとおっている。高野山もまたそうであり、その道路の両側を官衙や邸宅や寺院やあるいは商舗が塀をつらね、軒をならべている。宿坊といわれる僧たちの邸宅が塀をつらねている光景も、長安にさも似ているのではないかと思われる。

当時、石田幹之助氏の学問と詩を結合させた名著『長安の春』が刊行されてほどもなかった。この本の愛読者だった私には、空想の長安の街衢がすでにできていて、安禄山の邸のあった親仁坊や韓愈が住んでいたという靖安坊の坊《まち》のいろどりまで見えるようであったし、車馬の声が轔々《りんりん》としてきこえるようでもあった。

（空海は帰国後、淋しかったのではないか）

高野山の坊《まち》を歩きつつ、しきりに妄想が湧いた。

帰国後の空海は、なるほど多忙であった。

かれは、日本文化のもっとも重要な部分をひとりで創設したのではないかと思えるほどにさまざまなことをした。思想上の作業としては日本思想史上の最初の著作ともいうべき『十住心論』その他を書き、また政治的には密教教団を形成し、芸術的には密教に必要な絵画、彫刻、建築からこまごまとした法具にいたるまでの制作、もしくは制作の指導、あるいは制作法についての儀軌をさだめるなどのことをおこなっただけでなく、他の分野にも手をのばした。たとえば庶民階級に対する最初の学校ともいうべき綜芸種智院《しゅげいしゅちいん》を京都に開設し、また詩や文章を作るための法則を論じた『文鏡秘府論』まで書き、これによって日本人が詩文に参加するための手引をあたえ、その道に影響するところがあり、さらには『篆隷《てんれい》万象名義』という日本における最初の字書もつくった。このほか、讃岐の満濃池《まんのういけ》を修築し、大和の益田池の工営に直接ではないにせよ参与した。多分に伝説であるところの「いろは」と五十音図の制作者であるという事実性のあいまいな事柄をふくめずとも、空海が帰朝後のみじかい歳月のなかでやった事は、量といい質といい、ほとんど超人の仕業といっていい。

それでも、というより、それだけに、空海のひとつ身の淋しさはあるいは——空想だが——癒やされがたかったかもしれない。

かれが多能であればあるほど、さらにはその中国的教養が比類のないものであればそうであるほどに、ともに語るべき相手のないことに淋しみを感じつづけたのではないかと思われる。かれが長安に在った日々は、そうではなかった。

晩唐の文化は長安において爛熟しており、かれは自分の水準——知的好奇心をふくめて——に近いひとびとを仲間にもつことに不自由しなかったばかりか、むこうからかれの盛名をきいて交わりを求めてくる者も多かった。人生の悦楽のひとつは自分とおなじ知的水準のひとびととと常時交わりをもちうることであるとすれば、帰国後の空海におけるこの面での淋しさは、あるいは当然なことであったかもしれない。

この時代の日本は、都の一部をのぞいては、唐とくらべものにならぬほど未開で、つまりは詩文においてもほんの一部の者をのぞいては、空海が手引書をつくって教えねばならぬほどの段階であり、とても長安における詩文のサロンのようなものを日本で期待するのはむりであった。そういう意味では嵯峨天皇といういっぱしの才能は存在したが、その嵯峨でも空海から教えを乞うのみで、空海自身にとって刺激や愉しみを与える相手ではなかった。

空海は、若い時期の二年間を送った長安を恋うたであろう。

もっとも、

「晩年は長安で暮らしたい」

とは、空海は言えなかったにちがいない。

かれの使命意識がかれに命じていることは、日本における密教教学の確立と流布にある。自分こそ不空三蔵のうまれかわりであるとかれがおそらく信じようとしていたということからいっても、中国より西方の異域でうまれた不空が、不空にとって異邦人である唐人たちのなかに密教を扶植し、それを育てることで生涯を終えたことと、自分の生涯を重ねようと空海がおもったであろうことは、ほぼ想像がゆるされる。空海はその教養からいえば日本こそ異域であった。ということでいえば、不空のごとく異域で布教に力を尽くし病みつかれて死ぬということこそ、空海の宿命でなければならない。

が、使命だけで人間が充実しきれるものではなく、空海のように多芸多才な精神は、なおさらのことであろう。

——長安が懐しい。

ということは、空海は身近な弟子に、ふとした折りにでも洩らしてはいなかったか。ときにたまらなくなるほど懐しく思うことがある、などと空海が、一、二の弟子に洩らしたとしても、すこしも奇妙ではない。

たとえば——むろん想像にすぎないが——実慧《じつえ》などはきかされていたひとりではなかったかと思える。

実慧は空海と同郷の讃岐で、しかも佐伯氏の出であるというから、血縁であったかもしれない。『弟子譜』によるとかれが奈良の戒壇院で受戒したのは延暦二十三年で十九歳であったという。空海より少《わか》いこと十二歳であったことがわかる。かれは受戒の前、空海がわかいころに縁のふかかった奈良の大安寺において唯識学をまなんだ。空海はここでこの年少の同族人に会ったに相違なく、実慧の聡明さに将来を期待する思いをもったであろう。実慧は空海の渡唐を見送ったはずであり、空海が帰朝すると、かれはまっさきに和泉へゆき、槙尾山寺《まきのおさんじ》に空海を訪ねている形跡もある。どうやらそのまま入門したようであり、ともかくも空海が帰朝早々、なお世間との接触を断っている時期にその身辺に侍したことを見ると、空海の最初の弟子のようであった。空海が実慧を信倚することがいかに篤かったかは、その二十五箇条の『御遺告』に、「実慧大徳ヲ以テ吾ガ滅度ノ後、諸弟子ノ依ルベキ師長者」たるべきことを定めていることをみてもわかる。事実、実慧は空海の後継者の筆頭になり、空海の最期もみとった。空海が没するや、実慧はその死をはるか長安の青竜寺に報じているのである。実慧はそれを報ずるためにじつに苦心した。わざわざそういうことをしたのは、空海の遺嘱か、それとも実慧が、空海の長安に対する想いの深さを推しはかってそのようにとりはからったのではあるまいか。

高野山をひらくについても、実慧が登場する。空海がこの地を卜《ぼく》するや、実慧と泰範をやって地を拓き、一、二の建造物を建てさせた。空海はおそらく実慧には、高野山についてのかれの大構想のようなものをひそかに語っていたのではないかと思える。

「長安を偲びたいのだ」

と洩らしたかどうかについては、あくまでも空想である。

当時、高野の街路をはじめて歩いたときの私の空想は、大人びてからこの稿を書いているいまよりも、はるかに愉しく、いましきりに、その頃の自分に、どこかで出遭ってみたい思いがする。

空海は、天皇にも倦き、京の田舎くさい貴族たちにも倦き、あるいは南都の泥くさい長老たちを相手にしていることにも倦いたであろう。

空海はすでに、自己を密教の宇宙観によって抽象化してしまっている。その抽象化された空《くう》の一点であることが、即身にして大日如来になることであり、そのことは世俗でいう高僧であるということではなく、かれの思想でいえば普遍存在としての人類ということであった。かれは俗世との関係においては国王や貴族をみとめつつも、その思想の展開においてはそういう階等をみとめなかった。かれは国王や貴族を布教のために利用しつつも、一面それらが住む京をわずらわしく思ったであろう。かといって世捨人のように山林に隠遁するという趣向は、まったくこのまないようであった。かれにとって必要な山林は、権力の諸階級の住む場所から離れ、その隔絶された場所において別の王国をつくるということであったかと思える。といって、かれ自身が王者になりたかったかというと、わずかに機微から外れる。しかしそれに似てもいる。たとえば天の大いなる部分に兜率天《とそつてん》がある。その兜率天にも、地上と同様天人とよばれる者がいて、人間世界同様、生活も愛欲もある。その兜率天を主宰する王が弥勒《みろく》菩薩である。空海が、都人士の知らない所に別天地を築き、都と同様の華麗な街衢をつくり、そこで悠々と四季をながめたいという気分は、模範としては兜率天があるであろう。しかし現実の造形イメージとしては、長安の街衢であったろうか。

初夏のあかるい雨の日など、空海は住房に横たわりながら、軽塵をうるおしてゆく雨のきらめきを見、楼門や堂塔の赤や青の色彩があざやかにあらわれてゆく光景を見るとき、ふと、長安に在る思いをかれがもったとしてもかれの思想の瑕瑾になるはずがなく、むしろその愉しみをひそかなモチーフとしてこの山上の宗教都市を構想したとしても、空海という人間のおもしろさをすこしも傷つけるものではない。むしろ空海の巨大さは、その多芸にも見られるような余裕にあり、その余裕――遊びといっていい――の中でそういう構想をもったと想像するほうが、日本文化史上、けたはずれのこの存在らしくていい、と当時の私は空想した。

「お大師さんは、きっと娯まれていたのではないでしょうか」

と、その夜、泊めてもらった宿坊で、執事のような仕事をしている僧にそういうと、それまでいい気分で酒をのんでいた僧が真顔になり、そういうことを言うと、兵隊にとられても生きて戻れるかどうか保証できませんよ、といったのは、気味悪くもおかしくもあった。

そういわれても、いったん私の脳裏に赤い煙のように靄《もや》ってしまった空想をはらいのけることができなかった。私は明治のころに巴里に留学して日本に戻ったひとびとの気持と考えあわせたが、八、九世紀のころの大唐長安と日本とのあいだの文化的な落差のはなはだしさは明治の日本と巴里どころではない。それを思うとき、詩文と造形のふたつながらにおいてあれだけ芸術的感受性の豊かだった空海が、長安にいた日々を恋しく思わないはずがなく、思うとなれば、感情の量の多い人物だっただけに狂おしいほどのものがあったのではないか。日本での空海は孤独であったであろう。

空海が、紀伊国伊都郡の南に人跡の絶えた山がある、ここを修禅の場所として賜わりたい、という上表文を書いたのは、弘仁七年（八一六）四十三歳のときである。帰国後、ちょうど十年になる。

弘仁七年といえば、空海の年譜は充実している。この国の国王から慕われ、請われて屛風に揮毫したのもこの年であったし、国王の厄を祈願したのも、この年である。さらには、弟子泰範に代って最澄に絶縁の手紙を書いたのもこの年であった。日常は多忙だったし、すべて俗世に恵まれている上に年齢も老いるというに早かった。山林に居をもとめたといっても、中世の後半期に流行した隠遁に似たようなものではなかった。

このときの空海の上表文がのこっている。上表文によれば、

「空海、少年ノ日、好ンデ山水ヲ渉覧セシニ」

とあるから、あるいは空海は山林をしきりに跋渉していた少《わか》いころ、高野山にゆきあたったのかもしれない。上表文で説明している高野山への行き方については、吉野から入った私が道に迷って高野山の裏に出た経路と、ほぼ似ている。

「……吉野従《よ》リ南ニ行クコト一日、更ニ西ニ向ツテ去ルコト両日程ニシテ、平原ノ幽地有リ。名ヅケテ高野ト曰フ。計ルニ、紀伊国伊都郡ノ南ニ当レリ」

この山の景観については、

「四面高嶺ニシテ、人蹤蹊《みち》絶エタリ」

と、いう。

空海はさらに、わが国に寺院が多いが、高山深嶺に伽藍がないためにここで禅定に入る者がすくなく、はなはだ残念である、という。

以下、直訳する。

「山が高ければ雲雨は草木をうるおし、水積れば魚竜があつまる。このゆえに、インドの霊鷲山（釈迦の説法した所）には釈尊の徳が消えることなく、また南インドの補陀落迦山には観世音菩薩の霊験がいまなお絶えることがない。そのわけは、地勢がおのずからそうなのである。大唐にもそういう山がある。五台山には禅客が肩をならべ、また天台山には禅定を修する者が袂をつらねている。これらはすべて国の宝、民の梁《はし》である」

これによって見れば空海の高野山構想における発想のもとはインドの二例と中国の二例にあるようであり、しかしひるがえって考えれば、この時代の文章作法はそういうものでもあるであろう。よりどころを古典や故事にもとめ、かつ事例を対《つい》にしてならべねばならず、そういう意味ではインドの二山も中国の二山も、堂々たる上表文を構成するための装飾上の柱ともいえるかもしれない。むろん高野山の必要を説くのに、インドと中国の例をもちだすことが日本国の朝廷を説得するのにもっとも有効であるということもあるであろう。

高野山についての空海の発想は、右の上表文でうかがうことも可能だし、また状況としてすでに最澄が叡山をひらいているということからも、かれは発想を得たかもしれない。また空海は元来、山林の行者であった。その気分、思想の延長としての高野山構想ということも十分ありうるであろう。しかし天台山、五台山または叡山の模倣としてかれが高野山を発想したとのみ見ることは、空海の豊熟な感覚世界からいえば、やや物足りなくもあり、多少、空想の余地がゆるされそうにも思える。

右のような空想をはばむ要素は、まだほかにある。

高野山は、空海の在世中は未完成で、中世末期におけるその最盛期のような――ほとんど宗教都市とでもいうべき――大景観は、百分の一もととのえられていなかったということである。空海が上奏した願いは、その年のうちに許可された。以後、空海の死まで十九年の歳月がある。高野山の堂塔伽藍の造営ははかどらず、私の年少のころに空想したような景観にいたるには程遠かった。

理由はいくつも考えられる。なんといっても高野山は空海個人の私寺で、その造営費は一紙半銭も国庫から出ないのである。造営には、権門勢家の寄進をまたねばならず、そのために空海は多少の努力をせねばならなかった。しかし空海の当時の農業生産力というのは平安後期にくらべて低く、藤原氏でさえ巨大な財力を集中している存在とはいいがたかった。空海がもし中国の五台山や天台山を構想しているとしても、その構想の一端ぐらいを実現するのがやっとというべき時代であった。

空海の在世中、この高野山の造営をたすけたのは、知名の存在ではなく、この山に近いところにすむ紀州の無名の豪族たちであった。空海の書簡などをあつめた『高野雑筆集』には、そういうひとびとに寄進を乞う書状や礼状のようなものがあつめられている。たとえば紀伊の豪族の大伴氏あての書状には、あなたと私とは先祖がおなじである、そのよしみをもって、「伏して乞ふ、仏法を護持せんが為に、方円相済《あひすく》はば（僧である私と俗であるあなたとが相たすけあえば）幸甚、幸甚」

などと書いている。またあてなは不明ながら、釘がないから大工の仕事にさしつかえている、どうか釘の恵みを垂れてほしい——釘子《ていし》ナキニ縁ツテ、工事、功ヲ畢《をへ》ル能ハズ。望ムラクハ早ク恵ミヲ垂レヨ——という悲痛な手紙もある。

また、米と油をめぐんでくれた地元の有志らしい者に、

「……米油等々ノ物ヲ恵マルヲ辱ウス。一喜一躍。雪寒シ。伏シテ惟《おもん》ミレバ、動止イカン」

などという礼状を書いている。工事をする者の食糧に事欠くありさまだったことが、この書状でもわかる。さらにはまた工人や人夫の食糧にもこまっていたのは、別の書状で「工夫《こうふ》、数多くして粮食《らうしよく》給しがたし」といっているところからみても察せられる。

このような造営の多難さからみても、在世当時の空海というのは、帰国後まだ十年もしくは十数年しか経っていないということもあって、後世ほどには知られることが薄かったろうと推量しうる。もし後世の声価とひとしいものが在世中の空海にあったとすれば、いかに農業生産

力のひくい時代であったとはいえ、たちどころに財貨はあつまったであろう。すくなくとも知名の権門勢家が応援したであろうが、そういう気配はなかった。

空海がひたすらに土豪や庶人にちかい者に寄進を得ようとしたのは、かれの大衆志向の思想から出たものと解釈するよりは、頼るべきものはその階層しかなかったということもあるかもしれない。

「……モロモロノ檀越等、各《おのおの》一銭一粒ノ物ヲ添ヘテコノ功徳《くどく》ヲ相済ヘ」

などとも書いているのである。「もろもろの檀越」にしてもしその喜捨をすれば、

「所生ノ功徳、万劫ニシテ広カラン」

と、空海はいうのである。空海がこの時代の私寺造営のやり方としてはめずらしく世間の大方から一銭一粒の寄進を仰いだことが、結局は中世後期からの高野山の性格を決定することになったといえるかもしれない。大衆という場からみれば最澄と叡山が、空海と高野山にくらべてなじみが薄かったことを思うと、その理由として空海、最澄の思想の相違や、後年の高野聖などの活躍も考えられるにせよ、空海の高野山造営の募財の方法があるいは決定的に性格付けたといえるであろうか。

空海は、造営と募財のすすまないことにいらだったであろう。しかしかれの異様なほどの多忙は、かれがその私寺の造営に専念することを許さなかった。

平安京の中央道路である朱雀大路の南端に、羅城門がある。

その東に東寺という広大な区劃が、塀に区切られて京の一景観をなしている。この建物は平安京の造営とともにつくられたらしいが、創建の由来については確実なことはよくわからない。寺というが、寺という漢字に「役所の建物」という意味があることは、たとえば長安において外国の使節を宿泊させる建造物またはその役所を鴻臚寺といったことをみてもわかる。東寺は、元来、宗教施設としての寺ではなかったらしい。

平安期における日本の官制では、外国の使節を接待する――長安の鴻臚寺に相当する――役所を玄蕃寮といった。一説によると平安遷都にあたり、京の東西に玄蕃寮が置かれた。その東の施設が東寺――くどいようだが東の鴻臚寺という意味――である、といわれているが、証拠はないにせよ、そのとおりであろう。西寺もあった。これは十分に造営されないままにすたれたように思える。

その東寺を、空海に対し、

「官寺としての密教道場にしないか」

という内々のはなしがあったのは、空海が私寺の高野山の造営に苦心している最中であった。

空海の住寺は、依然として高雄山寺である。

高雄山寺が官寺（定額寺）に編入されるのは天長元年（八二四）空海五十一歳のときで、この時期は依然として和気氏の私寺でありつづけている。このために空海は、その住房の高雄山寺経営からして見ねばならず、私寺であるからには建物の増設ひとつからして困難であった。ましてあらたな密教の諸仏、諸菩薩、諸天の像をつくって奉置することは財政の上から至難であった。密教は彫刻と絵画を中心として美術によってその思想をあらわさねばならないので、いかなる宗よりも経費のかかるものであった。このため、空海は高雄山寺に住みつつも、この寺を十分には密教化するにいたっておらず、このことが空海の不満とあせりであっただろう。

ついでながら、空海はこの時期もなお奈良の東大寺別当を兼ねている。東大寺を密教化するためにかれは域内に真言院を建てたものの、なんといっても東大寺は華厳《けごん》の中心機関でもあり、南都仏教の根拠地のひとつでもあるため、空海の思いのままにこれを改造できるわけではなく、むしろ空海の側からいえば、東大寺別当というのは、他宗に奉仕するためのいわば余計な仕事というべきものであった。

空海は、その思想と使命感から、当然ながら密教の中心機関を設けたかった。このことはひそかに嵯峨あたりを説いてその内意を得ようとしていたはずであった。しかしそれがあるいは困難な事情がつづいていたこと——想像だが——もあって、高野山に私寺を造ろうとしたということでもあったであろう。とはいっても一介の僧が私寺をつくるというのは至難のことであり、さらには高雄山寺の経営も見ねばならず、この時期の空海は何やかやと大変であったにちがいない。

そこへ東寺の話があった。

既存の建物を利用するとはいえ、ともかくも国費で密教の中心機関をつくることができたのである。

空海にすれば、

(やや不満だが、しかし悪くはない)

という気持だったかと思われる。

やや不満というのは、空海は敷地の選択や建物の造りそのものからして密教的構想による中心機関を造営したかったろうと想像しうるからである。寺院そのものが密教構想によってつくられるということは、インドや唐においても存在しないことであった。空海が学んだ長安の青竜寺にしても、青竜寺そのものは国家がつくった一個の容器であり、たまたまその容器に恵果のような密教家が入っているからこそ密教寺院とよばれているだけのことなのである。

空海が高野山をつくろうとしたことは、建築造形や配置からして密教思想の表現たらしめたいということであり、この意味では、かれはインドの密教からも唐の密教からも突きぬけて――というよりも純化と総合を遂げたいという――苛烈なほどの欲求があった。空海の密教思想そのものが、多分に土俗的な段階にあるインド密教やその翻訳状態にあったところの唐の密教にくらべ、より大きく体系化し、より精密に論理化したという点において区別さるべきだが、そういう思想上の作業を越えて寺院までを密教化しようとしているのは、不空でも恵果でもない別趣の密教家がそこにいるといっていい。高野山を造営したいという動機の大部分は右のような理由にもとづくものであり、同時に東寺という既存の寺しかもらえなかったことにやや不満であったろうと想像するのも、右の理由による。しかしともかくも空海は国費でもって東寺を密教化することができるのである。

空海は東寺に講堂を建立し、そこにおさめた二十一尊の仏像（五仏、五菩薩、五大明王、六天）は、わが国最初の密教の正規の法則（儀軌）による彫像であった。仏像のまわりの装飾的な装置も、祈念するに必要な法具も正密によるすべてであり、密教の造形上の法則とシステムは、高野山に先んじて東寺において大完成した。

さらに空海は、灌頂堂、鐘楼、経蔵をたて、大建築としては五重塔をたてた。五重塔をたてるためには、官寺ながらもある程度は勧進によらねばならぬほどに大がかりな普請になった。

空海は、東寺を密教の道場にするにあたって、思いきった閉鎖的方針をとった。東寺に他宗の者を雑居せしめないということであった。この空海がたてた新法則は、唐にもなく、日本の南都仏教にもなかった。唐においては、寺というものが一宗で独占するというものではなく、他宗に対してつねに開かれ、その寺の特徴とすべき学問や行法を学びたい者ならば、その僧が何宗を奉じていようともかまわず、この原則はいまなお中国の寺院においてはつらぬかれている。その風を、日本の奈良仏教はうけた。

しかし、空海は閉ざした。

空海の言葉（『御遺告』第一条）によれば、東寺をもらったことについて「歓喜に勝《た》へず。秘密（密教）の道場となす」として、

「努力《ゆめ》努力《ゆめ》、他人をして雑住せしむるなかれ。こは狭き心にあらず。真を護るの謀《はかりごと》なり。……非門徒の者をして猥雑せしむべけんや」

と、弟子たちに宣言したばかりでなく、入念にも官に願い、空海が望む非雑居について、太政官の官符による禁令まで下げてもらった。この鉄則をただに寺院の私法にとどめず、国家に対し、法でもって保証せしめたのだが、その官符の文章がのこっている。弘仁十四年十月十日付の官符で、「他宗ノ僧ヲシテ雑住セシムル莫《な》カレ」という、右の『御遺告』とほぼ似たような禁止の文句がつかわれている。

もともと密教というのは、唐では「宗」という一個の体系のものとは言いがたく、仏教界におけるありかたも、既成仏教のなかにあらたに入ってきた呪術部門という印象のものであった。空海が唐ばなれをしたのは、本来仏教に付属した呪術部門である密教を一宗にしただけでなく、既成仏教のすべてを、密教と対置する顕教として規定し去ったことである。しかも密教を既成仏教と同格へひきあげたのではなく、仏教が発展して到達した最高の段階であるとし、従って既成仏教を下位に置き、置くだけでなく、『十住心論』において顕教諸宗の優劣を論断し、

それを順序づけた。要するに多分に技術的な呪術部門であった密教が、空海の手で巨大な宗教体系に仕上げられ、既成仏教からの独立性を主張しただけでなく、『御遺告』にいう「他人」が東寺に雑住しにくることさえ禁じたのである。

「他人」の代表的な存在は、密教を依然として呪術部門としたがる最澄の天台宗の徒であった。かれらは密教をことさらに「遮那業《しやなごう》」とよび、その名称でもって天台宗の一部門とし、空海から遮那業を学びとろうとして、たとえば泰範問題がもちあがった。空海は「雑住」を禁ずることによって泰範的な問題が繰りかえされることをふせごうとし、さらには密教が一宗であることを護ろうとした。

「狭キ心ニアラズ」

と空海はいうが、たしかにそうではなく、密教を一宗として独立させようという大目的のための他者への拒絶とみるべきであった。しかしながら、空海以後の日本仏教の各宗が宗派仏教としてたがいに胸壁を高くし、矮小化してゆく決定的な因をなしたという点で空海もまた最澄と同様、その責《せめ》をまぬがれえないともいえる。ただ論理的体系とはつねに「狭キ心」から出ているという一般論のレベルからいえば、空海はこの国にあらわれた最初の論理家ということもいえるであろう。

東寺の密教化と併行してつづけられている高野山の造営もまた、空海の論理と拒絶姿勢と、そして独立体系の造形化として受けとれる。

以上からみれば、空海が、自分の過去になった長安の夢をかすかにでも息づかせようとしたという空想は、何の根拠もなさそうになってくるし、もともと空想に証明をもとめるのが無駄であるともいえそうである。しかしこの空想の中に、たとえそれが蜃気楼のように倒錯した像であっても、空海の生き身の片鱗が見えるような気がするのは、むろん、あくまでも錯覚かもしれない。空海像を錯覚としてみたくなるほど——あるいは錯覚としてとらえれば生身の空海の片鱗が見えるかもしれないと思えるほどに——空海の言動は、その論理において精妙すぎることにおどろかざるをえない。

三十

この稿を書いている途中、たまたま筆者に中国へゆく機会があり、日程に長安（現、西安）が入っているというので、しばらくこの稿を休み、空海の故地を訪ねてみることにした。

西安の前に、洛陽に泊まった。洛陽においては、空海の在唐中に流行をきわめた牡丹を賞でる習風がなお残っていたことが、この稿でふれた習風だけに、ひどく懐しく思われた。洛陽では、ロシア風の古びたホテルにとまった。そのホテルの中庭でもさかんに栽培されていた。しかし私どもは季節に遅れて着いたために、花はすでに凋もうとしていたことが残念だった。花も観られることに疲れたのでしょう、と土地の何かの責任者が、ちょっと詩的なことをいって、遅くきた私どもの不運を慰めてくれた。

西安では、しきりに柳絮が飛んでいた。風のないときは宙空を羽毛が浮かぶようにゆるやかに動き、大雁塔の上のように風のつよい場所では粉雪が散るように空中でめまぐるしかった。

西安という都市は、唐の長安の境域とわずかにかさなって（長安の皇城の地を重ねて）存在している。唐代、人類がもった最大の国際都市だった長安は、いまはそのころの城壁も第館も街路もなく、すべてがあとかたもなく土に化《な》ってしまっているが、ただ大雁塔と小雁塔だけが例外として遺っているのである。

長安のころの都の人士たちは、早春、この高さ六十メートルの磚《せん》の塔にのぼることを年中行事のようにしていた。登りつめてその七重の上の窓から、窓に区切られた郊外の田園を見、田園に春がきている気配を観ることをよろこぶ習慣をもっていたのだが、空海もおそらくこの慈恩寺（塔は慈恩寺のもの）にきて、然るべき僧の許しを得、塔の上まで登ったに相違ない。私ものぼってみた。内部の階段は登るにつれて果てしもないように思われ、途中で息切れして何度か断念しようとした。しかしついにのぼった。つい、空海のことを想った。かれはこの当時、少《わか》くて壮んであり、かつ日本にあるとき山林を好んで上下していたために、軽風に乗るような身軽さで上まで至ったにちがいない。

塔の上に立って、

「西明寺《さいみようじ》は、どの方角でしょう」

と、案内の若い女性にきいてみたが、そのひとは知らなかった。私の文献上の知識では、空海が滞在中に寄宿していた西明寺の寺域は、長安の西市にちかい延康坊にあった。ともかくも日本から持参した長安の市街図をとりだして、この大雁塔——長安市街の南のはずれにちかい晋昌坊——から北西の空をのぞんでみた。縮尺を勘定して直線六キロにちかいかなたまで目をあげた。しかし一望、黄土層の上の田園は茫々として陽の下にけむっているのみであり、長安をしのぶよすがはなにもなかった。

さらには、文献でいえば、空海が出かけて行って恵果《えか》に出会った青竜寺は、大雁塔から北東直線四キロ弱のかなたの新昌坊にかつてはあったはずである。しかしそのあたりは、ひくく黄色い丘にはばまれ遠望がきかず、やむなく塔の上のテラスに立って最上階の屋根を見上げているしかなかった。

大雁塔の屋根は、屋根というより庇《ひさし》というに近い。そこにも永年の黄塵がつもっているらしく、そのつもった黄塵に、おどろいたことに高さ五、六メートルの楡《にれ》の若木と樫《かし》の若木がはえていて、その葉の茂りに小虫でもいるのか、雀のむれが気ぜわしく出入りしていた。その雀たちのざわめきとどういう脈絡があってのことか、空海が長安を去って千年以上の歳月が経ってしまっているのだというこの当然なことを、しきりに私に思わせた。

帰国して高野山にのぼろうと思っていたが、旅の疲れが出たために果たせぬまま、この最後の章を書くにいたっている。

空海が死んだ事実および年月日については、高野山関係の資料をしばらく措くとすれば、

『続日本後紀』に拠るのが、穏当とおもわれる。『続日本後紀』は天長十年（八三三）から嘉祥三年（八五〇）まで十八年間の勅撰の実録で、俗間の記録としてはこれを参考にするのがほぼ常識的態度といっていい。

それによれば、承和二年（八三五）三月丙寅（二十一日）に、空海は紀州高野山において生を了えた。

承和二年三月丙寅、大僧都伝燈大法師位空海、紀伊国ノ禅居ニ終ル

と、いかにも役所の記録文らしく簡潔に書かれている。ほかに、「自《みづか》ラ終焉之志有リ」という記述があることをみれば、空海が自分の最期を予告していたということは、この種の記録者の耳にも入っていたことかと思われる。

空海は、死んだ。

しかし死んだのではなく入定《にゅうじょう》したのだという事実もしくは思想が、高野山にはある。この事実は千余年このかた継承されてきて、こんにちもなお高野山の奥之院の廟所の下の石室において定《じょう》にあることを続け、黙然とすわっていると信ぜられているし、すくなくとも表面立ってこれを否定する空気は、二十世紀になっても、高野山にはない。

高野山というのは、中世末期のころから僧以外の教団関係者である高野聖《ひじり》や高野行人《ぎょうにん》たち

が経営的な活動をし、津々浦々に大師信仰をひろめたりして、いわゆる肉山《にくさん》のにおいを濃く印象される処だが、俗化してしまっているのかとおもえば、ときに意外に思われるような信仰ぶかさがある。

たとえば、この稿を書きはじめたころに筆者の友人からきいた話だが、その友人の同学の人が、高野山大学の国文の先生をしている。ごく最近のことらしいが、この人が学生何人かを連れ、すでに廃道になっているふるい登山路を登ったところ、道が笹などにおおわれているために草に足を踏みこみ、空に舞って谷底に落ちてしまった。しばらく気をうしない、やがて薄々ながら意識がもどりはじめたとき、学生たちが懸命に自分たちの肌でこの人をあたため、泣くような声で口々に「南無遍照金剛」と唱えつづけていたという。遍照金剛とは、空海が長安の青竜寺で恵果からもらった金剛号で、その後、空海に対する尊称になっている。学生たちは自分の教師のいのちをとりもどすべく休みなく空海の名をよびつづけることによってその加護を得ようとしたのであろう。

こういう意外さのなかに、空海の入定についての超事実的な信仰があるらしい。

ある年、筆者は、高野山西南院の和田院主と話しているとき、ふと思いだして、

「この山に、どういう法要のときでもただひとり金襴の衣をつけず柿色の粗末な衣を着て、しかも高い序列にいる老僧がおられるでしょう」

あれはどういう人ですか、ときいてみた。

「ああ、黄衣《こうい》の人ですか」

院主は、私がいった柿色の衣という言葉を修正した。要するに黄衣とは、空海在世のころの僧衣である。あるいは空海がこの山に登ってきたときの衣だともいう。私がかつてきいた話では、その黄衣の人はそういう職分の人で、管長と同格といえるほどに権威のある職だという。

「その職分の僧を、イナといいます。維那と書きます」

「ユイナですか」

「高野山では、イナとよぶんです」

と、和田院主はいった。

維那とは都維那《ついな》ともいい、中村元氏の『仏教語大辞典』によるとサンスクリットの漢訳で、さまざまの意味があるようだが、要するに、僧堂の庶務一般を総裁する職であるらしい。高野山の場合は奥之院の最高管理者のことをいい、その職の仕事は本来、廟所にいる空海の衣を更えたり、朝夕二度の食事の膳をすすめたりする。要するに維那さんとよばれる人だけが、空海が地上にあったときとおなじように衣食の世話を通じて仕えている。そのために、後世のあの金襴のよそおいを憚ってひとり黄衣を正装としているのであろう。

私がかつて高野山できいたところでは、維那さんは廟所のなかにいる空海の模様をその法弟や息子にさえ他言せず、代々の維那で他言した人はおらず、そのために空海が生前の姿のままで凝然としてすわっているのか、単に木像があるのか、それともそれらが一切なく、ただ壁と板敷だけの神聖空間があって、二度の食事の膳をささげたり、ひいたりしているのか、そのあたりのことは維那をつとめた人以外は、一山の誰もが知らないというのである。「知る必要がないんですもの」と笑って私の質問を避けた若い僧もあり、その避け方の明るさが印象的であった。

以下、連想である。私は、奥之院の廟所のことを想うたびに『今昔物語』のなかにある話をおもいださざるをえない、ということなのである。

ついでながら高野山は中世においてしばしば荒廃した。その最初の荒廃は、空海の没後わずか七十年でおこっている。高野山の殷賑は中世末期ごろから――つまり空海そのひとを信仰の対象としてかついで歩いた高野聖の活躍から――ではあるまいか。最初の荒廃は、空海から四世目の座主である無空のとき、真言宗においては高野山と並立する寺とされる京都の東寺とのあいだに争いがもちあがったためにおこった。『三十帖策子《さくす》』の帰属をめぐってのことである。『三十帖策子』というのは密教にとって重要な経軌で、真言の儀軌に関する虎の巻といっていいであろう。三十帖あるところからその名がついている。空海が長安にあったとき、青竜寺の恵果から筆写をゆるされたもので、なにぶん時間が限られていたために空海自身も手写し、写経生をもやとい、さらには友人の橘逸勢も俗人ながら手写を手伝った。策子とは、折って糸でとじた冊子のことである。空海は生前、儀式をやるたびに、手順や様式にまちがいがないよう、その虎の巻をのぞいていたにちがいない。

　この策子は、空海在世のころ、東寺の経蔵におさめられていたが、その後、高野山の第二世座主の真然が借り出して高野山にもちかえり、借用したまま没した。第四世の無空のときになって、東寺はこれをかえせとはげしく督促し、督促をくりかえしたが、無空はかえさなかった。ときに東寺の長者は観賢である。策子がないかぎり儀軌にうるさい真言宗としては法を整えにくいという事情もあったであろうが、一つには観賢という人物は争うことに情熱を覚えるたちであったようでもあった。かれはついに宇多法皇をうごかし、院宣をもって高野山に返還を命ずるという非常の方法をとった。

　それでも高野山側の無空は返さず、無空はよほどいこじになっていたのか、ついにこの策子を抱いたまま多数の法弟もろとも高野山を捨て、身をかくしてしまった。一山がほとんど空家同然になって荒れたのはこのためだったし、この時期、廟所にすわっている空海も、この荒廃中は衣更えもしてもらえず、朝夕の給仕もうけなかったらしい。のち、曲折をへてこの策子は東寺にかえるのだが、この間、東寺の観賢そのひとが——争いに勝って——東寺の長者を兼ねつつ高野山の座主職になり、山にのぼった。観賢は敵地に乗りこむ思いもあったかとおもわれる。

『今昔物語』（巻十一「弘法大師始メテ高野山ヲ建ツル語《ものがたり》」）に出ている話は、どうやら右の事件が背景になっているらしい。このときに、観賢がそれまではながく秘密にされていたかと思われる空海の廟所をひらくのである。

空海の廟所は、最初からそうだったのか、いまはともかく檜皮ぶきの宝形造りの建物が建っている。

その建物は、うちに五輪塔を蔵しており、真偽はわからないが、地下に石室があるらしい。

このことについて平安期の代表的な学者である大江匡房（一〇四一～一一一一）に、それにふれた記述（匡房の著の『本朝神仙伝』）がある。匡房はむろん空海と同時代人でなく、かれの文章を読むには、空海の没後二世紀以上経って世に出た人物であるということを考慮せねばならないし、また匡房の在世中に道教的な神仙譚や怨霊信仰ならびにその霊異譚が流行したという時代的背景も考えねばならない。ともかくも大江匡房の右の著に、空海は死んだのではなく「金剛定《こんごうじょう》に入った」とし、「人、皆見ルニ、鬢髪常ニ生ジ、形容変ゼズ」と、見てきたようなことを書いている。高野山はむやみに人に廟所を見せていないのに、「人、皆見ルニ」などと書くのはいかがわしく、また髪が常にのびているなどと見てきたように書くのは、当代第一等の文章家といわれた匡房の性格がわかっておもしろい。物事を冷厳に認識する人でなく、自分の気分（神仙好き）に適《あ》えば興にのってみだりなことを書くという所があったのであろう。さらに匡房は右の著のなかで、空海が定に入っている地下の石室というのは、「山頂ヲ穿《うが》ッテ、底ニ入ルコト半里バカリ」と書いている。地下半里も掘りさげるという土木の能力は、むろん匡房の時代に存在しない。

しかしながら、『今昔物語』の成立は、匡房とほぼ同時代とはいえるものの、ただ観賢という歴史的に実在した人物が出てくるだけに、匡房の文章よりもなにやら信じられやすく出来ているように思える。


「その後」

と、『今昔』のこの文章でいうのは、空海の没後のことである。

「……その後、久しくありて、この入定の洞《ほら》を開きて御髪《おんかみ》剃り、御衣《おんぞ》を着せかへたてまつりけるを、そのこと絶えて久しくなかりけるを」

空海への給仕が、高野山の荒廃でもって久しく絶えていたのを、という意味である。つづいて、

「観賢僧正といふ人、権《かり》の長者にてありける時、大師には曾孫弟子《ひまぐでし》にぞあたりける」

と言い、さらに、

（観賢が）かの山に詣でて入定の洞を開きたりければ、（石室の中は）霧立ちて暗夜の如くにて、つゆ見えざりければ、しばらくありて霧のしづまるを見れば、早く御衣《おんぞ》の朽ち

たるが、風の入りて吹けば、塵になりて吹き立てられて見ゆるなりけり。塵しづまりければ、大師は見えたまひける。御髪は一尺ばかり生ひておはしましければ、僧正自《みづか》ら水《すい》を浴び、浄き衣を着て入りてぞ、新しき剃刀をもつて御髪を剃りたてまつりける。水精《しやう》の御念珠《おんねんず》の緒の朽ちにければ、御前に落ち散りたるを拾ひ集めて、緒をすぐすげて（糸を念珠にまっすぐにさし通して）御手にかけたてまつりてけり。御衣清浄にととのへまうけて着せたてまつりて出でぬ。僧正自ら室を出づとて、今はじめて別れたてまつらむやうに、おぼえず泣きかなしまれぬ。その後は恐れたてまつりて室を開くことなし

とある。観賢が空海の廟所に入ったというのは他の資料とあわせてどうやら本当らしく思える。そのときの状況が右のようであったのかどうかは別として、『今昔』の文章は匡房の文章とはちがい、眼前にその情景が、おそろしげに浮かんでくる。

空海のなにごとかがおさまっている廟の建物の下の石室については、『玄秘鈔』や『高野秘記』が、ほぼ信じうるかと思える。それらによると、廟窟は地下一丈五尺掘られ、およそ一間四方の石室であるという。その石室の内部に厨子を置き、その厨子のなかに空海の定体《じようたい》が安置されている。石室の天井は厚さ三尺余の大きな石でできていて、その上に土をかぶせ、地上に五輪塔が置かれている。扉はどこにあるのかはわからないが、もとはたしかに存在し、開閉

できるようになっていた。しかし観賢僧正がこれをひらいてこのかた、永く扉を開かしめないように鎖されてしまったという。

空海がこの世に身を留めて定に入っているということについては、明治後も、真言関係の著述家たちはそれを信ずる立場をとっているように思える。叙述の精密さで定評のある『弘法大師伝』(蓮生観善編纂、昭和六年刊)でさえ、この一点になると叙述態度が微妙に変化し、「入定と入滅とは大いに違ふので、大師は入滅せられたのではなく、入定せられたのであります」と信仰的な態度をとっている。信仰的態度にとって考証という行為は困難だったであろうが、しかし資料などを援用しつつあくまでも入定を力説し、ついには、「禅定に達すれば自分の生死さえ自由に操作できる」という意味のことまでのべている。ただし、空海が身をこの世に留めて定に入ったことが、たとえば中世末期に行者たちが自分をミイラ化することに情熱をもったように、肉身を枯らせてミイラにしたということなのか、それともなお生体のままでいることなのかは、右の『弘法大師伝』は、あいまいにしている。その上でわが国にこのこと(留身入定)は空海の当時において例がなく、そして中国にもない、ただインドにのみその例が一、二あった、としている。

昭和八年の刊行になる『文化史上より見たる弘法大師伝』(守山聖真著)の場合、入定か入滅かについてさすがに碩学らしく、神秘的立場をとらず、入滅としているが、しかし著者は空海自身の信念においては「入定の可能性を信じ、自己に於いては御入定したものと信じて居たのである」とされている。

この断定をたすける資料はきわめてかぼそいものなのだが、察するに宗門人という立場上、いかに入滅であるという見方をとってもこの一点においてだけは踏みとどまるべきだとされたのかもしれない。ひるがえって思えば、べつに留身入定することが空海の真言密教と思想的にかかわりがあるというものではない。むしろ一切は零であり零は一切であるという立場をとっていた空海の思想からいえば、留身入定は余計なことであろう。おそらく空海その人はただ普通に死んだのであろう。

死の前の空海は、堂々としている。かれは早い時期に死期をさとり、それを予言し、しかもその予言はけれんでおこなったのではなく、予言することによって弟子たちのすべてを緊張させ、それでもってなすべき仕事を為遂げてしまおうとしたためにおこなったような印象がある。

空海はその死の四年前の天長八年（八三一）八月に、病あるによって大僧都の職を解任してもらいたいという上表文を書いている。その文章によれば病というのは去月からおこったという。

「去月ノ尽日、悪瘡体ニ起ル」

しかも、「吉相現ゼズ」というのである。空海はこの悪瘡をよほど重くみていたらしく、大僧都の職を「永ク所職ヲ解イテ、無累ニ遊シ……」とし、僧侶としての朝廷の行政職を以後ずっと解いてもらうことによって法のために自由の境涯になりたいと乞うていることからみても、事は軽々ではなかったように思える。『大師御行状集記』には、「天長八年六月之比《ころ》ヲ以テ、大師癰瘡《ようさう》ヲ煩ヒ」とあるから、悪瘡とは癰であったのであろうか。

癰とはこの当時としては悪質そのものの腫物で、皮下組織に癤《せつ》という小腫物が蜂の巣状に密生してできるもので、できる場所によっていのちとりになった。江戸期に蘭方の外科が入って癰による死亡率をさげることに功があったが、それまではほとんど死病に準ずるほどにおそれられたから、空海の時代、空海がこれをやんで僧官を辞職しようとしたのも当然であったであろう。

ふつう、これが空海の命とりになったと言い、前記守山聖真氏の著でも癰という病気について医史学的な資料診断をおこない、可能性として腎臓病でも併発して亡くなったのではないかとされているが、しかしこの死の四年前の癰の病気が死まで継続したという資料――たとえば病気平癒を祈念する祈禱の資料など――がなく、逆に途中で癒ってしまったということを想像させる資料（ともいえないが）もある。右の『大師御行状集記』がそうである。空海の病気が癰であることを書いた最古の文章で、辞官を乞う上表のことも書かれている。それらの記述につづいて、恵果が空海の室に入ってきたという。弟子が見るに、「未曾有ノ修行者、俄カニ出来シテ」空海に面謁した。対面している空海に喜色はなはだしく、やがてその修行者が「不動ノ咒《しゅ》」を数百ぺん念誦したあと、癰のしんをひき抜いて平癒させてしまったという。述べるところ、はなはだ神異だが、しかし平癒したということを想像する一材料にはなりうる。むろん信ずるというまでには至りにくい。ついでながら、辞官の乞いは許されなかった。このためかれは高野山に隠棲したいと思いつつも世間のしごとが多くて果たせず、主として京や奈良にいたかのような形跡が濃い。

平癒したのかどうかはべつとして、空海の死の前の活動ぶりというのは、よほど健康でないと考えられない。

かれは死の一年二ヵ月前の承和元年正月に宮中の中務省で、後七日の修法をやっているのである。しかもその翌月の二月十一日には人の乞いで奈良へゆく。そこで写経供養の導師をつとめ、願文もつくった。そのあとかれがなお長老を兼務している東大寺へゆき、その塔頭の真言院に滞留した。この間、奈良の学徒にしきりに講義をし、とくに東大寺真言院において法華経を講じているのである。この死の前の法華経講義は、ひとびとにとって印象的だったかと思える。つまり、法華経は空海にとって専門外の顕教の——さらには最澄が天台宗の根本経典にしたところの——経典で、これを講義することじたいがひとびとに意外であった。しかも空海はこの講義においてじつに入念で、『法華経釈』という解釈論まで書きおろしたほどであった。

ついでながらこの作品は空海にとって最後の著作になった。察するに、「いままで顕教とか法華経などくだらないと言いつづけてきたが、すこし修正しなければならないかもしれない。顕教もまた重要であり、法華経はわるくないものだ」

という気分が、この著述に溜息のように洩れてくるように思えるのである。空海はあたかも手だれの政治家のように政治的にはしばしば妥協したが、教学的には研ぎすまされたはがねで論理を構築するようで、妥協ということをいっさいせず、法華経講義はその意味で異変といってよかった。このとき、年数えて六十一である。年齢によるものか、それとも密教教学が完成して気持が寛容になったのか、それとも空海らしくなおもかれは政治的でありつづけ、たとえば自分の死後、顕教の徒に密教が圧迫されぬように融和の場をこのようにひろげておこうとしたのであろうか。空海の軟化はこの時期、弟子たちに対し、「顕教をも外教《げきょう》として学べ」(密ヲ以テ内ト為シ顕ヲ以テ外ト為シ、必ズ兼学スベシ。コレニ因ツテ本宗ヲ軽ンジ、末学ヲ重ンズルコト勿レ——御遺訓九箇条のうち——)とまでいっているほどで、以前のかれの体系に対する厳格さからは想像しがたいほどのことであった。

さらに空海は、死がせまりつつも活動する。奈良の東大寺に滞留した翌月の三月末日には、宣旨によってではあるが、かれの競争者であった最澄の法城のある叡山(最澄はこれより十二年前に死んでいる)にのぼり、六人の高弟をひきいて西塔院の落慶供養会にのぞみ、その咒願師をつとめている。非常な体力というべきで、もし癰もしくは併発の病気をわずらったままであるとすれば、空海の気力というのは驚歎すべきものといわねばならない。

しかも空海は、文献によれば栄養らしいものを摂っていなかった。

空海の遺訓をしるした『御遺告《ごゆいごう》』によれば、以下のことを死の前年（承和元年）に言ったという。

「吾、去《い》んじ天長九年十一月十二日より、深く穀味《こくみ》（米麦などの五穀）を厭《いと》ひ、専ら坐禅を好む」

お前たちも知ってのとおりわしはおとどし（天長九年）の十一月十二日このかた五穀を摂っていない、といった。このことはまことに尋常ではないであろう。粒食をきらったのは、病気がそれを受けつけさせなかったのか。また断穀してなお叡山に登るというのは信じがたいほどの体力だが、穀物のほかの何かを摂っていたのであろうか。そういう現実主義的な疑問に対しては、すべての資料が沈黙している。おそらく、他の何かを摂っていたのであろう。

しかし空海は、『御遺告』のなかで断穀している理由と意味を、自分の死後の密教と遺される弟子たちのためだ、と後世の感覚でいえば恩着せがましくいっている。つまり、右の文章――空海の談話――につづいて、空海は、

「皆これ、令法久住《りやうぼふくぢゆう》の勝計。ならびに末世後生の弟子門徒等のためなり。まさに今、もろもろの弟子等、諦《あきら》かに聴け、諦かに聴け。吾が生期、今いくばくならず。仁等《なんぢら》、好く住し、慎

んで教法を守れ。吾永く山（高野山であろう）に帰らん」

と、いうのである。

穀味を断つことがなぜ法の永続のためであり、また弟子たちのためでもあるのか、もともと『御遺告』というのが空海自身の文章ならともかく、空海の談話の文章化だけに、筆者の思想や思惑が入りうるから、これを基礎に大きな想像を結んでもいいものかどうか。ともかくも古来、入定説はこれを有力な証拠の一つとし、空海は留身すべく穀味を断ったと解釈してきた。空海が入定、とくに留身入定を期していたとしても、穀味を断つとミイラになりうるという「技術」は、どこからきたのであろう。インドにもそういうはなしは無さそうである。

おそらく空海は、単に死ぬことを考えていたのであろう。

自分の病いを考え、自分の死期を察し、察した以上は空海らしい卓抜な企画力と周到な計画性をもってこの死を堂々たる死に為遂げあげるべく事を進めはじめていたかと思える。穀味を断つということは、肉体のなだらかな衰えを期待していたのであろうか。衰えるということは、生命にとって一つの荘厳である。この自然に反し、栄養を補給して生命力を熾んにしたりすれば、生命力の一変形である病いがかえって力をもち、個体のなかで双方が格闘してみぐるしい死をとげるかもしれないという考えが、あるいは空海にあったのではないか。想像にすぎないが。

『御遺告』の別本に、弟子のたれかが、

――齢をとると、食事で衰えを支えるといいます。断穀などもってのほかのことではございませんか。

と、諫めたらしいが、空海の言葉として、

「命已《すで》に涯《かぎり》あり。強ひて留《とど》むべからず。唯だ尽期《じんご》を待つのみ」

といったという。休《や》みなん、休みなん――よせ、よせ――という文章もある。空海の態度はまことに決然としている。

空海が弟子たちをあつめ、遺言（『御遺告』に類本数種があるが、遺訓はほぼ九箇条）をのこしたというのは、死の前年の承和元年である。五月晦日であったらしい。奈良からおそらく京の東寺か、高野山に帰ってからであろう。

かれはこの間、自分が住持している高野山、東寺、高雄山寺、東大寺真言院などの後継者をすべて決めている。

その後、高野山にもどった。

高野山に雪が降りつもるころ、死の四ヵ月前の十一月十五日に弟子たちをあつめ、

「吾、入滅（入定とはいっていない）せんと擬《ぎ》するは、三月二十一日寅《とら》の刻なり。もろもろの弟子等、悲泣するなかれ」

と、宣告したということが、『御遺告』に出ている。

『空海僧都伝』によると、死の年である承和二年の正月になったある日より、「水漿ヲ却絶ス」とあり、ちょっとすさまじさを覚えさせる。体が水漿をうけつけなかったのか、それとも意志的に拒絶したのか、ともかくも空海は、かれの思想によれば単に普遍的なものにすぎないというその肉体を徐々に衰えさせ、衰えさせることによってみずからをその肉体から切り放そうとしていたにちがいない。


空海自身が予告している死期が六日後にせまった三月十五日、かれはふたたび実慧以下の高弟をあつめ、死期がせまったことを告げ、自分が死んだあとは、

「兜率天《とそつてん》に往生して、弥勒《みろく》慈尊の御前に侍るべし」

と、遺言した。このイメージは、空海にとってかれが密教の中に浸りきる以前の、少年のころからの素願であったと思われる。空海は二十代のはじめのころに、三つの異る思想の対決を試み戯曲のかたちに仕上げて『三教指帰《さんごうしいき》』と名づけたが、このなかに自らをモデルにした仮名《かめい》乞児《こつじ》という乞食姿の若者が出てくる。戯曲の中では仏教を代表する。継ぎあわせた椀を左ひじにかけ、馬の手綱を帯にし、茅《かや》のござをさげ、椅子を背負っている。ある隠士があきれて、

「それにしてもあなたは身にいろんな物を持っておられる」ときくと、乞食の小僧は昂然として、

――これは、兜率天へゆく旅姿だ。

という意味のことを言う。小僧は、さらに言う。精神の皇帝である仏陀は入滅にのぞんで、自分の後継者として弥勒菩薩をえらび、印璽をさずけた。大臣である文殊菩薩や迦葉《かしよう》尊者らは檄《げき》を四方に飛ばして弥勒菩薩が仏陀の位に即《つ》いた旨を衆庶につげた。これによって自分は檄旨をかしこみ、兜率天へ向うべく旅立ったのである、というのである。

比喩の巧みさは空海の天賦のものだが、そのことはともかく、年少のころのかれの宗教的気分のなかで兜率天というイメージほど強烈なものはなかったであろう。その仏国土にあっては弥勒菩薩は紫金摩尼の光の旋回するなかで昼夜となく説法している。この菩薩が約束づけられていることは、釈迦没後、五十六億七千万年経ってから地上にくだって釈迦の志を継いで衆生を救うというのである。年少の空海は、その兜率天へ旅をしている。空海は旅をしつづけて、歳六十二になったにちがいない。

生を終えるにあたって、かれが、いまから兜率天へのぼり、弥勒菩薩の御前に侍るつもりだ、といったことは、いかにも論理家らしく若年のときの言葉とみごとに照合しているのである。

かれは『御遺告』においていま一つ付け加えた。

「兜率天にあって自分は微雲のあいだから地上をのぞき、そなたたちのあり方をよく観察している。さらには、五十六億七千万年ののち、自分はかならず弥勒菩薩とともに下生《げしよう》し、わが跡を訪うであろう。そのときよく勤めている者は祐《すく》いをうけるであろう。不信の者は不幸になるはずである」

この言葉はまぎれもなく空海の肉声であるかと思える。かれは、弟子に対して類がないほど執拗な師匠であった。かれは自分の思想に執着し――というよりも、この思想が思想というよりも宇宙そのものであると信じ――懸命に弟子たちに植えつけてきた。自然、弟子たちに対してのしかかるような師匠だったにちがいなく、終りに臨んでもなお、天上の仏国土からおまえたちの勤怠を注視している、とおどすように宣言せざるをえない気持だったにちがいない。

空海の死に関する『続日本後紀』の記事は簡潔である。

しかし別項でかれの死を弔う院宣の文章を掲載している。弔文だけに情感がある。空海の死の日は三月二十一日であり、院の弔書の日付は二十五日になっている。高野山から都にそれを報らせる使者の旅程が四日かかったということであろう。仁明天皇の勅使がすぐ出発した。勅使は、淳和上皇の弔書をたずさえていた。その弔書が、『続日本後紀』に掲載されているのである。空海のことを「真言の洪匠、密宗の宗師」とよび、突如逝ったことについて「あに図らんや……無常遽《には》かに侵さんとは」と言い、さらには高野山が都から遠く、都に訃報がとどくのが晩《おそ》く、このため荼毘《だび》のお手伝いをすることができなかった（荼毘ヲ相助クルコト能ハズ）と書かれている。

茶毘とはいうまでもなく仏教の伝来とともに日本語に帰化したパーリ語で、焼身とか火葬とかの意である。

この当時、一般に死者の葬り方について関心がつよかったために、都へ訃報を上達した高野山の使者が、葬り方について言い落したということはありえない。これからみれば、空海は火葬されたのである。火葬の習慣はインドでは仏教思想の一表現として、主として仏教徒のあいだでおこなわれ、仏教とともに日本につたわったとき、茶毘という原語のままそれが採用され、古代的な土葬壇の築造の風がすたれるほどにこれが広くうけ容れられた。空海が、密教は仏教の発達形態であるとしている以上、仏教の思想と作法にさからってまで非火葬の方式に固執したとは考えられず、おそらく右の公文書のなかにあるとおり、死体は釈迦以来の伝統どおり茶毘に付されたのであろう。そのほうが（留身に比して）、『御遺告』のなかに揺曳してそれをありありと見ることができる空海の気魄にふさわしいように思える。入定説は、よくいわれるように、空海の没後、一世紀もしくは二世紀ほど経ってから成長しはじめ、信仰のなかでつよい現実感を具えたと見るほうが、なだらかなような気がする。

死を覚悟し、みずから死期を決めてしまっている時期の空海にとって、企画と行動力に富んだかれの生涯からいえば、以下はおそらく最後の企画――死を別にすれば――であったかとおもえるものだが、かれはそのことを思いつき、実行した。

高野山における万灯会《まんどうえ》である。これに万華会《まんげえ》が付属している。

この行事は、こんにちもなお例年恒例のものとして高野山に伝承されている。万灯会は四月二十一日、空海が眠る奥之院においておこなわれる。灯籠堂につるされた万余の灯籠にいっせいに灯が入れられる光景は、まわりが闇を込めた樹林だけに、上代の華やぎがゆらめき湧くような実感があるが、闇が常態であり灯が貴重であった空海のころのひとびとの環境をおもうと、目のくるめくような華麗さであったであろう。

空海がこのことを思いたち、

「万灯、万華会を興行せよ」

と、弟子たちにその趣旨や方法をのべ、大いに奉行することを命じたのは、かれの死の二年前の八月であった。この時代、庶人が夜間、油をもって灯をともすということはまずなかったほどに油は高価だった。一夜の法悦のためについやす油はおびただしい費えであったが、空海は財力のある貴族や豪家にその寄進をもとめるためにみずから願文を書いた。かれの全集(『性霊集』)にその願文が出ている。日付は、八月二十二日である。

「暗黒ハ生死ノ源、遍明《へんみやう》ハ円寂ノ本」

ということばからはじまる。だから私は万灯会をやるのですというのはややこじつけであろうが、しかし宗教儀式はつねにこじつけた上での様式化であり、その様式はこの時代、美麗荘厳であればあるほどよい。ともかくもそういう言葉からはじまるこの文章は、かれの一代の名文の一つに数えてもいいものだが、そのなかにただならぬ言葉もふくまれている。

虚空尽キ、衆生尽キ、涅槃《ねはん》尽キナバ、我ガ願モ尽キナン

というもので、晩年の空海の深沈とした心底がうかがえるようであり、一百歳の生というものに執着を感じていたかれが、それを揚棄して生を思わず死を企画しつつある心境をこの文章の背景として置けば、机にむかって筆をとっている空海の背中に、文章もさることながら何ごとかを感ぜざるをえない。

私は、かねて万灯会は空海の独創によるのかと思っていた。

しかしちかごろになって、空海の時代よりも以前の白雉《はくち》二年（六五一）に孝徳天皇の宮廷でこれが催され、それがその後ひきつづき東大寺で継承されていることを知って、すこしく落胆した。

落胆する以前、つまりこれが空海の独創だと私が信じていたころ、その発想の契機をなしたものは、かれが長安で見た元宵観燈《げんしょうかんとう》の行事ではないか、とひそかに思ったりした。長安の元宵観燈の行事のおこりは、玄宗皇帝のころである。

長安に婆陀（ヴェーダ?）という胡僧が住んでいた。ヴェーダという名であるとすればインド僧という可能性があるが、あるいは祆教（拝火教《ゾロアスター》）を奉じるイラン人の僧かもしれない。以下は石田幹之助博士の研究によるのだが、この先天二年（七一三）の二月、この胡僧が、夜城門をひらいて燈《ともしび》百千炬《きよ》を燃さんことを請うた。ゆるされ、これが長安の年中行事になったのだが、期間は、正月十五日夜を中心に前後三夜あるいは五夜である。この夜ばかりは、平素日没になると閉じられる城門も徹宵してひらきっぱなしであり、城内と城外の夜間交通も自由で、しかも長安の夜は昼のごとくなり、市民は終夜街頭にあふれて浮かれ歩き、街頭にあってはひとびとは睦びあうだけでなく一城無礼講のようにして貴賤の差がなかった。空海は年末に長安に入っているから、年を越して早々にこの元宵観燈の夜に出遭ったはずであり、かれも橘逸勢らとともに街路を浮かれあるいたに相違なく、この印象と想い出は、終生のものであったにちがいない。

かれが、京の雑踏を離れて紀州高野山という人煙から遠ざかった山中に朱と青にいろどられた門をつくり、堂塔をたて、広い街路を通したのはひそかに長安をしのぶところがあったのではないかというのは、すでに触れた私のやや虚なる想像である。さらにいえば、死を覚悟したかれが、生命の衰えのなかではげしく長安のころを偲ばなかったということは、まずありえない。生涯の最後に万灯会を催した空海の心事は、右の空想とおなじ範疇に入れて私は自分だけの空想に灯火を点じていたのだが、しかしこの空想の中の灯籠堂は、稿を読むひとびとにまで無理じいできないような気もする。

ところで、僧実慧は、空海の弟子である。

かれが、空海と同国の人であり、俗姓が佐伯氏であるところから、濃淡はともかく、血縁だったかもしれない人物である。空海にもっとも早く接し、空海の帰朝後、最初といっていい時期に弟子になった。空海は、高野山を実慧に譲った。

この実慧が、唐の長安に空海の死を報じている。

異域の小さな国の僧の死が長安に報じられるという例は、空海以前にはなく、その後も絶無ではないかとおもえる。

たまたま幸便があって、託したのである。実慧が託して青竜寺へ送った文章は、残っている。

まず、空海の帰国後の活動を列挙して師の恵果の期待にそむかなかったことを述べ、素志あって終焉の地を南山（高野山）に卜《ぼく》し金剛峯寺と名づけ、承和元年に都を去ってこの山に住したことまで触れている。文中、

「二年季春」

というのは、承和二年春のすえのことである。空海は死んだ。実慧は、師匠の死を表現して、

「薪尽キ、火滅ス。行年六十二。嗚呼悲シイ哉」

と、書いている。

この薪尽キ、火滅ス、ということを、入定・非入定の議論で火葬説をとるひとはこの言葉をもって論拠の一つとしているが、これは荼毘の具体的光景をさすものではないであろう。仏教によれば人間の肉体は五蘊《ごうん》という元素のあつまりであって、ここで仮りに言うならば薪というも同じである。われわれ人間は、薪として存在している。燃えている状態が生命であり、火滅すれば灰にすぎない。

空海の生身《しょうじん》は、まことに薪尽き火滅した。

この報をうけた長安の青竜寺では、一山粛然とし、ことごとく素服をつけてこれを弔したといわれる。

あとがき

風がはげしく吹きおこっているとする。そのことを、自分の皮膚感覚やまわりの樹木の揺らぎや通りゆくひとびとの衣の飜りようや、あるいは風速計でその強さを知ることを顕教的理解であるとすれば、私は、多くのひとびとと同様、まだしもそのほうにむいている。密教はまったく異っている。認識や知覚をとびこえて風そのものに化《な》ることであり、さらに密教にあっては風そのものですら宇宙の普遍的原理の一現象にすぎない。もし即身にしてそういう現象に化ってしまうにしても、それはほんのちっぽけな一目的でしかない。本来、風のもとである宇宙の普遍的原理の胎内に入り、原理そのものに化りはててしまうことを密教は目的としている。

そういうことで、密教は私などの理解を越えた世界であったし、いまでもむろんそうである。自分が風や宇宙の原理そのものに化るなどまっぴらであるし、そういうことよりも日常にわずらわされつつ小説でも書いているほうをむろん選ぶ。

空海は私には遠い存在であったし、その遠さは、彼がかつて地球上の住人だったということすら時に感じがたいほどの距離感である。
わずかに空海を感じうるといえば、空海の技芸の才が残したいくつかの作品、とくに『三教指帰』という文学作品が若いころから好きだったし、その書も写真版をつねに身近に置いて眺めてきたという程度だった。

私が密教というものの断片を見た最初は、十三詣りのときである。私は嬰児のときに虚弱だったので、身内の誰かが大和の大峰山に願をかけてしまい、十三になったらお礼詣りにゆかせる、と約束してしまった。そのため中学一年生の夏休みのときに兵隊帰りの叔父につれられて吉野の奥の大峰山上に登った。奈良県では大峰山のことを三上《さんじょう》サンという。サンジョサン詣り、などという。聖護院系（天台）の山伏と醍醐三宝院系（真言）の山伏とがここを修験第一等の聖地として修行をするのだが、登山路ではかれらの団体としばしば行きあった。白装束に金剛杖、わらじばきといったかれらの姿や、道中で真言を唱えたり、猥雑な会話をしたり、ともかくもそういうひとびとの声や姿のきれぎれが子供の感覚には異様で、気味が悪かった。かれらは結局は山頂近くの洞川《どうがわ》という色町で精進落としをするのを半ば楽しみで登ったりする。それでも子供に対しては苛酷で、私を山頂の岩場へ連れてゆき、胴に太いロープを巻きつけ、体をさかさまにしてそれこそ千仞の谷底をのぞかせ、「親孝行をするか、勉強をするか」などと問いかけるのである。むろん子供たちがけなげな返答をするまでそのことを問いつづけるのだが、なにぶんロープのはしをにぎっている山伏たちが座輿のように笑いながらやっているだけに、そらぞらしく下品でなんとも妙な感じのものであったが、それでも私は型どおり、「はい」と答えた。この嘘をつくときの面映ゆい気持が、いまも残っている。

この山頂に蔵王堂がある。堂内は暗く、手さぐりで奥へ進むと、いよいよ暗い。粗末な灯明皿に小さな炎がぬめぬめとゆれている。「不滅の灯明」と書かれている。

「ほんとうに不滅か」

と、まだ若かった叔父にきくと、叔父ではなく、堂内の闇のどこかから、ほんとうに不滅だ、という声がきこえた。そのことが、薄気味わるかった。

子供だったから、灯明よりもむしろ、その声がきこえてきた闇のほうが、千数百年以来このままこの場でとどこおっているように錯覚し、すくなからず衝撃をうけた。

それ以来、この山をひらいた役ノ行者という怪人が歴史上のたれよりも好きになり、役ノ行者だけでなく大峰山の山ごと気に入ってしまい、二十になるまでのあいだに、四度も登ったりした。『日本霊異記』などに登場する役ノ行者が実在の人物であるかどうか、私は考証してみたこともなく、その気もないが、かれが空海よりずっと以前の雑密の徒の象徴的存在だったことはたしかである。

私は、正密という体系的密教を伝えた空海よりも、むしろその先駆的存在である役ノ行者のような雑密の徒のほうに関心をつよくもったのは、そこに海の風のふしぎさを感ずるからにちがいなかった。東シナ海の信風がはこんできたものとしては、漢籍があり、また漢字で表現されたもののなかに仏典らしきものがあったというこの国のごく上代の段階において、それらの文物に付着するようにして非体系的な密教の断片も入っていたということに、蔵王堂の闇に似たような神秘的なものを感ずるのである。

私は、雑密の世界がすきであった。雑密というのは、インドの非アリアン民族の土俗的な呪文から出たと思われるが、その異国の呪文を唱えることによって何等かの超自然的な力を得たいと願うこの島々の山林修行者が、ときに痛ましく、ときに可愛らしく思われた。そういう雑密的気分から小説を書いてみたいと思うことがしばしばだった。それに似た作品をいくつか書いた覚えがあるような気もするが、むろん自分の願いのとおりの出来ばえではない。

私は、戦後の六、七年間を、仕事で京都の寺々をまわった。そのころ、以下は矛盾したことだが、日本の思想史上、密教的なものをもっともきらい、純粋に非密教的な場をつくりあげた親鸞の平明さのほうがもっと好きになっていた。好きなあまり、私も自分のなかにある雑密好みを追い出そうとした。しかし、このことも矛盾しているようだが、現実に接触した僧たちとしては真言宗の僧のにおいのほうがどの宗派の僧よりも、人間として変に切実に感じられるように思えて、その人達ともっとも親しくなった。たとえばKさんという老僧は酒と無駄話が何よりも好きでいつその僧堂に訪ねても寝ころんでいるといったような、いわば僧侶にでもならなければ食ってゆけそうにない人であった。あるとき、私はそのひとが雨を降らせる修法の名人だときいた。そんな噂をきいたとき、まだ二十六、七だった私は頭から軽侮してしまい、Kさんに会って、「Kさんはいまどきそんな馬鹿なことをしているのか」とからかうと、Kさんはたちまち顔色を変え、物におびえた表情になり、何ものかおそろしいものが頭上に居るような表情で、「私はそういう修法はできない。その修法についての話題は、今後、私の前で二度とするな」という意味のことをいった。もしKさん自身がその修法についての話をすれば、電光がかれを刺し貫いて即死するといったようなことをかれがおびえているようで、その表情の中に、何か密教修法をやった人間の焦げくさい匂いの一端を、不用意に嗅がされてしまったような感じを持った。

私はKさんとはその本山で会うだけで、かれの自坊には行ったことがないが、西陣のほうにあって、応仁ノ乱に焼けなかったというのが、Kさんの自慢だった。お堂の床下にきつねが一家族棲《す》んでいて、寺の言いつたえでは、室町のころ、畠山なにがしという大名の二条の館の床下にいたきつねが応仁ノ乱で焼け出されて、以後、子孫がべつに殖えもせずにKさんの寺の堂の下にすみつづけているというのである。「いいや、ごく普通のきつねや」とKさんはべつに面白くもなさそうにいったのを覚えている。

このKさんが、そのころ、空海の『性霊集』の一部をくれた。和綴の古い本で、読むのに難渋したし、訓みがくだらないところを質問しても、Kさんは韜晦しているのか本当に読めないのか、「そんなこと、どうでもええやないか」と、くびからひもで吊した大きな象牙のパイプをひねくりまわしながら言うのが常であった。Kさんは、ものを言うときによだれを流すのが癖で、そのうえ強度の近視のために、本を見るのに紙に鼻をこすりつけるようにして見た。ときどき本によだれのあとがついたが、そのわりには、十に一つも質問に答えてくれることがなかった。こういうKさんだったが、京都の僧侶がたれしも応対を苦手としている文部省の文化財関係の役人を、言葉はわるいが何とかまるめこんでしまう名人で、そういうぐあいの俗事ではいくつもの難問題を解決した。ふしぎなような気もするし、そういうものかという気もしていて、いまでもこの故人になってしまった人をわからぬままでいる。

Kさんの同僚に、Sさんという人がいた。

Sさんは本山に勤めてはいたが、俗人であった。旧満州国の官吏で、ひきあげてきてこの本山に身をよせていたが、せまい気の短かそうなひたいと明晰な論理をもっていて、いつも質素な木綿の和服に黒い前垂れをしていた。Sさんは越後の人で、越後だからこの人も本願寺門徒の出である。その近親者にYという本願寺の学僧がいるという話をわきの人からきいたが、Sさん自身は「私は俗人ですから」と、みずから僧侶と自分とを区別してどういう場合でもつねに片隅にすわっていた。なぜかれが親鸞の教義よりも空海のほうにひかれてこの本山に身をよせていたか、私はいまでもよく知らないのだが、ともかくもこのSさんがこの本山で真言の宗乗にかけてはもっとも明るかったように思える。とくに悉曇《シッタン》について明るかった。梵字のことをきくと、いつも歯切れのいい言葉で、懇切に教えてくれた。官吏であったのになぜ梵字に明るいのですか、ときいてみたことがあったが、ただ「好きですから」という答えしか得られなかった。自分のことは、およそ語らない人だった。『性霊集』でわからないことは、このSさんが教えてくれた。大ていは、Sさんは黒ずんだ板敷のすみの柱を背にしてすわり、それも両膝をきちんと折って正座していた。そのころの私は空海がなにか脂ぎったような感じがして、あまり好きではなかった。あるとき、私は空海についての何がしかの感想を語りたくて、Sさんに、自分は空海が好きではない、と言いだすと、Sさんは響き返るような声で、

「ええ、人間は好き好きですから」

と、いった。私にすれば話の出鼻をくじかれてしまったのだが、Sさんの朗々とした態度にふれてしまうと、かえってこころよかったような実感を持ってしまって、不愉快ではなかった。

十年ほど前に、空海の全集を手に入れたので、若いころのことを想い出しつつ、半ば娯楽のようにして読みだした。六朝風のこの装飾過剰な文章を読むことは不学な私にはきわめて困難であったが、べつに訓詁にこだわるわけではないから、およその意味を想像しつつ読んだ。読みつつおもった感想は、密教という形而上的思考の世界が、結局は物事の現実性や具体性を偏好する中国文化に適わず、やがてはその影響を道教に残したのみで中国から消えるように亡ん

でしまったのはむりもないことのようである。その形而上性や象徴性が、中国文章を通して日本に運ばれ、日本の風土に適合したということは、日本と中国の思考法の違いを考える上でも重要であるし、あるいは考えることをやめて単にふしぎであると思えば、いかにもそうである。このことは、空海という巨大な論理家の媒介がなければ、とうてい根付かなかったであろう。

私自身の雑駁な事情でいえば、私は空海全集を読んでいる同時期に、『坂の上の雲』という作品の下調べに熱中していた。この日本の明治期の事象をあつかった作品はどうにもならぬほどに具体的世界のもので、具体的な事物や日時、具体的な状況、あるいは条件を一つでも外しては積木そのものが崩れてしまうといったような作業で、調べてゆくとおもしろくはあったが、しかし具体的事象や事物との鼻のつきあわせというのはときに索然としてきて、形而上的なもの、あるいは真実という本来大ウソであるかもしれないきわどいものへのあこがれや渇きが昂じてきて、やりきれなくなった。そのことは、空海全集を読むことで癒された。むしろ右の心理的事情があるがために、空海は私にとって、かつてなかったほどに近くなった。なんとなく空海が皮膚で感じられたような錯覚があり、この錯覚を私なりに追っかけてみたいような衝動に駆られた。

密教はやがて原産地のインドにおいて左道化した。

左道化してしまえば、密教というのは単に生殖崇拝なのかと思われるほどに他愛のないものである。生殖もまた風や雨と同様、法性という宇宙の普遍的原理の一表情だが、生殖が生命の誕生につながるだけに、そしてその恍惚が宗教的恍惚と近似するだけに、さらには密教が大肯定する人間の生命とその欲望にじかにつながるものであるだけに、密教的形而上学を説明するのに、もっとも手近な現象である。この現象を視覚化するために歓喜仏がうまれた。左道密教がさらに土俗化したかたちでのヒンズー教の初期の生殖礼讃の彫刻群は、密教を考える上でのなにごとかをわれわれに暗示する。

空海の密教は、これら左道的な未昇華のものをその超人的な精神と論理とをもって懸命に昇華しきったところに大光彩があると思われるのだが、しかし大光彩を理解するためには、逆に左道から入りこんで逆順にさかのぼってゆくことも一つの方法であるかと思われ、私はそのようにした。

左道密教がチベットに入り、土地の土俗密教と習合してラマ教になり、さらに北アジアの草原を東漸してモンゴルに入った。私は学生のころ、ラマ教の概要を教わった。さらに長尾雅人氏などの著作によってその形而上性に触れた。のちに、モンゴル人民共和国のウランバートルのラマ寺院に入って僧侶たちに会い、その教義が、空海の真言密教とまったくの他人ではないことを知った。これはほんの一例だが、ラマ僧にとって絶対的に崇敬せねばならぬものは、その直接師である。師とは、宇宙の普遍的原理の体現者である以上、師そのものが、真言密教の用語でいえば大日如来であり、師からそれを承《う》ける弟子としては、大日如来への拝跪の方法は他にない。その師をおがむことなのである。このことは、空海が大師信仰のなかで神格化されたことと同心円のなかにあり、顕教の最澄が神格化されなかったことの理由をも明快にしている。

ウランバートルのラマ僧たちに、無駄な質問だと思ったが、日本の空海を知っているか、と順次きいてみた。当然だろうが、たれも知らなかった。ただ一人だけが、「それは日本のラマか」と反問してきた。そうひらき直って質問されれば、真言密教とラマ教が同心円であるという気分が薄らぎ、空海はラマではない、と答えざるをえなかった。しかしながら北アジアの草原から巨視的に日本の空海を見れば、かれらがもし空海を自分たちの仲間であると見ても、決然とした拒否はしにくいかもしれない。

たとえば空海の死後ほどなく「真言立川流」とよばれるところの、ラマ教に酷似した密教が、空海の正系であると称しつつ出現して、明治維新ごろまで根強くつづいたことを思うと、拒否はしたくても無下にはそのようにしにくい何事かが残る。密教は空海の力でもってそのいっさいの昇華が支えられていた。しかしインドでも左道化したように、ともすれば形而下的に堕しやすいきわどさのある思想だけに、「真言立川流」が出現する素地は十分にある。空海の密教そのものに、それが空海によって純粋に透明化されているものの、しかし左道化する胚子はある。その胚子がむしろ空海へ逆算して近づく足場になるかと思い、私は空海の思想を知るために、真言立川流を知ろうとした。

真言立川流という性的宗教については、それが江戸期いっぱいまで真言宗の正統の世界に浸潤し、むしろ瀰漫しきっていたのに、明治期は研究者がすくなく、わずかに水原堯栄氏ら数氏がいたにすぎない。

水原堯栄氏は物故されて久しいが、高野山の歴とした学僧であった。私は幸い、昭和二十五年の夏だったかに高野山に登り、水原堯栄氏の寺に泊めて貰い、立川流の話をきいた。水原氏は、色白のいかにも品のいい老僧で、しかも一生不犯といわれた人だけに、この人が立川流の研究をされているということが、なにやらふしぎなような感じもした。水原氏の山房の庭には池があって、池にしだれこんでいる樹木の枝に、モリアオガエルが、白い綿菓子のような巣を幾つも作っていた。蛙は、その種類によっては樹の枝に巣をつくるということをこのときはじめて知ったのだが、水原氏は立川流の要諦については具体的に語らず、座敷から庭のモリアオガエルの巣を指さして、「まあ、ああいうものでありましょうな」と、静かにいわれた。その比喩のどういうことが「ああいうもの」なのか、私の記憶は定かにはよみがえらないが、しかし話をきいているときはわかったような気がせぬでもなかった。

また漢文で表現された世界もさることながら、しかし漢語がときにもちかねない情緒的ひびきからまぬがれたいために、インド思想の原型のようなものに触れることによって空海に近づきたいと思った。このことについては中村元氏の全集が出たことが私にとって途方もない僥倖であった。もし中村氏の全集に触れることがなければ、私流の空海への近づき方は、よほど困難であったにちがいない。

私がこの作品を書くにあたって、自分に対する取り決めをしたことは、いっさい仏教の術語をつかわない、ということであった。術語を記号化することによって、その上で文章を成り立たせるというのは学術論文の場合はそのことが当然だが、人間についての関心だけを頼りに書いてゆく小説の場合、有害でしかない。しかし仏教のことをその無数の特殊な術語に頼らずに書けるものであろうかということについては不安であり、書きつついよいよ不安が募らざるをえなかった。術語を用いれば思想の型としての正確さは当然期しうるが、術語を砕ききってこんにちのわれわれの言語で考えてゆく場合、当然誤差はつきまとう。その誤差は、覚悟の上で書いた。それでもなお、すこしの部分は術語に頼った。頼った部分だけ、私はこの創作上の気分としては、空海がより遠くなっている、といまでも思い、多少の悔いが残っている。

連載という形式が幸いであるということは、途中で多くの識者から誤りの指摘をうける機会が多いということである。中国哲学者の福永光司教授から、「司馬さんの漢文のよみかたは、古いですな」といわれ、「たとえば、挙哀《きょあい》ということばは、哀《あい》ヲ挙《あ》グ、などとひっくりかえさなくてもいいのです。空海の当時の中国では挙哀とは熟語なのです」などと教えられたりした。

しかし、漢文というのは多少は我流の訓みが許されていいだろうと思い、訂正はしなかった。また真言宗の宗乗の権威である宮坂宥勝氏からも、「空海は曇貞と会っていない。曇貞はすでに故人になっている」という御指摘をうけた。このことも、恐縮しつつもうれしかった。

千数百年も前の人物など、時間が遠すぎてどうにも人情が通いにくく、小説の対象にはなりにくいものだが、幸いにして空海はかれ自身の文章を多く残してくれたし、それに『御遺告』という、かれの死後ほどなく弟子たちが書いた空海の言行が、多少は真偽の問題があるとはいえ、まずまず空海に近づくためのよすがにはなりうるのである。この点では、上代人としての空海は右の事情からの例外であるといえる。

しかし、何分にも遠い過去の人であり、あたりまえのことだが、私はかれを見たことがない。その人物を見たこともないはるかな後世の人間が、あたかも見たようにして書くなどはできそうにもないし、結局は、空海が生存した時代の事情、その身辺、その思想などといったものに外光を当ててその起伏を浮かびあがらせ、筆者自身のための風景にしてゆくにつれてあるいは空海という実体に偶会できはしないかと期待した。

この作品は、その意味では筆者自身の期待を綴って行くその経過を書きしるしただけのものであり、書きつつもあるいはついに空海にはめぐりあえぬのではないかと思ったりした。もし空海の衣のひるがえりのようなものでもわずかに瞥見できればそこで筆を擱こうと思った。だからこの作品はおそらく突如終ってしまうだろうと思い、そのことを期待しつつ書きすすめた。結局はどうやら、筆者の錯覚かもしれないが、空海の姿が、この稿の最後のあたりで垣間見えたような感じがするのだが、読み手からいえばあるいはそれは筆者の幻視だろうということになるかもしれない。しかし、それでもいい。筆者はともかくこの稿を書きおえて、なにやら生あるものの胎内をくぐりぬけてきたような気分も感じている。筆者にとって、あるいはその気分を得るために書きすすめてきたのかもしれず、ひるがえっていえばその気分も、錯覚にすぎないかもしれない。そのほうが、本来零であることを望んだ空海らしくていいようにも思える。

昭和五十年十月

司馬遼太郎

附篇

インタビュー

『空海の風景』の司馬遼太郎氏と一時間

（聞き手・草壁焔太）

——空海という人物に興味をもたれたのは、いつごろからでしょうか。

司馬　学徒出陣のとき、この世の見納めに、潮岬まで歩いてみようと、友達二人と吉野から地図ももたずに歩いたことがありました。まっすぐ南下してゆけばいいのですが、四日目に、どうかした拍子に右、つまり西へ曲ったのですな。道は山坂ばかりのきこり道になり、道にはびこる空木《うつぎ》に難渋しながら、一晩中歩きました。ところが、いばらをかきわけて行くうちに、急に平らなところに出て、そこに電灯のたくさんついた都会がある。まるで夢の中にいるようでした。「ここはどこですか」と聞くと、「高野山町です」という。そのとき、なんか不思議な感じがしましてね。

空海は青春時代を長安で過している。長安といえば、唐詩選の詩を見てもわかるように、当時最も魅力のある国際都市だった。明治時代にパリへ行った人は、生涯、パリと聞くだけで胸を焦したでしょうが、日本という田舎国から長安に行った空海には、それよりも強い思いがあったでしょう。年齢も三十歳前後だったたし、空海は当時の人々と詩文を交換して読書人サロンに加わり、同格の詩人としていい気持ちで二年間を過している。

空海はその長安の都を、だれも知らない山の上に再現しようとしたのじゃないでしょうかね。そのとき見た高野山のイメージが、とても強かった。兵隊から帰って、高野山大学へでも入り直そうかと思ったほどです。

――宗教的ななにかがあったのですか。

司馬　いや、私はもともと宗教心がないんですよ。強いていえば、家の宗旨でもあるし、親鸞が好きだったのですが、その平明な親鸞的なものから見ると、空海はおばけです。その感じはいまもあります。

ただ宗教の教義には、関心が深かった。私は戦後五年間、新聞記者として京都のお寺を担当しましてね。乱世のときに、毎日、本願寺へ行ったり、真言の智積院《ちしやくいん》へ行ったり、叡山へ行ったり、天理教や大本教の教義まで、読んだり聞いたりしていました。思えばへんな青春だった（笑）。

そのなかで自分から一番遠い宗旨が、真言宗だったのです。

――真言密教の特徴はどういうところにあるのでしょうか。

司馬　平安仏教は、顕教《けんぎよう》と密教という二つの系列にはっきりわかれています。顕教というのは、いながらの認識力で理解できるものです。たとえていうと、風のことをいうのに、風速何メートル、どこそこに吹いて、家を十戸倒したというふうに表現し、理解する。密教の方は、これとちがって風そのものの内臓のなかにはいる。自分の呼吸と風の呼吸がいっしょになったとき、宇宙原理といっしょになる。大日如来、毘盧遮那仏《びるしやなぶつ》といっしょになるということですね。

奈良仏教のお寺の仏像とはちがって密教の仏像は、例えば観心寺の如意輪《によいりん》観音像のように、イヤリングやネックレスをたくさんつけている。あれは、オシャカさんから大分あとになって、ゼロを発見したインドの世界的貿易成金が、なんとか現世の暮らしのまま、女やおめかけさんをもち、おいしいものを食べ、宝石をつけたままで解脱できないものかと考えた。その欲求のあらわれなんですね。栄耀きらきらしたそういう仏像を見て、私はおかしな仏像やなという感じをもっていたのですが、それがこのごろになってわかるようになってきた。

ラマ教は密教と血縁関係になる宗教ですが、そのラマ教では、自分の直接の師匠を毘盧遮那仏として拝むことになっている。師匠は世界の内臓にはいりこんで原理そのものとなっているのですからね。それで真言宗でも、お大師さまばかり拝んでいる。同行二人というのは、お大師さまと二人ということである。その点で、どうも淫宗邪教じゃないかとうさんくさく思っていたのが、だんだん拝まれるのが当然だと論理的にわかってきました。

——空海の形而上学の体系には、日本人離れしたところがありますね。

司馬　あれは不思議ですな。十八、九世紀のドイツにでも生れているならわかるのだけど、弥生式農耕に鉄器農具がちょっと加わったくらいの、国家体制もまだ整わない日本に、それも讃岐の草深い田舎から、ああいう人が出てきたのですからね。

　空海はまだ十分密教情報をもっていないときに、密教の匂いを嗅いで独学して、運動して長安へ行った。中国の密教は衰えかけていたので、空海にぜんぶをくれたのですが、中国人は形而上学なものは苦手で、十分体系化されておらず、流動的なものだった。その流動体から結晶を取りだすように、矛盾もないような論理体系を作ったのです。その上造型芸術家であり、文学者であり、音楽、建築の才能もあったかもしれない。

——着手されたのは。

司馬　空海はそういう気になる存在だったのですが、『坂の上の雲』を書いているとき、交通事故みたいなものに遇って、寝ながら新たに出た弘法大師全集を読んでいると、装飾過剰の四《し》六駢儷《ろくべんれい》体の文章にも馴染めるようになってきた。実は『坂の上の雲』の日本海海戦のシーンで、軍艦の角度がちょっとでもちがうと史実とちがってくるというような、こまかなつまらない事実とつきあっているうちに、索漠としてきましてね。真実だけを求めた空海の生霊集なんかが気分のバランスを取ってくれたんです。

　そこで書道芸術に三十枚ほど空海のことを書いてみたら、一センチほど近づいたような錯覚があった。どうせ空海はわからないんだが、空海をわかる作業、近づきたいと努める作業そのままを小説で書こうということになった。空海の着衣のひるがえっているのが、ちょっとでも見えたら終わりにしようと思った……それだけの小説なんですよ。

――仏教哲学、密教哲学がたいへんわかりやすく書かれていました。あれは相当困難な作業でしょうね。

司馬　仏教の言葉は、中国化したときから死語になっている。だから、明治以後の形而上学用語を、誤差をおそれずに使っていった方がいいようですね。サンスクリットから仏教思想を研究された中村元さんの著作には恩を感じています。

密教というのは日本にきた仏教のなかでも一番インド的なもので、歳月を超越しているんですね。百年たっても、千年たっても、なんにもかわっていない。

これを書いているときは、なんというか、気の小さな部分がありまして、原稿用紙にハエの頭のような小さな字で、一枚に四枚ぶんくらい書きました。こんなことは、もちろんはじめてです。虫めがねでないと見えないような字で書いてゆくと、空海に近づいてゆけるような感じがする。そういう風にしたいとことわってはいましたが、編集部はよく受けとってくれたと思います。

――空海という国際的な人物に、現代的な意味をお感じになりますか。

司馬　空海は人類社会の深い普遍的な教養をもった人だった。日本のような島国からは出ない人物ですね。日本の歴史的人物のなかでも、いまアフリカ人とでも話をして通用してゆけるのは、空海とその思想であろう、そうだったんだなあ、という驚きだけで、意味はとくに考えません。空海は天皇をなんとも思っていない。人類の一人であるとしか考えないんですね。そして国家を自分のために転がしている。しかも少年時代からのその言動のすべてにつじつまがあっているのです。人間をしか考えない人です。私はとくに、空海が大学を退学したことが、大好きです。

（「現代」一九七六年一月号）

解説

形而上学の壮大な展開

貝塚茂樹

この空海の伝記小説が、なぜ「空海の風景」と題されたのだろう。作者自身は「この稿の題を、ことさら『風景』という漠然とした語感のものにしたのは、空海の時代が遠きに過ぎるとおもったからである。遠いがために空海という人物の声容をなま身の感覚で感じることはとうてい不可能で、せめてかれが存在した時の――それもかれにちなんだ風景をつぎつぎに想像してゆくことによって――あるいはその想像の風景の中に点景としてでも空海が現われはしまいかと思って書いてきた」(下巻二九九頁)と述べる。

風景は空海の生れ故郷である讃岐の溜池が点在する現在の田園の景観から出発して、平安朝初期の歴史的景観にさかのぼって空海が大陸から輸入した灌漑技術の成果に及んでゆく。地理学者であった私の亡父(小川琢治)から歴史的風景の変遷を専門に取扱う人文地理学の分科についてよく聞かされていたので、この辺は自然に理解できる。しかし風景は自然的な景観から社会的なものに移って行き、さらに外的なものから内的な人間の心象の世界に拡大され、文化史的な環境が追跡されるようになる。ここまでの手続きは私ども歴史学者がいつも行っていることであるが、歴史学者にとってはこういう歴史的環境の復原自体が目標であって、そこで終るのにたいして、歴史小説家は空海という歴史的人物の声容をなまの感覚で感じ、それを現代に生かす目的の手段としてとられているにすぎない。

作者にとっては手段に過ぎない歴史的風景の何気のない叙述のなかに、歴史学者をはっとさせる新鮮な着想が随処にちりばめられている。たとえば平城天皇と寵姫の薬子との挿話がある。空海の住持の高雄山寺に、若いころの儒学の師である叔父阿刀大足《あとのおおたり》が、執事すなわち政治顧問として、身を寄せていた。宮廷の消息、とくに薬子がよく話題になる。この女のような蠱惑な存在は、阿刀大足のような書物の虫の老学者にとって理解しがたかったろう。作者はいう。人間の典型を中国の史籍にもとめるのが当時の通癖になっていたから、大唐の世界帝国を簒奪した則天武后の実例を引いて、政治上の想像を空海に話したろう。そこで「なるほど、則天武后ですか」と空海は相槌を打ったでもあろうと作者は述べる（下巻一五五頁）。小説にとって、どうでもよいほんの間の手にすぎないであろうが、この想像は面白い。

私は、中国の史書を読まされていた平安期の貴族、官僚にとって、この史書に書かれている人物の行動が彼等の出処進退の軌範となっていたであろうとかねがね思っていたので、歴史事件にたいする処置もこれが基準となっていたろうと想像し、少し実例を集めてみようと思ったことがある。王朝の物語の表現形式も、知らず知らずのうちにこの影響を受けているはずと思って、ある酒席で「源氏物語列伝体説」という怪気焔をあげてきたばかりだったので、司馬さんの作を読んで、先を越されたかとがっかりした。

作者は空海の時代は遠い昔のことで、じかに空海の声容を想像によってイメージを結ぶことが困難なので、空海のいる風景の方から攻めていって、最後に空海の人間像を浮びあがらせる路をとったという。主として幕末、明治時代を固有の領域として、せいぜい室町、戦国時代までしか遡らない作者にとって、空海は平安朝初期一二〇〇年の遠い過去の人物である、しかし空海の像の結びにくいのは、年代が遠いせいだけではないような気がする。

書人として、また著作家としてのまぎれもない空海の存在を、遠い遥かなものに作者をして、感じさせるのは、不可解で謎にみちた密教を創始した宗教家としての空海の存在であったように見える。「あとがき」で作者は「空海は私には遠い存在であったし、その遠さは、彼がかつて地球上の住人であったということすら時に感じがたいほどの距離感である」と自ら語っている。

何が作者を駆ってこの遥かな遠い空海を追い求めて長篇を書かせたのであろうか。司馬遼太郎という小説家は、今迄たいへん理性的な作家と考えられてきた。近世のどんな傾向の政治家、軍人にたいしても、ちっとも偏見をもたず、冷静に客観的に眺め、それぞれに適当に取扱い適正な評価を与える。こんな理性的な作家が、空海のような怪物的な宗教家に、どうして引きつけられたのであろう。そのこと自身が大きな謎といわなければならない。司馬文学は思想家をめったに題材として取上げないし、たとえ取上げたとしても、思想家の人間性をその行動を通じて明らかにするのを常としてきた。稀な例外は吉田松陰であるが、彼を主人公として出発した『世に棲む日日』は決して成功した作品とはいえない。

そのような作家が、『空海の風景』では密教思想に正面から取り組んだのであるから、私ども愛読者をあっと驚かせ、巧く進むだろうかと、少しはらはらとさせた。だがこの作品が完結した現在の視点に立って考えると、合理的な現実主義者であり、形而上学的な観念論が大嫌いなように見える司馬遼太郎の肉体のなかには、外貌とは全く正反対な非合理な神秘主義者の血が潜んでいて、形而上学を壮大に展開するのに啞然とさせられてしまった。

作者は、この矛盾を、あと書きで次のように説明している。この作品の準備をするため空海全集を読んでいた時期はちょうど『坂の上の雲』の下調べとかちあっていた。日本の明治期の事象を取扱った作品は、事件の生起した日時、その具体的な状況に、ぬきさしもならないように拘束され、その調査は一寸した手抜きも許されない。それはそれなりに興味はあるけれども、時としては「索然としてきて、形而上的なもの、あるいは真実という本来大ウソであるかもしれないいきわものへのあこがれや渇きが昂じてきて、やりきれなくなった」。そこで空海全集を読みふけって、この悩みをいやし、空海が彼にとって、近くなり、皮膚で感じられ、その感じを追ってゆこうとした。これがこの長篇執筆の動機だそうである。

こうして司馬文学としては異色の作品が誕生した。司馬文学の母胎である大阪人は、その魂の故郷である高野山にたいして深く郷愁を抱いている。弘法大師は現世的な大阪人の心の底のどこかで生きつづけている。作者はこの感情を掘り起そうとしたのであろう。

（「中央公論」一九七六年二月号）

『空海の風景』は、「中央公論」一九七三年一月号〜九月号、十一月号〜七五年六月号、九月号に連載されました。本書は、単行本『空海の風景』下巻（小社刊、一九七五年十月／新装改版　二〇〇五年六月）に、新たに附篇としてインタビュー「『空海の風景』の司馬遼太郎氏と一時間」と貝塚茂樹「形而上学の壮大な展開」を収録したものです。

装幀　熊谷博人

司馬遼太郎

1923（大正12）年、大阪に生まれ、大阪外語大学蒙古語学科を卒業。1959（昭和34）年『梟の城』により第42回直木賞を受賞。67年『殉死』により第９回毎日芸術賞、76年『空海の風景』など一連の歴史小説により第32回芸術院恩賜賞、82年『ひとびとの跫音』により第33回読売文学賞、83年「歴史小説の革新」により朝日賞、84年『街道をゆく　南蛮のみちⅠ』により第16回日本文学大賞（学芸部門）、87年『ロシアについて』により第38回読売文学賞（随筆・紀行賞）、88年『韃靼疾風録』により第15回大佛次郎賞を、それぞれ受賞。1991（平成３）年、文化功労者に顕彰される。93年、文化勲章受章。日本芸術院会員。1996（平成２）年２月死去。

空海《くうかい》の風景《ふうけい》
——下巻《げかん》　新版《しんぱん》

2024年３月10日　初版発行

著　者　司馬遼太郎《しばりょうたろう》
発行者　安 部 順 一
発行所　中央公論新社
〒100-8152　東京都千代田区大手町1-7-1
電話　販売 03-5299-1730　編集 03-5299-1740
URL https://www.chuko.co.jp/

ＤＴＰ　平面惑星
印　刷　三晃印刷（本文）
大熊整美堂（カバー・表紙）
製　本　小泉製本

 ISBN978-4-12-005757-1 C0093

「司馬遼太郎記念館」への招待

司馬遼太郎記念館は自宅と隣接地に建てられた安藤忠雄氏設計の建物で構成されている。広さは、約3180平方メートル。2001年11月に開館した。

数々の作品が生まれた自宅の書斎、四季の変化を見せる雑木林風の自宅の庭、高さ11メートル、地下1階から地上2階までの三層吹き抜けの壁面に、資料本や自著本など2万余冊が収納されている大書架、……などから一人の作家の精神を感じ取っていただく構成になっている。展示中心の見る記念館というより、感じる記念館ということを意図した。この空間で、わずかでもいい、ゆとりの時間をもっていただき、来館者ご自身が思い思いにしばし考える時間をもっていただきたい、という願いを込めている。　（館長　上村洋行）

利用案内

所 在 地　大阪府東大阪市下小阪3丁目11番18号　〒577-0803
T E L　06-6726-3860
H P　https://www.shibazaidan.or.jp
開館時間　10:00～17:00（入館受付は16:30まで）
休 館 日　毎週月曜日（祝日・振替休日の場合は翌日が休館）
特別資料整理期間（9/1～10）、年末・年始（12/28～1/4）
※その他臨時に休館することがあります。

入館料

	一　般	団　体
大人	500円	400円
高・中学生	300円	240円
小学生	200円	160円

※団体は20名以上
※障害者手帳を持参の方は無料

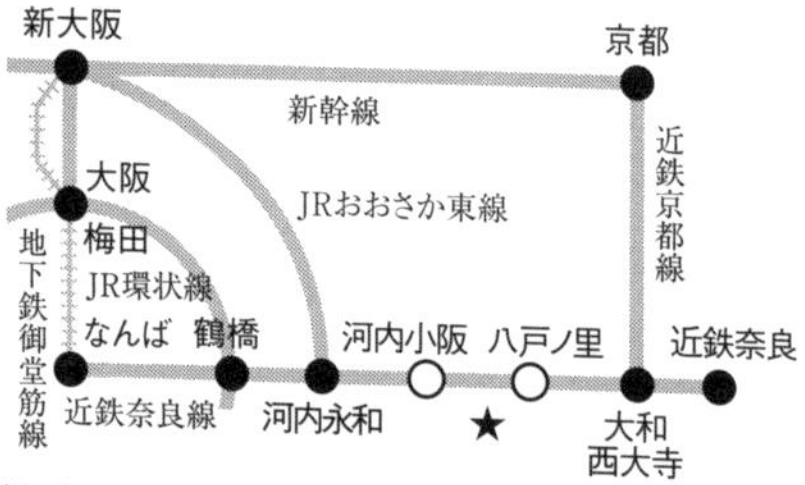

アクセス　近鉄奈良線「河内小阪駅」下車、徒歩12分。「八戸ノ里駅」下車、徒歩8分。
Ⓟ5台　大型バスは近くに無料一時駐車場あり。事前に予約が必要です。

記念館友の会　ご案内

友の会は司馬作品を愛し、記念館を支えてくださる会員の皆さんとのコミュニケーションの場です。会員になると、会誌「遼」（年4回発行）をお届けします。また、講演会、交流会、ツアーなど、館の行事に会員価格で参加できるなどの特典があります。

年会費　一般会員3000円　サポート会員1万円　企業サポート会員5万円
お申し込み、お問い合わせは友の会事務局まで
TEL 06-6726-3860　FAX 06-6726-3856